Ursula Früchtel

Leitfaden Religionsunterricht

Ursula Früchtel

Leitfaden Religionsunterricht

Arbeitsbuch zur Didaktik des Religionsunterrichts

Benziger

Zweite, revidierte Ausgabe 1982

Hergestellt im Graphischen Betrieb Benziger, Einsiedeln
Umschlag und Illustrationen: Stefan Dietlicher
(Atelier P. Miedinger) Zürich

ISBN 3 545 26135 2

Inhaltsübersicht

Vorwort

Dieses Buch ist erwachsen aus Erfahrungen, die in der berufsbegleitenden Lehrerfort- und -weiterbildung gesammelt wurden: in Diskussionen auf Tagungen für Lehrer aller Schulstufen und -formen und in zahllosen Einzelgesprächen und -beratungen.
Es trägt den Untertitel *Arbeitsbuch.* Es ist geschrieben für Religionslehrer, die seit längerer Zeit in der Praxis stehen, sich aber durch die stürmische religionspädagogische Entwicklung der letzten Jahre verunsichert fühlen. Sie sollen sich über den gegenwärtigen Stand der Diskussion und über ihre eigene Identität als Religionslehrer vergewissern können. Es ist auch geschrieben für zukünftige Religionslehrer, die sich noch in der Ausbildung befinden. Sie sollen an die religionspädagogischen Fragen herangeführt werden und gleichzeitig erkennen, wo noch weitere vertiefende Studien nötig sind.
Die Idee eines Arbeitsbuches hat die äußere Gestaltung und das methodische Vorgehen geprägt.
Die *eingerückten Absätze* enthalten:

authentische Diskussionsbeiträge von Lehrern, manchmal auch von Schülern, spiegeln einen bestimmten Bewußtseinsstand und haben in der Regel die Funktion einer *Problemanzeige.*

Verkürzt dargestellte Sachverhalte werden des öftern in den eingerückten Absätzen *verdeutlicht.* Diese Form wurde gewählt, um die notwendigen Informationen zu liefern, dabei aber den fortlaufenden Gedankengang nicht zu stören. Ebenso werden Gedankengänge, die der Verfasserin wichtig waren, durch *Beispiele* aus einer allen zugänglichen Erfahrungswelt veranschaulicht.

Immer wieder werden *Rückverweise* auf bereits erwähnte Zusammenhänge gegeben, die an der gekennzeichneten Stelle wieder aufgegriffen und evtl. vertieft werden.

Die *Vorausverweise* nennen diejenigen Abschnitte und Seiten, in denen angeschnittene Probleme weiter entfaltet werden.

Die Fragen *Zur Selbstüberprüfung* sollen dem Leser an bestimmten Schaltstellen des Buches die Möglichkeit geben, sich Rechenschaft abzulegen, wie er selbst zu bestimmten Problemen steht und ihre Umsetzung in die Praxis vollzieht.
Die *Grafiken* haben eine doppelte Funktion: Sie wollen in illustrativer Weise abstrakte Gedankengänge zusammenfassen, in der Hoffnung, daß sie sich dadurch besser einprägen (kognitive Funktion); an anderen Stellen wollen sie von

Zeit zu Zeit den Leser zum eigenen Nachdenken anregen oder seine Gefühle ansprechen (emotionale Funktion).
Die Texte *Zum Nachdenken* enthalten theologische oder pädagogische Äußerungen evangelischer und katholischer Autoren aus verschiedenen Epochen der religionspädagogischen Entwicklung. Mögen sie zum Verstehen und nicht zum Verurteilen anregen!
Anstöße zur geschilderten Arbeitsweise erhielt die Verfasserin unter anderen von R.F. Mager, Lernziele und Programmierter Unterricht und von verschiedenen Fernstudienlehrgängen, z.B. vom Fernstudienlehrgang für evangelische Religionslehrer (Deutsches Institut für Fernstudien, Tübingen), vom Fernstudienlehrgang für katholische Religionslehrer (ebd.) und vom Fernstudium für Mitarbeiter in der Erwachsenenbildung (Evangelische Arbeitsstelle Fernstudium für kirchliche Dienste, Hannover).
Diese immer häufiger anzutreffende Darstellungsweise will den Leser Schritt für Schritt zu bestimmten Zielen und Erkenntnissen führen und durch die eingestreute persönliche Anrede ermutigen, aber nicht gängeln.
Der Verlag hat diesem Buch den Titel *Leitfaden* gegeben und damit eine weitere Intention der Verfasserin getroffen. Es will ein "roter Faden" durch die noch immer zersiedelte religionspädagogische Landschaft sein. Es will aus müßigen und falschen Alternativen und Kontroversen herausführen und fragt nach einer sinnvollen Konkurrenz zwischen notwendiger Einheit und gebotener Vielfalt im Religionsunterricht unserer Schulen. An der einen oder anderen Stelle wird der Versuch gemacht, die Diskussion weiterzuführen in der Hoffnung, auch von den Fachleuten gehört zu werden. An solchen Stellen kommen führende Religionspädagogen durch ausführliche Zitate zu Wort.
Die *Fußnoten* sollen den Interessierten die Möglichkeit geben, Ausführungen nachzuprüfen, für die Experten soll die vertraute, wissenschaftliche Arbeitsweise nicht zu kurz kommen.
Gedankt sei an dieser Stelle allen Lehrerinnen und Lehrern, die in vielen Gesprächen durch ihre Beiträge die Inhalte dieses Buches reifen ließen. Es sind dies insbesondere die Teilnehmer der Fernstudienlehrgänge für Evangelische Religionslehrer und die Fachberater für das Fach Evangelische Religionslehre im Bereich der Realschule im westfälischen Landesteil. Besonderer Dank gilt meinem Kollegen, Herrn Dr. Reinhard Veit, der mich zu diesem Buch ermutigt und seine Fertigstellung kritisch begleitet hat; ebenso für unermüdliche Korrekturhilfe Frau Elfriede Pick, Köln und Herrn Klaus Lorkowski, Gelsenkirchen.

Schwerte/Villigst, im August 1977 — Ursula Früchtel

1
Über die Absichten dieses Buches

Die Absichten dieses Buches finden Sie jeweils zusammengefaßt am Ende der folgenden Abschnitte.

1.1
Ein Gesamtrahmen für das Fach Religion

Sie können den folgenden Abschnitt überschlagen oder später auf ihn zurückgreifen.

In den vergangenen drei Jahrzehnten hat sich ein wechselreicher Lernprozeß in Schule und Kirche hinsichtlich des Faches Religion vollzogen. Krisen und Unzulänglichkeiten dieses Faches wurden erkannt und analysiert. Kritische Fragen wurden von verschiedenen Seiten gestellt und Lösungen gefunden. Viele dieser Lösungen haben neue Probleme aufgeworfen und werden sie weiterhin aufwerfen. Die in jeder Phase dieses Lernprozesses gewonnenen Erkenntnisse hatten sowohl befreiende wie frustrierende Wirkungen auf diejenigen, die in der Schulwirklichkeit und der Unterrichtspraxis dieses Fach tragen. Wie kommt es zu so völlig unterschiedlichen Gefühlen und Bewertungen?

Auf einer religionspädagogischen Fortbildungsveranstaltung für Lehrer und Lehrerinnen der Sekundarstufe I (die Teilnehmer gehörten vorwiegend der Haupt- und Realschule an) zum Thema "Religionsunterricht bibel- oder problemorientiert?" kommt es zu einer erregten Auseinandersetzung.

Lehrer A (59 Jahre):
hat sich bisher an der Diskussion nicht beteiligt. Nach Vorstellung verschiedener Materialien zu einem problemorientierten Lehrgang meldet er sich mit mühsam zurückgehaltener Erregung zu Wort: "Ich bin der Meinung, daß der sog. problemorientierte Religionsunterricht ein Irrweg ist. Hier werden künstlich Probleme an die Schüler herangetragen, die sie nicht haben. Sie werden angeleitet, über alles Mögliche daherzureden ohne solide biblische Basis. Das ist Verrat an der Sache . . . "

Lehrer J (30 Jahre):
hat sich im Verlauf der Tagung bereits häufig zu Wort gemeldet. Er unterbricht seinen Kollegen: "Sie können wohl noch immer nicht

einsehen, daß Sie mit Ihrer Ansicht den Religionsunterricht in ein Getto hineintreiben. Sie müssen doch einmal die Realität beachten. Die Schüler wollen die Bibel nicht mehr sehen. Im übrigen kann der Religionsunterricht nur überleben, wenn er konsequent von den Zielen der Schule her begründet wird ... Es ist unausweichlich, daß die für den Religionsunterricht Verantwortlichen sich ernsthaft mit der Kategorie der Problemorientierung auseinandersetzen, ... sich erst einmal informieren ... "

(Gelächter, empörtes Gemurmel)

Unter Mitbeteiligung weiterer Tagungsteilnehmer wurde die Diskussion teilweise erbittert, zumindest aber sehr aggressiv weitergeführt.

Die beiden Gesprächsbeiträge lassen unschwer erkennen, welche "Hintergründe" bei der jeweiligen Position eine Rolle spielen. Die Kollegen A und J gehören verschiedenen "religionspädagogischen Generationen" an.

Lehrer A wurde noch ausgebildet nach dem Konzept der Evangelischen Unterweisung[1] und hat jahrelang auf dieser Basis unterrichtet[2]. Er befürchtet eine ideologische Überfremdung dieses Faches. Die Entwicklung der Religionspädagogik hat er nur am Rande verfolgt, aber nicht nachvollzogen oder nachvollziehen können. Er, der ältere erfahrene "Praktiker", fühlt sich von dem Jüngeren, der seine Ausbildung noch nicht lange abgeschlossen hat, nicht verstanden, in seinem bisherigen Selbstverständnis und Tun geradezu in Frage gestellt. Er mutmaßt in dem selbstbewußt vorgetragenen Einwand des Kollegen Arroganz.

Lehrer J wurde ausgebildet, als Problemorientierung und Lernzielgewinnung bereits die pädagogische Szene beherrschten. Der Anspruch der Wissenschaftlichkeit des Faches Religion und die Forderung nach Emanzipation der Schüler haben andere Ansprüche und Forderungen abgelöst. Die vorausgegangene religionspädagogische Entwicklung hat Lehrer J kaum zurückverfolgt. Er, der jüngere "wissenschaftlich" ausgebildete "Theoretiker", vermißt beim älteren Kollegen das nötige Problembewußtsein und mutmaßt ideologische Verbohrtheit.

Trotz aller Gegensätze zeigen beide Gesprächsbeiträge ungewollt verwandte Züge:

– Beide Sprecher halten ihre Position für die einzig richtige und sehen keine Möglichkeit, die Gegensätze zu überbrücken.
– Beide vermögen die stattgefundene Entwicklung nicht gerecht zu würdigen (weder die vorausgegangene noch die gegenwärtige).
– In beiden Gesprächsbeiträgen verbindet sich Kritik am Grundsätzlichen mit Kritik an der methodischen Durchführung des jeweiligen Ansatzes.

[1] Im Bereich der katholischen Religionspädagogik wird die parallel verlaufende Phase als "Kirchliche Katechetik" bezeichnet.

[2] Interessant wäre sicherlich, wenn bei beiden Gesprächsteilnehmern untersucht werden könnte, welche religiöse Sozialisation sie durchlaufen haben.

Problemanzeige

Gegensätzliche Auffassungen in bezug auf den Religionsunterricht stehen oft hart im Raum. Sie sind auf religionspädagogischen Fortbildungsveranstaltungen ebenso anzutreffen wie in Lehrerkollegien, wenn dort mehrere Kollegen nebeneinander das Fach erteilen. Die Gegensätze gehen quer durch alle Schulformen[3]. Solche Gegensätze können fruchtbar sein, wenn sie in einen dialogischen Wettstreit um das Fach einmünden. Sie sind aber auch problematisch, wenn dies – aus welchen Gründen auch immer – nicht geschieht und die Schüler im Verlauf ihrer Schulzeit sich den unterschiedlichsten Auffassungen über das Fach Religion ausgesetzt sehen. Sicherlich ist es auch im Blick auf den Schüler ein erstrebenswertes Ziel, wenn er erfährt, daß es in diesem Fach einen Pluralismus der Auffassungen und Unterrichtsstile gibt. Das ist es jedoch nur dann, wenn er dieser Vielfalt nicht einfach ausgeliefert ist, ohne die Hintergründe durchschauen zu können. Diese Gefahr würde vermieden, wenn es *entweder* üblich würde, "Unterricht über Unterricht" (Metaunterricht)[4] zu machen *oder* wenn der Schüler von vornherein im Rahmen einer Gesamtkonzeption von Religionsunterricht mit verschiedenen, aufeinanderbezogenen Unterrichtsansätzen vertraut gemacht würde[4a]. Da die gegenwärtige religionspädagogische Diskussion zu einem gewissen Ruhepunkt gekommen ist[5], scheint der zuletzt genannte Vorschlag verheißungsvoll.

Erste Intention

Dieses Buch will versuchen, einen Gesamtrahmen für das Fach Religion zu entwickeln, in den die noch nicht überholten Anliegen der zurückliegenden und gegenwärtigen Entwicklung der Religionspädagogik eingehen können, sofern sie die Diskussion überlebt haben[6].

[3] Es soll mit diesem Hinweis nicht in Frage gestellt werden, daß die Gegensätze in den verschiedenen Schulformen u.U. mit unterschiedlichen Akzentuierungen ausgetragen werden.

[4] Unterricht in dieser Form anzubahnen, ist das Ziel des Religionsbuches von E. Bochinger u.a., Arbeitsbuch für den Religionsunterricht im 3. und 4. Schuljahr, Schalom, Frankfurt, Berlin, München 1973, G. Hilger hat auf dieses Ziel bei der Analyse von Schalom besonders hingewiesen (G. Hilger 1975, S. 176 ff.). – Die genauen Angaben zu den in den Fußnoten abgekürzt aufgeführten Büchern finden Sie am Schluß dieses Buches in der Literaturübersicht.

[4a] Die Entwicklung innerhalb der Religionspädagogik scheint immer mehr auf ein Bemühen um eine Integration verschiedener Unterrichtsansätze hinauszulaufen. Vgl. Wolfgang G. Esser (Hg.) 1977, mit dem bezeichnenden Untertitel "Elemente einer *integrativen* (Hervorhebung von der Verfasserin) Theorie der Praxis des Religionsunterrichts".

[5] Vgl. dazu ebenfalls Hilger, 1975 S. 11.

[6] Zu den Konzeptionen, die nicht überlebt haben, gehört z.B. die sog. Religionskunde.

These Die Entwicklung eines Gesamtrahmens für das Fach Religion unter Einbeziehung von Erkenntniselementen aus der bisherigen Entwicklung – dies dürfte für andere Fächer ebenso gelten – kann nicht in einer alles harmonisierenden und nivellierenden Synthese bestehen. Verschiedene Ansätze können nur in dialektischer Spannung stehend einander zugeordnet werden.

Erläuterung

Vielen Schülern wird oft von ein und demselben Lehrer ein unverbundenes Nebeneinander von verschiedenen Unterrichtseinheiten zugemutet. Sie können keinen "roten Faden" mehr erkennen und das in einer Unterrichtseinheit Gelernte nicht mit dem in einer anderen Gelernten verknüpfen. Eine geordnete und von klaren Zielvorstellungen geleitete Vielfalt wäre hier sicherlich besser als das ungeordnete, oft nur auf Aktualität bedachte Vielerlei.

Trotz Erläuterung wird Ihnen diese These noch sehr verallgemeinernd und sehr wenig konkret erscheinen. Bitte, gedulden Sie sich, bis sie genauer in den Kapiteln 2, 3, 4 und 5 entfaltet wird!

1.2 Ein Blick zurück in die Geschichte der Religionspädagogik

Die Abhängigkeit der Religionspädagogik von der allgemeinen Pädagogik, der Theologie und den gesellschaftlichen Bedingtheiten

S. 15, 22, 39ff.

In den folgenden Abschnitten soll dargelegt werden, warum mit einer neuen Entwicklungsphase in der Religionspädagogik die Erkenntnisse der vorgehenden Phasen nicht einfach abgetan sind.

Abhängigkeit

Die Religionspädagogik steht in einem immer neuen Abhängigkeitsverhältnis (Interdependenz) zu bestimmten pädagogischen Tendenzen und theologischen Leitgedanken einer Zeit. Pädagogik und Theologie stehen ihrerseits in einem Wechselverhältnis zum "Bedarf" der Menschen, die unter bestimmten politisch-gesellschaftlichen Verhältnissen leben[7].

[7] Mit dem "Bedarf" sind Fragen und Probleme in existentiell-religiöser Hinsicht gemeint.

1.21
"Evangelische Unterweisung" und "Kirchliche Katechetik"

Religionspädagogik

Die führende religionspädagogische Richtung nach dem zweiten Weltkrieg im evangelischen Bereich, die sog. Evangelische Unterweisung, hatte eine ausgesprochen theologische Zielsetzung. Sie verstand sich als Verkündigung; als Verkündigung in der Schule; als "Kirche in der Schule"[8]. Das Ziel im Blick auf den Schüler war die Hinführung in das Leben der Gemeinde. Der Lehrer sah sich im Rahmen dieser Konzeption als Verkündiger, als Botschafter des Wortes[9]. Der schulische Religionsunterricht war nachgeholter Taufunterricht und damit Bestandteil des konfirmierenden Handelns der Kirche.
Im Bereich der katholischen Kirche gelangte im gleichen Zeitraum – bedingt durch die Erfahrungen während der nationalsozialistischen Ära und die Entwicklung nach 1945 – eine Richtung zum Zug, die die Religionspädagogik nicht mehr als erziehungswissenschaftliche Disziplin sah, sondern als theologische Unterrichtslehre, als Katechetik. Sie verstand sich als Teil eines umfassenden Erziehungswirkens der Kirche mit dem Ziel der Heilsvermittlung. Das "Erziehungsobjekt" Kind war Heilsempfänger, das Wirken des Erziehers war auf die Hinführung zur Vollendung, zur "ewigen Seligkeit" ausgerichtet[9a].

Theologie

Entscheidende Anstöße hat die Evangelische Unterweisung von der Dialektischen Theologie, insbesondere von Karl Barth, erhalten. Er charakterisiert "Religion" als die Angelegenheit des gottlosen Menschen und die Offenbarung in Jesus Christus als die Krisis (das Gericht!) aller Religionen – wie auch immer

[8] Als Autoren sind zu nennen: G. Bohne, Das Wort Gottes und der Unterricht 1929; M. Rang, Biblischer Unterricht 1936; O. Hammelsbeck, Der kirchliche Unterricht 1939; H. Kittel, Vom Religionsunterricht zur Evangelischen Unterweisung, Wolfenbüttel [1]1947. Die Erscheinungsjahre der einzelnen Publikationen zeigen, daß die theoretische Begründung der Evangelischen Unterweisung z.T. schon geraume Zeit vor dem Ende des Zweiten Weltkrieges erfolgte. Auf die Entwicklung der einzelnen Autoren und die Variation ihres Ansatzes kann nicht eingegangen werden. Vgl. dazu W. Sturm 1971 und K. Frör 1975.

[9] Dieses Verständnis des Lehrers hat sich im evangelischen Bereich niedergeschlagen in dem damaligen Verständnis der Vokation (der Erteilung der kirchlichen Bevollmächtigung), sofern sie von verschiedenen evangelischen Landeskirchen eingeführt wurde. Die Vokation rückte in die Nähe der Ordination; damit wurde der Lehrer in bezug auf das Fach Religion "Amtsträger der Kirche". Im katholischen Bereich hat die Vokation ihre Parallele in der missio canonica, der nach kirchlichem Recht geordneten Beauftragung des Religionslehrers.

[9a] In diesen Zusammenhang gehört die Erziehungsenzyklika Pius XI. "Divini illius magistri" aus dem Jahre 1929 und das Buch von J. Bernberg, Zurück zur Erziehungslehre Christi! Kritik der alten und Umriß der neuen katholischen Pädagogik, Regensburg 1921, dessen Gedanken, lange Zeit als exzentrisch abgetan, jetzt wieder zum Tragen kamen. Vgl. zum Ganzen H. Schilling 1970, S. 182ff.

diese Sätze in dem Zusammenhang, in dem sie stehen, zu verstehen sind[10]. "Evangelische Unterweisung" verstand sich von diesem Ansatz her als kritisches Ferment gegenüber den Inhalten und Normen anderer Fächer, aber auch als "Krisis" gegenüber dem Religionsunterricht der vorausgegangenen Jahrzehnte. Die theologischen Anstöße für die katholische Katechetik kommen von der Gottebenbildlichkeitsvorstellung (Imago-Dei-Vorstellung), deren Wurzeln bereits in der Alten Kirche liegen. "Gott wurde Mensch, damit wir göttlich würden", mit diesem Satz läßt sich die Erlösungsvorstellung der Kirchenväter der Alten Kirche zusammenfassen. Die Erlösung bestand in der Wiederherstellung der Gottebenbildlichkeit und wurde auf dem Weg der Erziehung erreicht. Wir haben uns so gegenüber den Kindern zu verhalten, wie sich Christus – der Logos – uns gegenüber verhalten hat. In diesem Zusammenhang wird Erlösung als Erziehung und Erziehung als Erlösung verstanden. Zu diesem altkirchlichen Traditionsstrang trat im durchschnittlichen katholischen Erziehungsdenken ein weiteres dogmatisches Grundmuster hinzu: das von der Gnade, das die Natur voraussetzt und sie überhöht (Thomas von Aquin). Dementsprechend werden den natürlichen Erziehungsmitteln (Gewöhnung, Belehrung, Beispiel, Wetteifer, Belohnung, Strafe usw.) die übernatürlichen (Gebet, Glaubensverkündigung, Sakramente, vor allem Buße und Eucharistie) zugeordnet und durch diese überhöht[10a].

Bildung/Erziehung/Pädagogik

Obwohl von den Vertretern der Evangelischen Unterweisung die Besonderheit und Andersartigkeit ihres Faches behauptet wurde, war es durchaus nicht unzeitgemäß in der Erziehungslandschaft seiner Zeit. Der materiale Bildungsbegriff[11], ein Bildungsbegriff, der von den Inhalten her denkt, herrschte vor[12]. Die großen objektiven Inhalte, die ihre Bedeutung bereits in der Vergangenheit erwiesen hatten, wurden tradiert – exemplarisch selbstverständlich! Der Religionsunterricht umschrieb lediglich seinen Inhalt in besonderer Weise: als von Gott gesprochenes und von der Kirche verkündigtes Wort, das seine Wahrheit ebenfalls bereits in der Vergangenheit, durch die "Wolke der Zeugen" erwiesen hatte.

Die katholische Bildungs- und Erziehungslehre, in die sich die Katechetik eingebettet wußte, war angelegt auf die Vermittlung "katholischer Werte". Von daher wird die Forderung der damaligen Zeit nach katholischen Bekenntnisschulen und nach katholischer Lehrerausbildung verständlich. Das Verhältnis von Theologie und Pädagogik wurde entweder hierarchisch (Überordnung –

10 Vgl. K. Barth, Kirchliche Dogmatik, Bd. I, 2, 3, S. 327ff.
10a Vgl. zum ganzen H. Schilling 1970 S. 180; S. 194ff.
11 Vgl. dazu H. Blankertz ^{3}1970, S. 37f.
12 Hier wird lediglich die Vorherrschaft des *materialen* Bildungsbegriffs im Erziehungsalltag der Schule behauptet. In der wissenschaftlichen Diskussion dieser Zeit waren selbstverständlich auch formale Bildungstheorien, also Bildungstheorien, die vom Subjekt her denken, bereits ausgebildet.

Unterordnung) oder analogisch (Heilswirken als Erziehung – Erziehung zum Heil) bestimmt[12a].
Methodisch orientierte sich der Religionsunterricht an den Herbartschen[13] Formalstufen.
Der ökumenische Dialog in Sachen Religionspädagogik begann erst mit dem “Bibelfrühling” im katholischen Bereich, der Hinwendung zur historisch-kritischen Exegese und der Aufarbeitung ihrer Erkenntnisse für die Religionspädagogik[13a].

Politisch-gesellschaftliche Situation

Dieses Fach ließ sich nahtlos in die kirchliche und schulische Situation nach 1945 einfügen. Die Gesellschaft versuchte sich neu zu orientieren durch den Rückgriff auf diejenigen Traditionen, die durch das Dritte Reich nicht pervertiert oder korrumpiert worden waren.

Defizit

Die didaktische Frage nach der Auswahl der Tradition (was soll aufgrund welcher Kriterien gelernt werden?) wurde noch nicht ausdrücklich und nachdrücklich gestellt. Die Lehrpläne blieben Stoffpläne ohne Zielangaben. Der Bedarf des Schülers und die Bedeutung für die Gesellschaft wurden als Bestimmungsgrößen nicht ausreichend bedacht[14].

Positiv

Vertreter der Evangelischen Unterweisung wie der kirchlichen Katechetik zeigen häufig ein hohes Maß an Sensibilität gegenüber ideologischer Überfremdung des Faches Religion. Sie befürchten, Überlieferungen der Bibel und der Kirche könnten unangemessenen Zielen untergeordnet und damit verfälscht werden. Gegenüber der ab 1966 erhobenen Forderung, der Religionsunterricht habe sich den Zielen der Schule unterzuordnen[15], wird von dieser Konzeption her immer ein Unbehagen bleiben.

Erinnern Sie sich an das Beispiel von Lehrer A und Lehrer J im Abschnitt 1.1?

S. 9f.

[12a] Vgl. dazu H. Schilling 1970, S. 179ff.
[13] Der Unterschied zwischen der Pädagogik Herbarts und den Herbartianern kann hier unberücksichtigt bleiben. Vgl. dazu F. Blättner 1956, S. 180ff.
[13a] Vgl. dazu M. Stallmann 1968, S. 43ff.
[14] Dies ist nicht als Vorwurf, sondern als Feststellung gemeint. Eine bestimmte Entwicklungsphase kann nicht nach Erkenntnissen einer späteren Zeit, sondern nur aufgrund der ihr zur Verfügung stehenden Möglichkeiten beurteilt werden.
[15] So u.a. H.-B. Kaufmann 1973, S. 36ff. Vgl. dazu G. Kittel 1974, S. 357ff., die der gegenwärtigen Religionspädagogik vorwirft, sie sei noch immer in dem Dogma befangen, der Religionsunterricht habe sich von der Schule her zu begründen.

Herr A sprach von "Verrat an der Sache". In diesem – sicher nicht ausreichend begründeten – Vorwurf kommt nicht nur ein Vorurteil, sondern auch ein berechtigtes Anliegen zum Ausdruck. Er fürchtet die Anpassung des Faches Religion an jeden modischen Trend ohne sorgfältige Prüfung.

Der Gesprächsbeitrag von Herrn A müßte noch weitergeführt werden, und zwar stellvertretend für den Schüler. Wenn er in seinem eigenen Interesse zur Kritikfähigkeit erzogen werden soll, dann sollte dies nicht nur gegenüber der Vergangenheit geschehen (nichts ist leichter als das!), sondern auch gegenüber den Tendenzen und Trends der Gegenwart einschließlich ihrer ausgesprochenen und unausgesprochenen Implikationen.

Eine Weiterführung des Gesprächsbeitrags von Herrn A im Blick auf den Schüler finden Sie in Abschnitt 2.3 "Die theologische Grundlage" und im Schlußabschnitt dieses Buches "Ein Blick voraus".

S. 69f. und S. 170

Herr A müßte sich allerdings auch selbst fragen, inwieweit nicht bei ihm und der von ihm vertretenen Auffassung von Religionsunterricht Normen und Wertvorstellungen wirksam werden, die keineswegs identisch sind mit dem Anspruch des Evangeliums. Die gesellschaftliche Bedingtheit jeder Auslegung der biblischen Überlieferung und jedes kirchlichen Handelns ist stärker als wir wahrhaben wollen.

1.22
Hermeneutischer Religionsunterricht

Religionspädagogik

Das unter 1.2 behauptete Abhängigkeitsverhältnis der Religionspädagogik von Theologie und allgemeiner Pädagogik sowie den politisch-gesellschaftlichen Bedingtheiten galt auch für die nächste Phase der religionspädagogischen Entwicklung. In ihr herrschte die Konzeption des sog. hermeneutischen Religionsunterrichts vor, die 1958 eingeleitet wurde[16]. Sie verstand sich als Auslegung

[16] An Namen sind hier zu nennen: M. Stallmann, Christentum und Schule, Stuttgart 1958; G. Otto, Schule-Religionsunterricht-Kirche, Göttingen 1961; M. Stallmann, Evangelischer Religionsunterricht, Düsseldorf 1968; H. Stock, Religionsunterricht in der kritischen Schule, Gütersloh 1968 für den evangelischen Bereich; J.A. Jungmann, Katechetik, Aufgabe und Methode der religiösen Unterweisung ^{2}1955; Bruno Dreher, Die biblische Unterweisung im katholischen und evangelischen Religionsunterricht. Eine theologisch-kerygmatische Gegenüberstellung, 1963; Wolfgang Langer, Kerygma und Katechese, Theologische und didaktische Neubegründungen des Bibelunterrichts, 1966 für den katholischen Bereich.

Die Texte auf der gegenüberliegenden Seite sind entnommen aus:
H. Kittel, Vom Religionsunterricht zur Evangelischen Unterweisung, 1947. – Th. Kampmann, Erziehung und Glaube, 1960.

Zum Nachdenken

Die Wahrheit stirbt, wo Ideen und Gedanken Mittel zum Zweck werden . . .
Und die Freiheit stirbt, wo nicht mehr vorbehaltlos nach der Wahrheit gefragt werden kann.

Was ist der Mensch? Von der Beantwortung dieser Frage hängt es ab, welchen Kräften und Fähigkeiten innerhalb der Wirklichkeit des Kindes der Erzieher seine besondere Aufmerksamkeit zuwendet. Jeder wirkliche Erzieher muß dabei die begrenzten Fähigkeiten, die er beim Kinde vorfindet, zusammen zu sehen vermögen mit dem hohen Zielbild, dem er das Kind entgegenleitet. Das eine, das wirkliche Kind, in Übereinstimmung zu bringen mit dem anderen, dem exemplarischen Menschen, ist Sinn und Zweck allen Erziehens.

im weitesten Sinn und sah darin eine eigenständige Aufgabe der Schule neben dem Verkündigungsauftrag der Kirche. Das Ziel war die konsequente Erschließung biblischer Texte unter Einbeziehung der Ergebnisse der historisch-kritischen Exegese und unter Anwendung bestimmter hermeneutischer Grundsätze. Letzteres bedeutet nichts anderes als die Befragung dieser Texte in bezug auf das ihnen zugrunde liegende Existenzverständnis und seine Deutung für die Existenz des heutigen Menschen bzw. des Schülers[17].

Theologie

Entscheidende Impulse erhielt diese Konzeption von Rudolf Bultmann[18] und seinen Schülern, deren bedeutende Leistung nicht nur in der Anwendung historisch-kritischer Methoden auf biblische Texte bestand, sondern auch in der Deutung der Texte im Sinne der sog. existentialen Interpretation. Ihnen lag nicht an der Ausmerzung mythologischer und anderer zeitbedingter Elemente des Alten und Neuen Testaments (Eliminierung), sondern an deren Bedeutsamkeit für das menschliche Existenzverständnis[19]. Sie waren der Meinung, daß nur da sachgemäß von Gott geredet werden kann, wo gleichzeitig vom Menschen geredet wird[20]. Der Religionsunterricht verstand sich von diesem Ansatz her als notwendiges Fach der Schule. Neben anderen Traditionen hatten auch die des Christentums wesentliche Aspekte "zur Lichtung des menschlichen Seins" beizutragen[21]. Nahm die Schule ihren Bildungsauftrag ernst, so konnte sie – das war die Meinung der Religionspädagogen dieser Richtung – auf den christlichen Beitrag nicht verzichten.

Bildung / Erziehung / didaktische Diskussion

Eine solche Konzeption, die nach sinnvoller Zuordnung des Faches Religion zum Bildungsauftrag der Schule fragte, konnte in bezug auf seine theoretische Begründung nicht isoliert neben der Theoriediskussion der allgemeinen Pädagogik stehen. Sie war beherrscht von der sog. geisteswissenschaftlichen Pädagogik[22], die sich als Hermeneutik verstand. Eines ihrer Ziele war die *Auslegung* der Wirklichkeit und die *Deutung* dieser Wirklichkeit als geschichtlicher Wirklichkeit.

[17] Vgl. M.Stallmann 1968, S 27ff.

[18] Gedacht ist hier selbstverständlich an die theologische Arbeit R. Bultmanns nach seinem Ausscheiden aus der Gruppe "Barth, Gogarten, Bultmann", die zunächst durch den Ansatz der Dialektischen Theologie vereint, die Zeitschrift "Zwischen den Zeiten" herausgab.

[19] Vgl. dazu K. Frör 1975, S. 166.

[20] Vgl. dazu R. Bultmann, Das Problem der Hermeneutik, in: Glauben und Verstehen, Bd. 2, Tübingen 1952 u.ö., S. 231ff.

[21] Vgl. dazu W.G. Esser 1970, S. 229, der sich in Anknüpfung an M. Heidegger und H.G. Gadamer mit dem Problem des Umgangs mit Tradition und Daseinslichtung beschäftigt.

[22] Ausgehend von W. Dilthey waren ihre großen Repräsentanten z.B. E. Spranger, W. Flitner, Th. Litt u.a. Vgl. zur geisteswissenschaftlichen Pädagogik H. Blankertz ^{3}1970, S. 28ff.

S. 18

Bitte, vergleichen Sie noch einmal den Begriff der Hermeneutik, wie er innerhalb der Theologie z.B. bei Bultmann gebraucht wird, aufgrund der Aussagen im vorhergehenden Abschnitt! Dieser Abschnitt ist sehr knapp. Für eine qualifizierte Diskussion empfiehlt sich die vertiefende Lektüre einer oder mehrerer Schriften Bultmanns oder Ebelings.

W. Klafki hat Überlegungen der geisteswissenschaftlichen Pädagogik aufgegriffen und zu seiner Grundthese von der "doppelseitigen Erschließung"[23] weiterentwickelt. Er meint damit die Erschließung der geschichtlichen Wirklichkeit für den Schüler und die Erschließung des Schülers für diese Wirklichkeit. M. Stallmann bezieht sich bei seiner theoretischen Begründung des Religionsunterrichts (im evangelischen Bereich spricht man jetzt wieder von "Religionsunterricht"!) ausdrücklich auf diese Grundthese von Klafki[24].

Auf den Grundsatz der "doppelseitigen Erschließung" wird im Abschnitt 1.23 und in den Kapiteln 2, 3 und 4 zurückgegriffen.

S. 24, 63, 78 und 110

Geistiges Klima

Bei der Darstellung der Positionen "Evangelische Unterweisung" und "Katechetik" wurde darauf verwiesen, daß diese sich nahtlos in die kirchliche und schulische Situation einfügen ließen. In den genannten Bereichen suchte man nach Neuorientierung an den "bewährten Traditionen" der Vergangenheit. Bald wurde jedoch erkannt, daß eine unmittelbare Erschließung der Vergangenheit für die Gegenwart nicht möglich ist. Man wurde sich des historischen Abstandes deutlicher bewußt. Historisch-kritische Arbeiten, oft schon in der Kriegszeit entstanden, drangen erst jetzt ins allgemeine Bewußtsein, da man bislang mit den Problemen des Überlebens und des Wiederaufbaus beschäftigt gewesen war[25]. Angesichts der zurückliegenden Vergangenheit ist es schließlich nicht verwunderlich, daß die "Suchenden" in der geistigen Landschaft Deutschlands jetzt nach einer Erhellung menschlicher Existenz fragten[26].

Defizit

Der "hermeneutische Religionsunterricht" hat die Diskussion um den sachgemäßen Umgang mit der biblischen Überlieferung ohne Zweifel weitergeführt.

[23] Vgl. W. Klafki [9]1967, S. 43 u.ö.
[24] Vgl. M. Stallmann 1968, S. 27ff.
[25] Dies gilt z.B. von Bultmanns Aufsatz "Neues Testament und Mythologie", der, 1941 zunächst als Vortrag gehalten und im gleichen Jahr gedruckt, erst nach dem Krieg eine unerhörte Diskussion entfachte.
[26] Eine solche Charakterisierung eines Zeitabschnittes ist ohne weitere Belege wissenschaftlich nicht zulässig. Mit Rücksicht auf die Intentionen dieses Buches muß auf eine ausführliche Diskussion verzichtet werden. Vgl. wenigstens M. Stallmann 1968, S. 30f.

Er sieht in ihr nicht mehr zeitlos gültige, geoffenbarte Wahrheit, die für den Schüler unmittelbar zu "Verkündigung heute" werden kann. Er erkannte das Mißverhältnis zwischen dem von der theologischen Wissenschaft erarbeiteten Verständnis und dem naiven, den historischen Abstand überspringenden Umgang mit biblischen Texten in der Unterrichtspraxis[27]. Er schloß daraus, daß der sachgemäße Umgang mit diesen Texten zunächst nur an das frühere Existenzverständnis, an die frühere Verkündigung heranführen kann. Die eigentliche Aufgabe sah er darin, heutige Daseinsauslegung (wie sie z.B. die Philosophie leistete) mit der früheren (der biblischen Texte) gegenseitig zur Erschließung zu bringen. Dies alles darf nicht über Verengungen dieses Ansatzes hinwegtäuschen. Die Auslegung der geschichtlich gewordenen Wirklichkeit wurde vielfach eingeengt auf die Auslegung von Texten[28]. Das der Hermeneutik zugrunde liegende Existenzverständnis war ein individualistisch verengtes[29] ohne ausreichende Einbeziehung der gesellschaftlichen Dimension. Gleichzeitig blieb dieses Existenzverständnis zu allgemein. Die "menschliche Existenz" ist oft nicht ein und dasselbe wie die "Existenz des Schülers" oder die Existenz bestimmter Schüler. Insgesamt darf man feststellen, daß Vergangenheit und Überlieferung dominierten. Mit Recht wurde später eingewandt, daß die gegenwärtige Wirklichkeit ihre eigenständigen Fragen und Antworten hat, die in der Überlieferung nicht einfach mitenthalten sind[30]. Da es um den verstehenden und denkenden Umgang mit der Überlieferung ging, blieb dieser Unterricht stark der kognitiven Dimension verhaftet. In methodischer Hinsicht läßt sich eine gewisse Invariabilität nicht übersehen[31].

[27] Vgl. ebd., S. 31.

[28] H. Blankertz ³1970, S. 30, hat darauf hingewiesen, daß die Einengung der geisteswissenschaftlichen bzw. hermeneutischen Didaktik auf Textauslegung den Vertretern dieser Richtung zu Unrecht vorgeworfen wird, für die Lehr- und Forschungs*praxis* aber weithin zutreffend ist. Die Einengung auf Bibel*text*auslegung in der religionspädagogischen *Praxis* hat H.-B. Kaufmann zu seiner lapidaren Gegenthese von 1966 veranlaßt: "Die traditionelle Mittelpunktstellung der Bibel als Gegenstand und Stoff des Religionsunterrichts ist ein Selbstmißverständnis und weder theologisch noch didaktisch gerechtfertigt . . . " (Muß die Bibel im Mittelpunkt des Religionsunterrichts stehen? u.a. in: H.B.Kaufmann 1973, S.23)

[29] Dies wurde im theologischen Bereich gegen das Konzept der existentialen Interpretation von Bultmann von Vertretern der sog. "Politischen Theologie" eingewandt. Vgl. z.B. J.B. Metz 1968, S. 101f.

[30] Vgl. z.B. W.G. Esser 1970, S. 212ff., der darauf hinweist, daß die Schule und damit auch der Religionsunterricht einen doppelten Auftrag zu erfüllen habe: 1. Die Auslegung des gegenwärtigen und zukünftigen Daseins des Menschen und 2. Die Auslegung der Überlieferung, wobei er sehr wohl weiß, daß beides aufeinander bezogen sein muß.

[31] Erzählen, Gespräch, Textarbeit . . . sind in der Regel die Vorschläge. Medien haben eine illustrierende Funktion. Vgl. dazu M. Stallmann 1968, ab S. 87ff. (Die Aufgabe der Methode).

Die Texte auf der gegenüberliegenden Seite sind entnommen aus:
M.Stallmann, Evangelischer Religionsunterricht, 1968. – P.Schladoth, Überlegungen zur didaktischen Struktur des Religionsunterrichts, in: Katechetische Blätter 1973.

Zum Nachdenken

Die Auslegung von Überlieferung hat vielmehr darin ihre unvergleichliche Bedeutung, daß dabei die dem Menschen zugemutete Freiheit und zugleich die ihn verpflichtende Verantwortung als das innerste Wesen seiner Geschichtlichkeit vernehmbar werden. Die allgemeine Didaktik steht ... vor der Aufgabe, für einen fragend fordernden Umgang mit der Überlieferung die pädagogisch verantwortbare Gestalt zu finden.

Die religiöse Tradition ist gewiß situationsbedingt, denn in ihr begegnen wir Fragestellungen vergangener Generationen und dementsprechend auch Antworten, die nur im Horizont ihrer Zeit zu verstehen sind. Zugleich darf aber auch gesagt werden, daß die religiöse Überlieferung eine überzeitliche Komponente besitzt; handelt es sich doch um Grundfragen des menschlichen Daseins, die – wenn auch auf eine bestimmte geschichtliche Situation zugeschnitten – die Grundverfaßtheit des Menschen zur Sprache bringen, die sich ihm bleibend, wenn auch mit unterschiedlichen Aspekten, kundtut.

Während eines Fernstudienlehrgangs für evangelische Religionslehrer werden die großen religionspädagogischen Konzeptionen der letzten dreissig Jahre erarbeitet.

Frau S (Realschullehrerin, 54 Jahre, Fächer: Deutsch, Geschichte, Religion):
Ich habe große Schwierigkeiten mit dem Einbringen geeigneter Bibelstellen bei gegenwartsbezogenen Themen im Religionsunterricht. Rückblickend muß ich sagen, daß für mich die Phase des hermeneutischen Religionsunterrichts die fruchtbarste war.

Positiv

Frau S empfindet diese Phase des Religionsunterrichts aus verschiedenen Gründen als fruchtbar. Sie brachte eine intensive Beschäftigung des Lehrers mit dem biblischen Text in bezug auf Auslegung und Deutung mit sich; so intensiv, daß er das Gefühl hatte, ihm auf jeden Fall gerecht zu werden. Dieses Gefühl hat Frau S (und mit ihr auch andere Kollegen) bei dem "gegenwartsbezogenen" Religionsunterricht nicht . . . oder noch nicht. Sie hat ferner das Gefühl, daß ihr – ausgehend von der Tradition – der Transfer zur Wirklichkeit des Schülers gelungen ist, z.T. auf diese Weise noch immer gelingt. Das Gefühl dürfte kein trügerisches sein, denn Frau S konnte ihre drei Fächer sehr gut einander zuordnen, da sie in ihnen von einem gleichen Traditions- und Hermeneutikverständnis ausgehen konnte.

S. 18f.

Erinnern Sie sich an die Parallelität zwischen hermeneutischer Theologie und hermeneutischer Didaktik in den vorhergehenden Abschnitten?

Ein sich anschließendes Gespräch mit Frau S ergab, daß ihr durchaus deutlich war, in jener "fruchtbaren Phase" des Religionsunterrichts weite Bereiche der Wirklichkeit des Schülers ausgeblendet zu haben.
Im Bereich der katholischen Religionspädagogik ("Kirchliche Katechetik") begann 1965 eine gewisse "Gleichschaltung" durch die stärkere Beachtung der Arbeiten auf evangelischer Seite. Doch sagt von dieser Phase ein katholischer Religionspädagoge: "Der kurze 'Bibelfrühling', der auf katholischer Seite endlich ausgebrochen war, aber kaum Zeit hatte, Frucht anzusetzen, war rasch vorüber"[32]. Von da ab begann die Verlagerung des Schwergewichts auf die Lebensfragen.

[32] A. Exeler 1974, S. 93.

1.23
Problemorientierter Religionsunterricht

Das unter 1.2 behauptete Abhängigkeitsverhältnis der Religionspädagogik von Theologie und allgemeiner Pädagogik sowie von den politisch-gesellschaftlichen Verhältnissen gilt auch für die Phase des problemorientierten Religionsunterrichts, die durch die Thesenreihe von H.-B. Kaufmann, "Muß die Bibel im Mittelpunkt des Religionsunterrichts stehen?" 1966 eingeleitet wurde[33].

Religionspädagogik

Die Zielsetzung des problemorientierten Religionsunterrichts läßt sich am einfachsten mit einer Formulierung aus der Thesenreihe von H.-B. Kaufmann umschreiben: "Die biblische Überlieferung vom Heil in Jesus Christus, dem Gekreuzigten und Auferstandenen, und die reformatorische Rechtfertigungslehre . . . kommen nur dann recht in den Blick, wenn sie im *Kontext* der geschichtlichen Welt und menschlichen Lebenswirklichkeit sowie im *Dialog* mit dem Welt- und Selbstverständnis der heute lebenden Menschen zur Sprache gebracht wird". Diese These läßt sich auch sinngemäß umkehren, nämlich daß gegenwärtige Wirklichkeit im Horizont biblischer Überlieferung auszulegen ist[34]. Im Blick auf den Schüler steht nicht mehr das Verstehen einer vorgegebenen geschichtlichen Wirklichkeit in Gestalt biblischer Texte und deren deutendes Inbeziehungsetzen zur eigenen Existenz im Vordergrund, sondern ein problemlösendes Denken in bezug auf die *ganze* uns umgebende Wirklichkeit unter *Einbeziehung* der Überlieferung.

Theologie

Die Zuordnung zu einer theologischen Schule ist in dieser Phase der religionspädagogischen Entwicklung nicht mehr so eindeutig möglich wie in den beiden vorhergehenden, wohl aber werden bestimmte theologische Tendenzen sichtbar. P. Tillich, 1933 nach den USA emigriert, wurde durch seine europäischen Gastvorlesungen in den Sechzigerjahren zunehmend im deutschsprachigen Raum bekannt und dann aufgenommen. Ihm ging es um die Korrelation zwischen göttlicher Offenbarung und menschlichem Empfang dieser Offenbarung. Gott und Mensch stehen in einer *Wechselbeziehung:* "Gott antwortet auf Fragen des Menschen, und unter dem Eindruck von Gottes *Antworten* stellt der Mensch seine Fragen . . . Eine Analyse der menschlichen Si-

[33] Muß die Bibel im Mittelpunkt des Religionsunterrichts stehen? Erstmalig 1966 in Loccum vorgetragen, zuerst veröffentlicht in: Theologia Practica 1968, jetzt am besten greifbar in: streit um den problemorientierten unterricht, hg. von H.-B. Kaufmann 1973, S. 23ff.

[34] Daß diese Umkehrung erlaubt ist, zeigt These 5 aus der Thesenreihe von 1970: Thesen zum thematisch-problemorientierten Religionsunterricht, u.a. in: H.-B. Kaufmann 1973, S. 38.

tuation ergibt, daß aus ihr existentielle Fragen hervorgehen . . . und daß die Symbole der christlichen Botschaft *Antworten* auf diese Fragen sind"[35].

S. 23

Einige Zeilen weiter oben haben Sie gelesen, daß die problemorientierte Konzeption von der Auslegung der biblischen Überlieferung im *Kontext* und die Auslegung der Wirklichkeit im *Horizont* der Offenbarung in Jesus Christus erfolgen soll. Sehen Sie Beziehungen zwischen dem religionspädagogischen Ansatz von Kaufmann und dem theologischen von Tillich?

S. 19

Unter 1.22 wurde auf Klafkis These von der doppelseitigen Erschließung von geschichtlicher Wirklichkeit und Wirklichkeit des Schülers hingewiesen. H.-B. Kaufmann hat offenbar eine Parallelität zwischen seinem religionspädagogischen Ansatz und dem von Klafki übernommenen Ansatz der allgemeinen Pädagogik gesehen[36].

In Auseinandersetzung und Weiterführung mit der existentialen Interpretation Bultmanns und seiner Schule wurde neben der personalen die politisch-gesellschaftliche Dimension des Menschen betont. Der Mensch steht seiner Umwelt nicht nur als Reagierender, sondern als Interpretierender gegenüber. Für die Gewinnung seiner Identität ist er auf die Interaktion mit anderen angewiesen[37]. Im Sinne der Rechtfertigungslehre ist er nicht nur ein Veränderter, sondern ein Verändernder, weil der Zuspruch der Gnade Gottes nicht nur Bedeutung für den einzelnen, sondern für die gesamte Wirklichkeit hat[38]. J.B. Metz, D. Sölle, J. Moltmann u.a. haben in verschiedener Weise die existentiale Hermeneutik zu einer *politischen* Hermeneutik erweitert[39].
Mit der politischen Dimension wurde – z.T. von den gleichen Autoren – die *eschatologische* Dimension der Theologie betont. Dabei geht es sowohl um die Zukunft als auch um die Hoffnung, die mit dieser Zukunft verbunden ist. Nicht nur die Heilstaten der Vergangenheit, sondern auch die, die von Gott noch in der Zukunft zu erwarten sind, sollten christliches Denken und Handeln bestimmen[40]. Die Frage für den Religionsunterricht lautet: Was kann er beitragen zur Bewältigung der *gegenwärtigen* und *zukünftigen* Wirklichkeit des Schülers und der Gesellschaft?

[35] Vgl. P. Tillich, Systematische Theologie, Bd. I, Stuttgart 1956, S. 76f.; zum Ganzen vgl. H. Zahrnt 1966, S. 382ff.

[36] Vgl. H.-B. Kaufmann in der Einleitung zu "Thesen zum thematisch-problemorientierten Religionsunterricht" von 1970, u.a. in: H.-B. Kaufmann 1973, S. 36.

[37] Vgl. dazu G. Hilger 1975, S. 93.

[38] Vgl. u.a. J.B. Metz 1968, S. 101ff.

[39] Es ist hier nicht zu erörtern, inwieweit die politische Hermeneutik im einzelnen theologisch "sachgemäß" ist. Hier geht es um den Zusammenhang von Religionspädagogik und Theologie.

[40] Vgl. dazu u.a. von evangelischer Seite: J. Moltmann ^{8}1969 und von der katholischen Seite u.a.: E. Schillebeeckx 1969. Zum eschatologischen Aspekt in der Religionspädagogik: G. Hilger 1975, S. 95ff.

Didaktik

Auch die Konzeption des problemorientierten Religionsunterrichts hat Entsprechungen in der allgemeinen Pädagogik. Hier wären insbesondere die Modelle der lerntheoretischen Didaktik oder Didaktik der sog. Berliner Schule zu nennen[41]. Sie verstand sich als Wissenschaft vom Unterricht, der es auf vollständige Erfassung aller Faktoren ankam. Um alle Bedingungen für den Erfolg pädagogischen Handelns rational durchsichtig und kontrollierbar zu machen, entwarfen Heimann und Schulz das Modell einer Strukturanalyse. Es umfaßt zwei *Bedingungsfelder* (anthropogene und soziokulturelle Voraussetzungen[42]) und vier *Entscheidungsfelder* (Intentionen, Thematik, Methodik und Medienwahl[43]).

Die Intentionalität oder Zielsetzung des Unterrichts bezieht sich auf die drei bekannten Bereiche, den kognitiven, den affektiven (emotionalen) und den pragmatischen oder psychomotorischen[44]. Bei dem zweiten Entscheidungsfeld, der Thematik, geht es um die Frage nach den Inhalten, die sowohl von der Allgemeinen wie auch von den Fachdidaktiken bestimmt werden.

S. 32

Im folgenden Unterabschnitt 1.231 wird die Frage nach dem Verhältnis von Inhalten und Zielen im Zusammenhang mit dem sog. lernzielorientierten Relgionsunterricht erneut diskutiert. Achten Sie auf die unterschiedlichen Lösungen in dieser Frage!

Auf dem dritten Entscheidungsfeld, dem der Methodik, werden fünf Ebenen unterschieden (Strukturierung in Lernphasen / Verfahrensweisen oder Methoden / Sozialformen / Aktionsformen / Urteilsformen[45]). Das vierte Entscheidungsfeld, die Medienwahl, muß außer Betracht bleiben, da dieses Feld noch einer grundsätzlichen Erhellung bedarf. Schon diese knappe Darstellung zeigt, daß dieses lerntheoretische Modell sehr differenziert ist.

Zwischen der sehr differenzierten Zielsetzung und der thematischen Vielfalt sog. problemorientierter Lehrgänge und diesem sehr differenzierten Didaktik-

[41] Vgl. P. Heimann/G. Otto/W. Schulz [6]1972. Zum Ganzen vgl. H. Blankertz [3]1970, S. 87ff. S. 87ff.

[42] Anthropogene Voraussetzungen sind z.B. Individuallage des Schülers, Schulsituation, Klassenlage; soziokulturelle Voraussetzungen sind z.B. normative Einflüsse durch Ideologiebildungen, Schulpolitik usw.

[43] Vgl. H. Blankertz [3]1970, S. 99.

[44] Die Differenzierung in diese drei Dimensionen ist in der abendländischen Philosophie seit alters her geläufig. Die oben gebrauchte spezielle Terminologie wurde im amerikanischen Bereich von Bloom und Krathwohl entwickelt; vgl. D.R. Krathwohl/B.S. Bloom/ B.B. Masia (ed.), Taxonomy of Educational Objectives, The Classification of Educational Goals, Handbook I and II, New York 1956.

[45] Während die Ebenen Unterrichtsphasen, Methoden und Sozialformen relativ bekannt sind, trifft dies – zumindest bei Religionspädagogen – für die Aktionsformen (z.B. Vortrag, Frage, Gespräch, Demonstration, Schülerexperiment usw.) und die Urteilsformen (pädagogischer Stil des Lehrers) weniger zu.

modell besteht eine Korrespondenz. Es ist daher nicht verwunderlich, daß viele religionspädagogische Unterrichtsentwürfe nach dem Berliner Modell aufgebaut sind.

O H.-B. Kaufmann weist in der Einleitung zu seiner zweiten Thesenreihe (Thesen zum thematisch-problemorientierten Religionsunterricht) von 1970 ausdrücklich auf die Erkenntnisse der Berliner Didaktik hin. Offensichtlich wurde von ihm die oben erwähnte Korrespondenz empfunden oder bewußt gesucht.

Gesellschaftlich-politisch

Auch die Konzeption des problemorientierten Religionsunterrichts steht nicht isoliert in der Landschaft. Nach der Phase des Wiederaufbaus hatten sich die wirtschaftlichen und gesellschaftlichen Verhältnisse in der Bundesrepublik stabilisiert, aber auch ganz bestimmte Denkstrukturen und Machtverhältnisse verfestigt. Die Unzufriedenheit machte sich in den Schüler- und Studentenunruhen Luft. Diese gesellschaftliche Situation wirkte sich unmittelbar auf das Fach Religion aus und fand ihren Niederschlag in der Abmeldewelle vom Religionsunterricht in den sechziger Jahren.
Der Hauptvorwurf gegenüber diesem (und auch anderen Fächern) war der der "Indoktrination". Rückblickend läßt sich feststellen, daß sich quer durch alle pädagogischen und religionspädagogischen Konzeptionen und didaktischen Modelle eine normative Pädagogik breit gemacht hatte. Im vorwissenschaftlichen Feld handelt es sich dabei um apodiktisch formulierte Anweisungen für den Unterricht, die, angeblichen Erfahrungen und überlieferten Meinungen entnommen, als verbindliche Norm aufgestellt werden. Im wissenschaftlichen Sinn handelt es sich um ein System, das von obersten Sinn-Normen über das menschliche Leben, über die Stellung des Menschen in der Welt oder über die Natur des Menschen ausgeht. Diese Normen werden dann auf Erziehungsziele ausgelegt, aus denen Inhalte des Unterrichts abgeleitet, der Lehrplan gewonnen und schließlich Methoden und Erziehungsformen weiter ausdifferenziert werden, so daß eine geschlossene Deduktionskette entsteht[46]. Im Religionsunterricht können es z.B. Offenbarungswahrheiten sein, aus der die o.g. Deduktionskette abgeleitet wird[47].

[46] Vgl. Blankertz ^{3}1970, S. 18ff. (überholt, aber nicht verschwunden: normative Didaktik).
[47] Blankertz ^{3}1970 hat deutlich gemacht, daß 1. Didaktik durch viele andere Faktoren mitbedingt ist, die nicht von obersten Sinn-Normen abgeleitet werden können, und daß 2. normative Setzungen sich mit jedem didaktischen Modell bzw. mit jeder didaktischen Konzeption verbinden können.

Im folgenden Unterabschnitt werden Varianten des problemorientierten Religionsunterrichts vorgestellt. Achten Sie beim Lesen darauf, welche "Normen" bzw. weltanschaulichen Voraussetzungen in diesen Varianten mit enthalten sind!

S. 31, 34, 37 und S. 39

Auf dem oben skizzierten Hintergrund wird es verständlich, wenn sich die Religionspädagogik verstärkt der gegenwärtigen Wirklichkeit und die Pädagogik der empirischen Untersuchung des didaktischen Umfeldes zugewandt haben[48]. Der Religionspädagoge K. Wegenast hat geradezu von einer notwendigen empirischen Wende gesprochen[49].

Während eines Fernstudienlehrgangs für evangelische Religionslehrer werden in Gruppenarbeit problemorientierte Unterrichtseinheiten von den Teilnehmern erarbeitet. In allen Gruppen entsteht das Problem – das zunächst nicht gelöst werden kann –, wie in diesen Einheiten den Themen aus der Welt des Schülers die christliche Überlieferung zugeordnet werden kann.

Frau J (Grundschullehrerin, 25 Jahre):
Wenn ich keinen passenden Bibeltext finden kann, lasse ich ihn weg! Muß ich denn unbedingt einen haben? . . . Meistens finde ich nichts Geeignetes! Und wenn ich einen einbaue, ist dies immer ein sehr fragwürdiges Unternehmen!

Stimme aus der Gruppe:
Dann machen Sie ja nichts anderes als in Deutsch oder Geschichte!?

Defizit

Wir kommen auf dieses Beispiel in einem späteren Zusammenhang noch einmal zurück. So viel wird daraus jedoch deutlich, daß die Zuordnung von Fragen, Phänomenen, Aufgabenstellungen der Gegenwart zu denen der religiösen bzw. christlichen Überlieferung außerordentlich schwierig ist. Sie ist auch in den auf dem Markt befindlichen Unterrichtsentwürfen bzw. -modellen nur in den seltensten Fällen zufriedenstellend gelöst. Kein Wunder: Dieses Problem ist theologisch noch nicht ausreichend durchdacht.
Aus dieser Feststellung läßt sich die verallgemeinernde Schlußfolgerung ziehen, daß es das Fach Religion im Augenblick noch schwer hat, sein eigenständiges Profil in Theorie und Praxis darzustellen.
Ein Grund für diese Schwierigkeit mag im pädagogischen Bereich liegen. Auf ihn hat Blankertz bei seiner Kritik der lerntheoretischen Didaktik der Berliner Schule hingewiesen[50]. Der wissenssoziologisch-analytische Ansatz dieses Mo-

[48] Zu letzterem vergleiche H. Roth 1966, S. 99.
[49] K. Wegenast 1970, S. 281 ff.
[50] Vgl. H. Blankertz ^{3}1970, S. 108 ff.

dells geht aus von den vorhandenen Wertvorstellungen, Meinungen, Ideologien usw. Er hat aber keine Möglichkeit, sie hinsichtlich der Verbindlichkeit ihrer Ansprüche zu unterscheiden. "Die qualitative Differenz zwischen großer Philosophie, religiösem Glauben, weltanschaulichen Positionen, Gruppeninteressen, politisch-gesellschaftlichen Meinungen, Vorurteilen und Aberglauben ebnet sich ein"[51].

Positiv

Eine zusammenfassende Würdigung des problemorientierten Religionsunterrichts kann erst erfolgen, wenn auch seine drei wesentlichen Varianten vorgestellt sind.

1.231
Lernzielorientierter Religionsunterricht

Vorwiegend – wenn auch nicht ausschließlich – unter dem Einfluß der pädagogischen Diskussion entstanden, lassen sich unter dem großen Dach der problemorientierten Konzeption des Religionsunterrichts drei Varianten unterscheiden: der lernzielorientierte Religionsunterricht, der Religionsunterricht mit den offenen Curricula und der sog. sozialisationsbegleitende oder therapeutische Religionsunterricht.
Die Vertreter der ersten Variante versuchten, Ansätze und Anregungen zur Gewinnung von Lernzielen aus dem angelsächsischen Bereich sowie die auf der Basis der internationalen Diskussion in Deutschland entwickelte Theorie zur Reform des Curriculum unmittelbar für den Religionsunterricht fruchtbar zu machen[52]. "Curriculum" ist ein zusammenfassender Begriff für Bildungskanon, Organisation der Lehr- und Erziehungsinhalte und die Methoden ihrer Vermittlung. S.B. Robinsohn, zuletzt Direktor der Abteilung Pädagogik und Psychologie des Instituts für Bildungsforschung in der Max-Planck-Gesellschaft, und seine Schüler strebten eine *Revision* der gültigen Bildungsziele und -inhalte an. Auf der Basis einer Curriculumforschung sollte die geplante Reform sowohl objektiviert als auch vergesellschaftet werden. Das "neue Bildungswesen" sollte nicht konservativ-reproduzierend sein, sondern zu einem Verhalten in der Welt von heute und morgen qualifizieren. In Anlehnung an Robinsohn und unter Einbeziehung von Überlegungen seiner Schüler wurde ein Verfahren entwickelt, das in der Regel folgende Schritte vorsieht:

[51] Vgl. ebd.
[52] Vgl. R.F. Mager 1972, S.B. Robinsohn, Bildungsreform als Revision des Curriculum, Neuwied und Berlin 1967, S.B. Robinsohn (Hg.), Curriculumentwicklung in der Diskussion, Stuttgart und Düsseldorf ^{2}1974.

Die Texte auf der gegenüberliegenden Seite sind entnommen aus:
H.-B.Kaufmann, Muss die Bibel im Mittelpunkt des Religionsunterrichts stehen? In: streit um den problemorientierten unterricht, 1973. – G.Hilger, Religionsunterricht als offener Lernprozess, 1975.

Zum Nachdenken

Das Neue Testament versteht die Offenbarung Gottes in Jesus so, daß darin der Mensch auf seine ursprüngliche Zugehörigkeit zu Gott hin angesprochen und in seiner Beziehung zu Gott erneuert wird. Sowohl die paulinische als auch die lutherische Rechtfertigungslehre können ... nur so verstanden werden, daß sich mit dem Gottesverhältnis des Menschen auch sein Weltverhältnis, seine Stellung zum anderen Menschen und zu sich selbst verändert. Daraus ist aber die Konsequenz zu ziehen, daß von Gott nicht an sich, sondern nur in seiner Zuwendung zur Welt und zum Menschen gesprochen werden kann. Ebenso wird jedoch auch vom Menschen und von der Welt anders gesprochen werden müssen, wenn Gottes Handeln auf ihre Veränderung und Erneuerung ausgeht, wenn man die Welt im Licht der Auferstehung Christi sieht ...

Die Annahme des Menschen durch Gott verbietet eine Verdinglichung des Menschen und Degradierung des von Gott angenommenen Schülers zum Objekt eigener oder fremder Planung. Auch ihm eignet nach dem II. Vatikanum eine erhabene Würde, die der menschlichen Person zukommt, da sie die ganze Dingwelt überragt und Träger allgemeingültiger sowie unverletzlicher Rechte und Pflichten ist. Hinter diese anthropologische Grundaussage kann eine Konzeption des Religionsunterrichts nicht zurückgehen, wenn sie Wert darauf legt, auch von der Theologie her legitimiert zu werden.

1. Identifikation von Lebenssituationen
2. Definition von Qualifikationen, die zur Bewältigung der Lebenssituationen erforderlich sind
3. Verknüpfung der identifizierten Lebenssituationen und für wichtig gehaltenen Qualifikationen mit Inhalten, die zur Erreichung der Qualifikationen für erforderlich gehalten werden
4. Entwicklung von Methoden, die das Erreichen der gewünschten Qualifikationen erleichtern
5. Evaluation oder Überprüfung der vom Schüler erreichten Qualifikationen

Diese Strategie muß, um ihr Ziel auch unter veränderten Umständen erreichen zu können (Ausstattung zum Verhalten in der Welt), einer ständigen Revision ("rolling reform") unterworfen werden.

Für denjenigen Leser, der sich noch nicht intensiv mit dieser Variante der Pädagogik beschäftigen konnte, sind noch folgende Hinweise erforderlich:

Dieses Verfahren zur Gewinnung von Curricula für alle Fächer gibt den anzustrebenden Qualifikationen einen eindeutigen Vorrang vor den Inhalten[53]. Die Inhalte werden den Qualifikationen funktional zugeordnet; sie haben ihnen zu dienen.

Die Qualifikationen werden gewöhnlich in fünf verschiedene Kategorien eingeteilt: in die des Wissens, des Erkennens bzw. Denkens, des Wertens, des Einfühlungsvermögens und gewisser Fertigkeiten. In bezug auf den konkreten Unterricht werden die anzustrebenden Qualifikationen in Form von Lernzielen formuliert.

Die Lernziele beschreiben das vom Schüler erwartete Endverhalten ("Der Schüler soll ... *können").*

Die Lernziele sind in eine hierarchische Ordnung (Taxonomie) zu bringen; diese Ordnung beinhaltet nicht nur eine logische Abfolge, sondern eine Wertung in übergeordnete und nachgeordnete Ziele.

Die zu definierenden Qualifikationen und zuzuordnenden Inhalte unterliegen drei konstanten Kriterien, den sog. *Curriculumdeterminanten:* Schüler (seinen Bedürfnissen, seinen Interessen und Perspektiven), Gesellschaft (ihren Voraussetzungen und Erfordernissen), Fachwissenschaft (ihrem Urteil über die in Aussicht genommenen Inhalte).

Die Curriculumtheorie wurde im evangelischen Bereich u.a. von S. Vierzig und im katholischen Bereich u.a. von G. Stachel aufgegriffen[54]. S. Vierzig hat in

[53] Gerade über das Verhältnis von Zielen und Inhalten hat sich eine lebhafte Diskussion entfacht. Vgl. H. Blankertz ³1970, S. 181 und K.E. Nipkow 1974.

[54] Vgl. S. Vierzig, Lernziele, 1972. Zum damaligen Zeitpunkt war S. Vierzig zusammen mit seinem Kollegen H. Heinemann Mitarbeiter des Päd.-Theol. Instituts (PTI) Kassel. Beide sind Herausgeber der "informationen", die ursprünglich ein Organ des Instituts waren, jetzt aber unabhängig von ihm erscheinen. Erstmals in: informationen 2 (1970), Heft 3+4.

seinem entscheidenden Aufsatz, der den Rezeptionsvorgang deutlich macht, formuliert: "Die Antwort auf die Frage, was gelernt werden soll, kann nicht von den Stoffen, sondern von den Zielen her entschieden werden . . . Der Neuansatz (kleine "kopernikanische Wende" in der Pädagogik) der Curriculumforschung besteht darin, daß *zuerst* (Hervorhebung von der Verfasserin) nach den notwendigen Zielen gefragt wird. Nicht die Stoffe garantieren von sich aus, daß der Schüler das Richtige lernt, sondern die überlegte, exakte Zielsetzung . . . Wir haben (bisher) Ideologiechristen erzogen, aber keine Verhaltenschristen . . . Nach den Lernzielen des Religionsunterrichts fragen, heißt also nach den religiösen Qualifikationen fragen, die heute benötigt werden, um Lebenssituationen religiöser Qualität zu bestehen . . ."[55].

Um der lernzielorientierten Konzeption des Religionsunterrichts gerecht zu werden, ist es erforderlich, sich einen breiteren Überblick über die Art der Aufnahme der Curriculumtheorie in der Religionspädagogik zu verschaffen. Dabei müssen die unterschiedlichen Akzentsetzungen bei den einzelnen Autoren in den Blick kommen und deren Fortentwicklung vom ursprünglichen Ansatz verfolgt werden. Um der Intentionen dieses Buches willen ist dies nicht möglich[56].

Defizite

Die problematischen Punkte des curricularen Ansatzes wurden rasch erkannt. Das Verfahren zur Gewinnung von Curricula versteht sich als ein objektiv wissenschaftliches. Es zeigte sich aber sehr schnell, daß die einzelnen Vertreter dieser Theorie schon bei der Identifikation der Lebenssituationen, erst recht bei der Definition der von ihnen für notwendig erachteten Qualifikationen und bei der dazu erforderlichen Auswahl der Inhalte ganz bestimmte Vorentscheidungen und weltanschauliche Implikationen einfließen ließen[57].
Das Verfahren zur Gewinnung von Curricula ist ein analytisches Verfahren; es versucht, nach bestimmten Regeln Lernziele operational zu beschreiben. Dieses *Verfahren* kann aber ein Gefälle entwickeln, das inhaltliche Auswirkungen hat. Das analytische Verfahren wird rasch und häufig zu einer normativen Entscheidung über die Lernziele selbst[58].

[55] Vgl. S. Vierzig, ebd.

[56] Zur Orientierung vergleiche K. Wegenast (Hg.) Curriculumtheorie und Religionsunterricht, 1972 und H.Heinemann/G.Stachel/S.Vierzig (Hg.), Lernziele und Religionsunterricht, Zürich–Köln 1970.

[57] G. Kittel hat dies instinktiv erkannt, wenn auch nicht immer sehr glücklich argumentierend vorgetragen. Vgl. G. Kittel 1974.

[58] Vgl. K.E. Nipkow 1974.

S. 26f.

Erinnern Sie sich, daß im Zusammenhang mit der allgemeinen Darstellung der problemorientierten Konzeption auf die Gefahren einer normativen Pädagogik hingewiesen wurde, die in allen didaktischen Theorien und Modellen auftauchen können? Auch das Curriculummodell ist nicht neutral. Bei einzelnen Autoren, die dieses Modell vertreten, wird mit normativen Setzungen operiert.

Das Verfahren ordnet die Inhalte den Zielen unter. Dies geschieht häufig unter Vergewaltigung ihrer eigentlichen Intentionen. Im religionspädagogischen Bereich wird dies besonders deutlich dort, wo biblische Texte jenseits aller exegetischen Erkenntnisse einem gewünschten Ziel gefügig gemacht werden[59].
Das Verfahren ist so angelegt, daß es mit einer gewissen Zwangsläufigkeit zum Ergebnis führen soll. Das Ziel und damit das Endverhalten des Schülers sind eindeutig festgelegt, der Weg dorthin ebenfalls. Man nennt dieses Verfahren deshalb das Verfahren der geschlossenen Curricula, weil es kaum Alternativen bzw. jeweils nur einen Lernzielstrang zuläßt. Wird damit der Schüler nicht dem ausgeliefert, der die Lernziele auswählt und festlegt?[60]
Die Operationalisierung der Lernziele soll gewährleisten, daß sie überprüfbar werden. Sind sie grundsätzlich am Ende einer Unterrichtseinheit überprüfbar? S. Vierzig hat im Anschluß an S.B. Robinsohn deutlich einschränkend erklärt, daß Verhaltens*dispositionen* anzustreben seien[61]. Wie aber sind "Dispositionen" überprüfbar? Können alle Qualifikationen in gleicher Weise überpüft werden? Zum Beispiel die aus dem affektiven Bereich?[62] Muß man dem Schüler nicht gelegentlich die Freiheit lassen, den Zeitpunkt für eine Übertragung in sein Leben selbst zu bestimmen?
Diese Fragen und Probleme veranlaßten viele Religionspädagogen, die Form des geschlossenen Curriculums entweder nicht zu übernehmen oder weiterzuentwickeln.

59 G. Kittel 1974, S. 359f., hat im Namen der von den Schulfächern vertretenen Sachen gegen das Curriculummodell protestiert. Sie tut dies allerdings in bezug auf den Religionsunterricht nicht aus exegetischen Gründen, sondern offenbar in der – nicht begründeten – Erwartung, daß "die großen objektiven Inhalte" bei Nichtanwendung eines Verfahrens der Lernzielgewinnung zu ihrem Recht kommen.

60 Vgl. dazu ebenfalls G. Kittel, ebd. S. 358, wo sie ihren Protest auch im Namen des Kindes vorträgt. Aufschlußreich ist in diesem Zusammenhang Th.Bruinier, Mit Schülern Lernprozesse planen und durchführen, in: informationen 5 (1973), einem Mitarbeiter des Pädagogisch-Theologischen Instituts Kassel, der die ursprüngliche, von Vierzig und Heinemann initiierte Konzeption erheblich modifiziert hat, und zwar in der Form, daß er sich nicht grundsätzlich gegen die Gewinnung von Lernzielen wendet, sondern gegen die Form der geschlossenen Curricula, weil sie ungewollt eine Entscheidung gegen den Schüler bedeuten.

61 Vgl. S. Vierzig, Lernziele, 1972, S. 140.

62 G. Stachel, Religionsunterricht – kognitiv und / oder affektiv? 1972, S. 96ff., betont sehr stark die affektive Dimension neben der kognitiven.

1.232
Religionsunterricht als offener Lernprozeß

Zu denjenigen Religionspädagogen, die sich zum problemorientierten Ansatz bekennen, sich mit dem Curriculumansatz auseinandergesetzt haben, aber nicht bereit sind, die Form des geschlossenen Curriculums zu übernehmen, gehört H.-B. Kaufmann. Schon in seiner ersten Thesenreihe von 1966 hat er in der Erläuterung zu seiner fünften These erklärt: "Unterrichtsplanung ist der Versuch, aufgrund gleichbleibender Strukturen und Elemente des Unterrichtsgeschehens mögliche Lernprozesse und ihre Vermittlung vorauszusehen. Der tatsächliche Verlauf ist jedoch ein Ineinandergreifen unverfügbarer, kontingenter und voraussehbarer, beeinflußbarer Momente und Ereignisse in der konkreten Situation. Deshalb kann ein Unterrichtsentwurf prinzipiell keine perfekte, technologisch konstruierte Vorwegnahme des Unterrichtsgeschehens sein, sondern er kann nur mögliche Ereignisse, Prozesse und Entscheidungen in Form eines *offenen Modells* (Hervorhebung von der Verfasserin) abbilden"[63].
In seiner zweiten Thesenreihe von 1970 hat er den Gedanken des offenen Modells unter deutlicher Abgrenzung gegen bestimmte Vertreter einer Curriculumtheorie weiterentwickelt. Sein Widerstand richtet sich gegen eine einseitig auf technologische Verfügbarkeit von Lernerfahrungen und Lernstrategien ausgerichtete Curriculumtheorie im Interesse echter Emanzipation und Kommunikation. Er richtet sich auch gegen die (Schein-)Objektivierung von Zielformulierungen und Lernkontrollen aufgrund der Mehrdeutigkeit von Inhalten, Lebens- und Lernsituationen. "Nur *offene* Lehrsysteme, die sich selbst im Prozeß verändern lassen, bringen Veränderungen im Lernenden zuwege, die nicht affirmativen, sondern emanzipatorischen Charakter tragen . . ."[64]. Obwohl die Frage nach dem Verhältnis von Inhalten und Zielen in diesem Zusammenhang nicht ausdrücklich erörtert wird, läßt sich aus dem Kontext ablesen, daß er die Frage nach Zielen, Inhalten und Unterrichtsverfahren *nicht* im Sinne der Vertreter des geschlossenen Curriculums entschieden wissen will[65].

S. 30

Sie erinnern sich, daß das Verfahren der Curriculumgewinnung, wie es von S.B. Robinsohn und seinen Schülern entwickelt wurde, mindestens fünf Schritte enthält. Diese Schritte bedeuten ein strenges *Nacheinander,* das einzuhalten ist. Sie zeigen aber auch ein Abhängigkeitsverhältnis des jeweils folgenden Schrittes vom vorhergehenden an (*erst* die Ziele, *dann* die Inhalte, *dann* die Unterrichtsverfahren).

Die Entscheidung über Ziele, Inhalte und Unterrichtsverfahren erfolgt jedoch *gleichzeitig* und in gegenseitiger *Zuordnung.*

[63] Vgl. H.-B. Kaufmann, Bibel, 1973, These 5 mit Erläuterung.
[64] Vgl. H.-B. Kaufmann, Thesen 1973, These 4.
[65] Vgl. ebd., insbesondere These 7.

Noch einmal: Kaufmanns Thesen bedeuten nicht, daß er eine Zielorientierung für den Religionsunterricht grundsätzlich ablehnt.

Eine sehr gründliche und ausgewogene Auseinandersetzung mit dem lernzielorientierten Religionsunterricht hat K.E. Nipkow geführt. Um es vorab zu sagen: Er lehnt genauso wenig wie Kaufmann die Lernzielorientierung, der sich evangelische und katholische Religionspädagogen mit dem Ende der Sechzigerjahre geöffnet haben, ab. Das Verfahren habe dazu beigetragen, den Religionsunterricht "in seinen Intentionen durchsichtiger, in seinen konkreten Zielen bedingungsgerechter und in seinen Ergebnissen wirksamer zu machen"[66]. Seine Schlüsselthese, die ausführlich entfaltet wird, läuft jedoch darauf hinaus, daß sich die Kategorien der Lernzielforschung, die Prinzipien der Lernzielgewinnung und das Verfahren im Prinzip mit jeder Unterrichtskonzeption verbinden können.

Versuchen Sie es selbst! Wenden Sie das Verfahren auf ein altes Stundenbild aus dem Bereich der Evangelischen Unterweisung oder der katholischen Glaubensunterweisung oder auf eine Unterrichtseinheit aus dem Bereich des hermeneutischen Religionsunterrichts an. Sie werden sehen: es geht!
Sie können auch anders verfahren. Überprüfen Sie verschiedene Unterrichtsmodelle aus dem evangelischen und katholischen Bereich (z.B. in den informationen oder in der Reihe der dkv-Modelle)[67], die lernzielorientiert angelegt sind. Vergleichen Sie die angegebenen Ziele, Inhalte und Methoden. Im methodischen Bereich werden Sie Formen wiederfinden, die man längst überholt glaubte (z.B. die Herbartschen Formalstufen!). Vielleicht geht es Ihnen im Blick auf manche Ziele genauso?

Die Entscheidung darüber, welche Ziele und welche Inhalte gelten sollen, fällt vor und jenseits dieses Verfahrens der Lernzielgewinnung. Mit Recht hat Nipkow darauf hingewiesen, daß einige Religionspädagogen, die das Verfahren der Lernzielgewinnung anwenden, lediglich den Eindruck erweckten, als ließe dieses Verfahren nur ganz bestimmte Zielsetzungen (Emanzipation?) oder theologische Aussagen zu.

S. 26f. und S. 31f.

Wir haben schon zweimal auf die Gefahren normativer Erziehungsvorstellungen hingewiesen, die bei jedem didaktischen Modell "durchschlagen" können. Diese Feststellung läßt sich natürlich auf das Modell des geschlossenen Curriculum ausweiten.

[66] Vgl. K.-E. Nipkow, 1974, S. 368.
[67] informationen zum religionsunterricht, Hannover, und Unterrichtsmodelle des Deutschen Katechetenvereins, München.

Sie läßt sich ergänzen durch eine Beobachtung, auf die Blankertz aufmerksam gemacht hat[68].

Das Curriculummodell ist genau wie das lerntheoretische Modell der Berliner Schule ein analytisches Modell, d.h. beide versuchen, unterrichtliche Vorgänge "kritisch" zu *analysieren* und die sich daran anschließende unterrichtliche Strukturierung "vernünftig" zu gestalten. Um unterrichten und erziehen zu können, müssen Entscheidungen getroffen werden – über Ziele, Inhalte und Verfahren. Nach dem Durchlaufen der Analyse werden diese Entscheidungen zwar nicht mehr vorwissenschaftlich naiv, aber nachwissenschaftlich privat sein. Der Didaktiker entscheidet ideologisch – was auch immer das heißen mag.

Die gleiche Schlußfolgerung, die Blankertz für die allgemeine Didaktik sieht, überträgt Nipkow auf den Bereich der Religionspädagogik: Lernziele und Lerninhalte können nicht voneinander getrennt werden.
Nipkow fordert anstelle der geschlossenen Curricula offene Curricula. Sie beziehen sich auf den gesamten Unterrichtsprozeß. Unterrichtsprozesse aber sind ein komplexes Bedingungsgefüge von Zielen, Inhalten, Medien, Organisationsformen, Interaktionsformen usw.

Vielleicht ist Ihnen noch nicht genügend deutlich, warum der von Nipkow gemeinte Unterrichtsprozeß so vielfältig ist. Deshalb noch folgende Hinweise:
Unterricht läßt sich nicht nur von gesetzten Zielen her steuern, Lernergebnisse sind auch das Resultat nichtintendierter Eigenwirkungen der Inhalte.
Sie sind aber auch das Resultat nicht eingeplanter Anstöße, Anregungen und Entdeckungen, die aus dem lebendigen Interaktionsgeschehen der Klasse erwachsen.

Weil Unterricht ein so komplexes Gefüge ist, kann sich Lernkontrolle nicht einfach auf vorprogrammierte Ziele beziehen. Es muß der gesamte Wirkungszusammenhang überprüft werden[69].
Für den Bereich der katholischen Religionspädagogik hat G. Hilger besonders intensiv die offenen Curricula gefordert[70]. Er bezieht sich – wie auch Nipkow – auf Brügelmann, der diesen Begriff in die deutschsprachige Diskussion eingeführt hat. Offene Curricula sind am Unterrichts*prozeß*, nicht am Endprodukt orientiert. Evaluation kann sich dementsprechend nicht nur am Endprodukt, sondern nur am Gesamtprozeß orientieren. Hervorzuheben ist, daß Hilger das

68 Vgl. H. Blankertz ^{3}1970, S. 108ff.
69 K.-E. Nipkow 1974, S. 378f.
70 G. Hilger 1975.

Modell der offenen Curricula als ein handlungsorientiertes Modell charakterisiert. Handelnder ist der Lehrer, der Unterrichtsentwürfe selbständig korrigiert, modifiziert, variiert; Handelnde sind Schüler und Lehrer gemeinsam bei der Gestaltung des Unterrichts; Handelnder ist der Schüler. Handeln ist eine kreative Tätigkeit, die den Schüler in seiner Subjektivität beläßt im Gegensatz zum Verhalten, wo auf eine Vorgabe reagiert wird[71].
Über die beiden anderen Autoren hinausgehend, versucht Hilger auch eine umfassende theologische Begründung für seine Forderung nach offenen Curricula im Religionsunterricht zu geben. Auf dem Hintergrund einer anthropologisch gewendeten Theologie geht er aus von der besonderen Seinsweise des Menschen, die sich von allen anderen Seinsweisen unterscheidet ("transzendentes Wesen"). Aufgrund dieser Seinsweise ist der Mensch offen für das Sein selbst – für Gott, offen für die Umwelt, offen für die Mitwelt, offen für die Zukunft, offen für die Kreativität, offen durch memoria (offen durch die Erinnerung an Leiden und Auferstehung Christi).

> Eine solche stichwortartige Nennung des theologischen Begründungszusammenhangs eines Autors ist kaum zulässig. Es ist erforderlich, wenigstens den Teil II des Buches von Hilger zu lesen. Auf die Notwendigkeit einer *theologischen* Begründung des problemorientierten Religionsunterrichts kommen wir noch ausführlich zu sprechen.

Diese theologisch begründete Offenheit der menschlichen Wirklichkeit umfaßt Lehrer und Schüler in gleicher Weise. Der religiöse Lernprozeß, der ein solches offenes Bezugssystem voraussetzt, muß offen sein sowohl für die Orientierung als auch für die Distanzierung[72].

Defizite

Die Argumente der Fürsprecher offener Curricula sind kaum zu widerlegen, insbesondere im Vergleich zu dem Modell des geschlossenen Curriculums. Bei näherem Hinsehen lassen sich Fragen jedoch nicht unterdrücken. Wie weit soll die von ihnen geforderte Offenheit gehen? Hinsichtlich des fachwissenschaftlichen Bezugs ist das Anliegen deutlich. Es soll einerseits der offene *Dialog* von christlicher Theologie mit anderen, auch nichtchristlichen Wertsetzungen gewährleistet sein. Andererseits soll garantiert sein, daß die *Vielfalt* innerhalb der christlichen Überlieferung selbst in den Blick kommt. Der offene *Dialog* kann jedoch nur zustandekommen, wenn die Unterschiede nicht verwischt werden und jedem zugemutet wird, seine Identität und sein Profil zu verlieren. Die

[71] Vgl. ebd., S. 66ff.
[72] Vgl. ebd., S. 95.
[73] Vgl. ebd., S. 87.

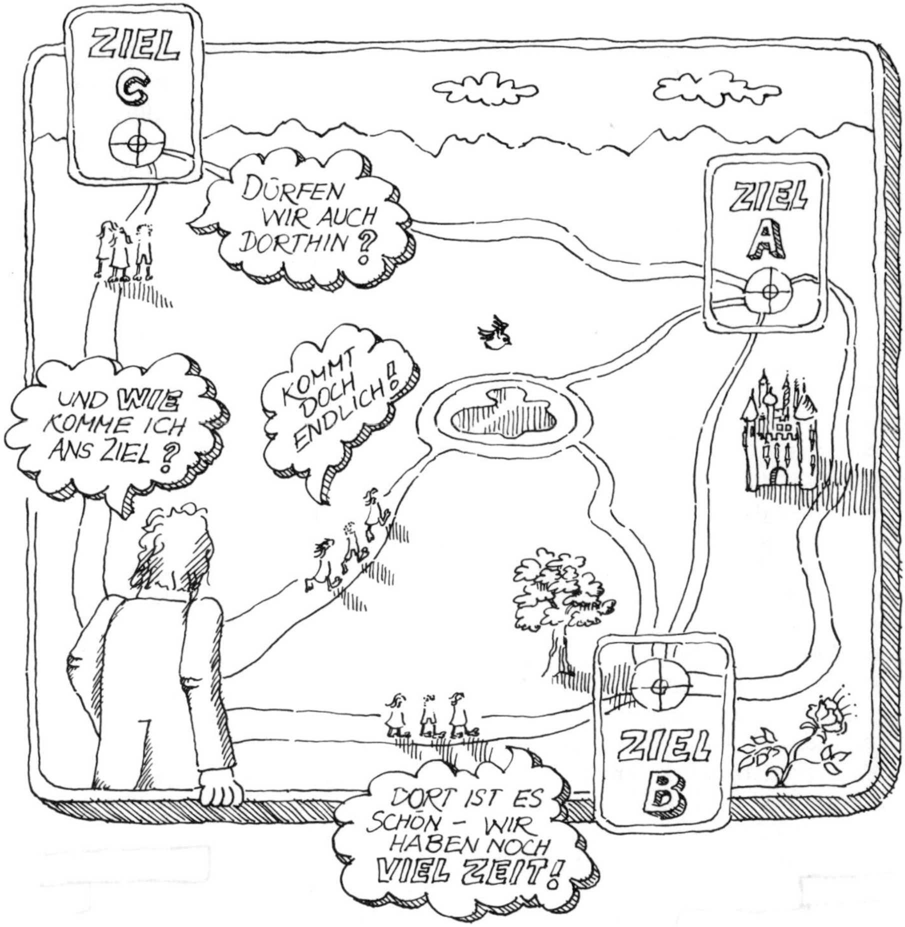

Vielfalt innerhalb der christlichen Überlieferung kann nur dann verständlich werden, wenn deutlich wird, an welchen "entscheidenden Schaltstellen oder Angelpunkten" es zu dieser Vielfalt kam und warum. Solange es keine klaren Kriterien für diese Offenheit gibt, besteht die Gefahr, daß der privaten Willkür des einzelnen Lehrers Tür und Tor geöffnet wird. Unter Berufung auf eine mißverstandene Offenheit wird er versuchen, seine theologische Überzeugung zur Geltung zu bringen. An die Stelle überprüfbarer Kriterien tritt die Anonymität privater Entscheidungen und Meinungen, die dem Schüler umso weniger einsichtig werden, als sie demjenigen, der sie vermittelt, oft nicht bewußt sind.
In bezug auf den Schüler ist deutlich, daß man ihn durch die Offenheit des Lernprozesses in seiner Person ernst nimmt. Welche Art von Offenheit aber benötigt er, um sich im echten Sinn zu *orientieren* (!) und zu wirklich alternativischem Denken herangeführt zu werden? Wohlgemerkt: Hier soll nicht unter-

stellt werden, daß die Vertreter des "offenen Unterrichtsprozesses" der Willkür Tür und Tor öffnen oder daß sie sich dieser Probleme nicht bewußt seien. Es soll lediglich auf den Mangel an eindeutigen Kriterien aufmerksam gemacht werden. In welcher Richtung die Lösung liegen könnte, hat G. Hilger angedeutet: in einem neu zu bestimmenden Verhältnis der Religionspädagogik zur systematischen Theologie.

Diesem Zusammenhang genauer nachzugehen, ist eines der wichtigsten Anliegen dieses Buches.

1.233
Sozialisationsbegleitender Religionsunterricht

Ab 1969 trat eine weitere religionspädagogische Variante zu den schon genannten hinzu, die von D. Stoodt und einem Schülerkreis vertreten wird, der sog. sozialisationsbegleitende oder, wie er z.T. genannt wird, der therapeutische Religionsunterricht[74]. Nach Stoodts eigenen Worten lassen sich der problemorientierte und der sozialisationsbegleitende Ansatz nicht trennscharf voneinander unterscheiden. Beide ergänzen sich gegenseitig[75]. Während sich der problemorientierte Ansatz auf *die* Anforderungen unserer Zeit bezieht, für deren Bewältigung *der* Schüler motiviert und befähigt werden soll, bezieht sich der sozialisationsbegleitende auf die Probleme des einzelnen Schülers, insbesondere auf seine individuelle Lebensgeschichte. Ziel ist die Aufhellung und Aufarbeitung längst verfestigter Vorstellungen, damit Selbstklärung und Verhaltensänderungen herbeigeführt werden können. Das Ziel soll im Rahmen eines durch den Lehrer strukturierten Austausches der Schüler untereinander (Interaktion) verwirklicht werden. Diese Zielsetzung kann als eine humanitär-"seelsorgerliche" charakterisiert werden.

Vom Gesamtziel werden vier Aufgabenstellungen abgeleitet[76]: Hilfe zur Selbstfindung (Selbstfindung zugunsten einer Lebensgewißheit – welcher Art?), Hilfe zur Solidarisierung (solidarisches Handeln im Sinne von sinnvoller Beteiligung an gruppenbildenden Prozessen – in welcher Hinsicht sinnvoll?), Hilfe zu stellvertretendem Handeln (stellvertretendes Handeln mit dem Ziel, anderen Handlungsfähigkeit zu ermöglichen – wozu ermöglichen?) und Hilfe zu alternativischem Denken (alternativisches Denken im Sinn von ideologiekritischem Denken – aufgrund welches Ideologiebegriffs?)[77]

Im Rahmen dieser vier Aufgabenstellungen sollen – auf keinen Fall unter Vernachlässigung der kognitiven Seite des Lernprozesses – die persönlichen, emotionalen und sozialen Defizite des einzelnen überwunden werden.

[74] Vgl. D. Stoodt 1969, 1ff.; ders. 1971, 1ff; ders. 1973, S. 215ff.; ders. 1975. Zum Ganzen vgl. K. Wegenast 1973, S. 276ff.
[75] Vgl. D. Stoodt 1975, S. 14.
[76] Vgl. ebd., S. 24ff.
[77] Vgl. ebd., S. 26ff.

Theologisch ist die Konzeption orientiert an der "neuen Lebensweise Jesu", die in Handlungsvollzüge – auch nonverbaler Art – übersetzt werden sollen. Daneben sind es sozialpsychologische, psychoanalytische und soziologische Elemente, die den sozialisationsbegleitenden "Religionsunterricht" bestimmen.

O

Wenn zu Beginn von 1.231 behauptet wurde, daß die drei Varianten des problemorientierten Religionsunterrichts in erster Linie aufgrund der allgemeinen pädagogischen Diskussion entstanden sind, muß dies im Falle von Stoodt modifiziert werden. Bei ihm treten andere Bezugswissenschaften in den Vordergrund.

Defizite

Stoodt erhofft von der Anwendung gruppendynamischer Verfahrensweisen eine kreative Umsetzung der Lebens- und Handlungsweise Jesu im Blick auf die Probleme des einzelnen Schülers. Leisten diese Verfahrensweisen erfahrungsgemäß häufig nicht mehr als allenfalls die Aufdeckung bestimmter Problemsituationen? Bedürfen sie nicht "eines hermeneutischen Schlüssels", um mögliche Lösungen zu finden?[78]
Stoodt muß zur Erreichung seines gesteckten Ziels die kleine Gruppe, oft auch mindestens zwei Personen, einen Moderator und einen Beobachter des Gruppengeschehens fordern. Muß eine solche Konzeption nicht von vornherein unter den Bedingungen der Schule scheitern? Bezeichnenderweise wurde Stoodt für seine Konzeption durch den vorhandenen Konfirmandenunterricht angeregt[79], und viele seiner Schüler realisieren sie dort und nicht in der öffentlichen Schule. Stoodt hat seine Konzeption im Blick auf die Probleme Jugendlicher in der puberalen Ablösephase entwickelt. Läßt sie sich deshalb schon verallgemeinern?
Jede Praxis bedarf einer theoretischen Durchdringung und Abklärung. Wer sie in theologischer Hinsicht und im Blick auf die anderen von Stoodt angeführten Bezugswissenschaften sucht, um sich weiter in seine Konzeption vertiefen zu können, bleibt etwas ratlos.

Positiv

Allen Bedenken zum Trotz muß gefragt werden, ob die Gedanken Stoodts nicht Elemente enthalten, die eine notwendige Ergänzung des üblichen, stark kognitiv geprägten Religionsunterrichts darstellen. Darüber hinaus liegt nahe, daß diese Elemente für eine bestimmte Altersgruppe von Schülern oder in extrem schwierigen Gruppen erhöhte Bedeutung haben.

Zusammenfassung

Die Konzeption des problemorientierten Religionsunterrichts läßt sich von

[78] Vgl. K. Wegenast 1973, S. 278.
[79] Vgl. D. Stoodt 1975, S. 13.

einer umfassenden und anspruchsvollen Zielsetzung leiten. Es geht ihr – im Sinne des Prinzips der doppelseitigen Erschließung – um Erschließung der Wirklichkeit für den Schüler und um die Erschließung des Schülers für die Wirklichkeit. Das geht über die Zielsetzungen der beiden vorausgegangenen Konzeptionen der Evangelischen Unterweisung und kirchlichen Katechetik sowie des hermeneutischen Religionsunterrichts hinaus, bei denen die Erschließung der Überlieferung für den Schüler und des Schülers für die Überlieferung im Vordergrund stand.

Anspruch und Zielsetzung stellen hohe Anforderungen. Das umfassende Wirklichkeitsverständnis erfordert eine sorgfältige Analyse dieser Wirklichkeit und damit die Einbeziehung anderer Wissenschaften. Sie stellt aber auch erhöhte Anforderungen an die Reflexion über diese Wirklichkeit und ihre *Deutung*. Der theologische Horizont muß erheblich erweitert werden durch die Berücksichtigung zumindest der existentialen, der politischen und der eschatologischen Dimension. Die Deutung wird erschwert durch die richtige Erkenntnis, daß sich biblische Stoffe und Sachverhalte nicht unmittelbar – unter Umgehung des historischen Abstands – auf die Gegenwart übertragen lassen.

Die problemorientierte Konzeption macht ernst mit der Tatsache, daß sich der religiöse Lernprozeß im Dialog mit anderen Wertvorstellungen, Überzeugungen usw. vollziehen muß. Er wird dadurch offener, nicht zuletzt auch durch die Berücksichtigung verschiedener theologischer Bewertungen von Tradition und gegenwärtiger Wirklichkeit. Dies hat auch eine ökumenische Öffnung des Religionsunterrichts in bezug auf seine Inhalte und Zielsetzungen gebracht.

Durch die Verbindung mit Modellen der allgemeinen Pädagogik sind die Unterrichtsverfahren vielfältiger geworden. Insgesamt gesehen ist diese Religionspädagogik aus dem gleichen Grund (Verbindung mit analytischen Modellen) selbstkritischer geworden.

Ob der problemorientierte Ansatz seine anspruchsvollen Zielsetzungen durchhalten kann und ob die hohen Anforderungen, die er stellt, nicht neue Probleme aufwerfen, steht auf einem ganz anderen Blatt . . .

> Es wird Ihnen aufgefallen sein, daß jede der dargestellten Konzeptionen in irgendeiner Weise Einseitigkeiten oder unbefriedigend gelöste Probleme aufzuweisen hat.
>
> Es ist Ihnen sicher auch aufgefallen, daß die "Neuansätze" nicht zufällig entwickelt wurden, sondern immer durch anders akzentuierte theologische Einsichten, durch die Weiterentwicklung didaktischer Modelle und durch die Weiterveränderung der Verhältnisse und Denkweisen in unserer Gesellschaft veranlaßt waren.

Die Entwicklung war eine notwendige, ja zwangsläufige, unabhängig davon, wie der einzelne sie persönlich bewertet. Der einzelne, der, in welcher Form auch immer, mit Unterricht befaßt ist, kann sich solchen Entwicklungen nicht entziehen. Das ist erfahrungsgemäß auch auf anderen Gebieten nicht möglich. Ent-

Zur Selbstüberprüfung

1. Überprüfen Sie anhand der Entwicklungsstadien der Religionspädagogik, welche Konzeption Sie entscheidend geprägt hat!
   Fühlen Sie sich ihr noch vorbehaltlos verpflichtet?
   Wenn nicht, warum?

2. Wo haben Sie sich über andere religionspädagogische Konzeptionen informiert?
   Auf Tagungen oder in der Literatur? Versuchen Sie sich zu erinnern!

3. Haben Sie schon nach veröffentlichten Unterrichtsmodellen im Religionsunterricht gearbeitet?
   Wenn ja, in welcher Weise?
   Haben Sie sie kopiert oder von der Themenstellung her modifiziert oder methodisch variiert?

4. Konnten Sie die theologischen und pädagogischen Voraussetzungen dieser Modelle erkennen?
   Waren sie in den theologisch-didaktischen Analysen ausreichend dargestellt?
   Konnten Sie sie "zwischen den Zeilen" erschließen?
   Haben die Verfasser der von Ihnen benutzten Modelle mit "verdeckten Karten" gespielt?

5. Wie finden Sie die Themenstellungen für Ihren Religionsunterricht?
   Wie häufig beziehen Sie von den Schülern genannte Themenstellungen in Ihren Unterricht ein?

scheidend ist, *wie* wir in eine Auseinandersetzung mit dieser Entwicklung eintreten.

Zweite Intention

Dieses Buch will versuchen, bei der Entfaltung einiger Überlegungen zu einer Gesamtkonzeption des Religionsunterrichts, den Lehrer und seine bisherige Konzeption nicht in die Defensive zu drängen. Er soll Elemente seiner jeweiligen Position einbringen können und bereit werden, andere zu modifizieren.

These Jede Entwicklungsphase der Religionspädagogik hat Erkenntniselemente bereit gestellt, die von bleibender Bedeutung sind. Andere bedürfen der Überwindung oder Weiterentwicklung. Religionspädagogische Diskussion kann sich nur in kreativem Umgang mit dem, “was vorher war”, vollziehen, d.h. in teilweiser Übernahme, teilweisem Abstoßen, im Weiterentwickeln oder Verändern des Übernommenen und im Ergänzen von “Leerstellen”[80].

S. 44–47

Die Anregung zu den Darstellungen verschiedener religionspädagogischer Konzeptionen von der übernächsten Seite an stammt von Th. Bruinier / I. Gnau / G. Jost und H. Schurian “Religionsunterricht als Thema des Religionsunterrichts” in: Forum Religion 1’76, S. 4ff, hg. vom Kollegium des Pädagogisch-Theologischen Instituts Kassel, Kreuz Verlag, Stuttgart.
Es handelt sich dort um zwei Unterrichtsentwürfe der Sekundarstufe I mit dem Ziel, Schülern die verschiedenen religionspädagogischen Konzeptionen durchschaubar zu machen.
Für die Absichten dieses Buches wurden einige Ergänzungen vorgenommen. Sie können sich denken, an welchen Stellen . . .
Überprüfen Sie bitte aufgrund eigener Kenntnis der Materie und aufgrund der vorhergehenden Abschnitte dieses Buches, ob in den Texten, Hinweisen und Bildern die verschiedenen Konzeptionen

[80] Zu dieser These besteht Anlaß, da relativ häufig gewisse Religionspädagogen (und Pädagogen), die sich einem empirisch-analytisch-positivistischen Didaktikmodell verpflichtet haben, Andersdenkende oft mit großer Leidenschaft “nicht nur als dumm hinstellen, was diese sich vielleicht gefallen lassen könnten oder wenigstens müßten, sondern auch als böse, nämlich als solche, die den gesellschaftlichen Fortschritt bewußt behinderten. Das aber brauchen sie nicht hinzunehmen . . .” Vgl. H. Blankertz ³1970, S. 109f.
Im übrigen vgl. zur Bedeutung früherer Konzeptionen für eine gegenwärtige wissenschaftliche Diskussion Hans Schilling 1970, S. 10: “ . . . sei mit aller Deutlichkeit gesagt, daß wir den forschen Verzicht auf gewissenhafte Auseinandersetzung mit der Tradition, der heute von manchen theologischen und erziehungswissenschaftlichen Autoren – um von anderen Disziplinen zu schweigen – gerne zum ‘kritischen Bewußtsein’ umstilisiert wird, rundweg für unwissenschaftlich halten.”

sachgemäß dargestellt sind, oder ob durch die Art der Darstellung unzulässige Verkürzungen passiert sind!

1.3
Die Einheit von Theorie und Praxis

Während einer religionspädagogischen Fortbildungsveranstaltung für Lehrer der Sekundarstufe I zum Thema "Gibt es eine Gesamtkonzeption für den Religionsunterricht?" kommt es im Plenum zu folgender Diskussion, die in Auszügen wiedergegeben wird:

Lehrer L (44 Jahre, Fächer: Deutsch, Geschichte, Religion):
Ich besuche seit Jahren regelmäßig religionspädagogische Fortbildungsveranstaltungen, aber auch Fachtagungen für meine beiden anderen Fächer. Ich empfinde die pädagogischen Überlegungen im Fach Religion als bahnbrechend. Wie man sachgemäß Lernziele formuliert, habe ich z.B. durch die Religionspädagogik gelernt ... Vor allem die Fülle von Materialien und Medien finde ich gut. Also, in der Mediothek[81] könnte man Tage verbringen ... !

Lehrer J (etwa im gleichen Alter, Fächerkombination wie vorher):
Ich will nicht bestreiten, daß es diese Fülle gibt, von der der Herr Kollege zuletzt gesprochen hat. Für mich ist es z.B. sehr schwierig, von meinem Wohnort aus an diese Materialien heranzukommen, und selbst kaufen kann ich nicht alles.

Lehrerin P (Fächer: Mathematik, Physik; das Fach Religion wurde nachträglich erworben):
Also, mir fällt es z.B. sehr schwer, mich in die theoretische Literatur zum Religionsunterricht einzuarbeiten. Das Fach Religion ist überhaupt nicht vergleichbar mit meinen beiden anderen Fächern. Ich benötige zur Vorbereitung für dieses Fach ein Mehrfaches an Zeit.

Lehramtsanwärter (Mitte 20, zum ersten Mal auf einer Tagung):
Mein Problem ist ein anderes. Während meines Studiums habe ich einiges an Theorie gelernt. Wenn ich jetzt mit der praktischen Unterrichtsvorbereitung beginne, weiß ich nicht, wo ich suchen soll. Viele der sog. Modelle, die mir empfohlen wurden, sind nur Materialpakete, andere haben nur angedeutete Verlaufsskizzen, ohne detaillierte methodische Hinweise. Mir wäre mit einigen, genau ausgearbeiteten Unterrichtseinheiten gedient, damit man einmal sehen könnte, wie man es macht oder machen könnte ...

[81] Gemeint ist die Mediothek des Pädagogischen Instituts der Evang. Kirche von Westfalen in Villigst.

Oskar Hammelsbeck
Helmut Kittel
Theoderich Kampmann
J.A. Jungmann

Kirche in der Schule
Katholische Erziehungslehre

Evangelische Unterweisung

Der Lehrer begrüßt die Schüler, die sich vorher für das Unterrichtspiel in Bankreihen hintereinander gesetzt haben. Er spricht ein Gebet:

Gib, daß wir heute,
Herr, durch dein Geleite
auf unsern Wegen
unverhindert gehen
und überall
in deiner Gnade stehen.
Lobet den Herren!

aus: Ev. Kirchengesangbuch

Der Lehrer bringt den Schülern ein modernes Kirchenlied bei. Er singt den Schülern vor:

Gott liebt diese Welt
und wir sind sein Eigen.
Wohin er uns stellt,
sollen wir es zeigen:
Gott liebt diese Welt!

aus: Neue Lieder für die Gemeinde, Verlag. Ev. Presseverband Kassel o.J.

Der Lehrer als Botschafter

Nie wieder Religions-unterricht!

Bibel

Kirchen-Lied

Beten

Sakramente

Zurück zur Erziehungs-lehre Christi!

Der Lehrer schlägt die eine Tafelhälfte auf, an die er vorher den Liedtext geschrieben hat. Die Schüler lesen den Text laut. Zeile für Zeile übt der Lehrer mit ihnen die Melodie ein.

Der Lehrer spricht mit den Schülern über den Liedtext:
- Woran können wir sehen, daß Gott diese Welt liebt?
- Wie können *wir* denn zeigen, daß Gott diese Welt liebt?

Religionsunterricht als Verkündigung
Religionsunterricht als Hinführung zum Heil

Der Lehrer liest aus der Bibel Joh 3,16:

Also hat Gott die Welt geliebt, daß er seinen eingeborenen Sohn gab,
auf daß alle, die an ihn glauben, nicht verloren werden,
sondern das ewige Leben haben.

Der Lehrer schlägt die andere Tafelhälfte auf, an die er vorher den Bibelvers geschrieben hat. Die Schüler lesen noch einmal laut Joh 3,16.

Zum Abschluß singen Lehrer und Schüler noch einmal das gelernte Lied.

Dialektische Theologie

Gottebenbildlichkeitslehre

Natur und Gnade

Martin Stallmann
Hans Stock
Bruno Dreher
Wolfgang Langer

Synoptischer Vergleich

Hermeneutischer Religionsunterricht

Die Schüler sitzen entweder frontal vor oder im Kreis um den Lehrer. Der Lehrer hat vorher einen Tageslichtprojektor aufgebaut. Er begrüßt die Schüler und erklärt ihnen, daß von Schülern oft das Thema vorgeschlagen wird: *Hat Jesus wirklich gelebt?* Über diese Schülerfrage möchte er heute mit ihnen arbeiten.

Biblische Hermeneutik
Existentiale Hermeneutik

Handschriftenfunde

Der Lehrer fragt: Wie könnten wir herauskriegen, ob Jesus wirklich gelebt hat? Bitte besprecht das mit eurem Nachbarn oder aber auch zu dritt.
Mögliche Antworten, die von Schülern stammen:

- Leute fragen, denen das mündlich überliefert worden ist.
- Man könnte die Geschichten aus der Bibel nachprüfen.
- Man könnte mit wissenschaftlichen Mitteln archäologische Untersuchungen machen (Gräber, Hausgrundrisse usw.).
- Leute interviewen, was sie sagen.
- Wir könnten die Geschichtsschreibung befragen.

Alte Schriften

Ausgrabung

Textvergleich

Studien zur Auslegung der synoptischen Evangelien im Unterricht

Kerygma und Katechetik

Umgang mit Texten

Die Schülerantworten werden auf dem Tageslichtprojektor festgehalten und einzeln daraufhin diskutiert, ob sich die Vorschläge verwirklichen lassen.

Existentiale Interpretation
Rudolf Bultmann

Hans-Bernhard Kaufmann
Karl-Ernst Nipkow
Paul Schladoth
Wolfgang G. Esser

Problemorientierter Religionsunterricht

Die Schüler haben sich in einem offenen Kreis zusammengesetzt. Der Lehrer begrüßt die Schüler und zeigt ihnen den Zeichentrickfilm

Adieu Stadt
(Sbo Hem, Mesto)
Gene Deitch-CSSR 1969-1 Minute-Farbe
Inhalt: In einer Industriestadt wohnt ein Mann. Traurig sitzt er in seinem Zimmer. Durch das Fenster sieht er nur Hochhäuser, Fabriken und den Qualm der Schlote. Er grübelt vor sich hin, und aus dieser Grübelei entsteht nach und nach ein Blumentopf, den der Mann aus seinen Gedanken nimmt und auf die Fensterbank stellt. Was ist er glücklich, daß er nun die Blume hat.
Aber der Qualm dringt in die Wohnung, die Blume läßt den Kopf hängen und mit ihr auch der Mann.
Da hat er eine Idee. Er packt die Blume, rennt aus der Stadt und pflanzt sie auf dem Land vor der Stadt ein. Die Blume erholt sich wieder. Erst tanzt der Mann vor Freude, dann baut er ein Häuschen mit Schrebergarten um sie herum. Nun ist er vollends glücklich!
Plötzlich donnern Autos von der Stadt heran, verqualmen ihn und die Blume. Denn außer dem Mann haben noch viele andere an dieser Stelle ihr Häuschen mit Garten ins Grüne gesetzt. Die Blume – total eingequalmt – läßt den Kopf hängen und mit ihr auch der Mann.

Der Schüler in der gegenwärtigen und zukünftigen Gesellschaft

Curriculumdeterminanten

Muß die Bibel im Mittelpunkt des Religionsunterrichts stehen?

Relevanzenfilter

Daseins- und Traditionsunterricht in Korrelation?

Krieg und Frieden

Behinderte

Umweltverschmutzung

Mögliche Impulse für das anschließende Gespräch:
- Welche Probleme thematisiert der Film? (Verödung der Städte, Verschmutzung der Umwelt, Flucht ins Grüne, Zersiedlung der Landschaft)
- Der Filmtitel heißt *Adieu Stadt*. Könnt ihr vielleicht andere Titel nennen, die ebenso gut oder besser passen?
- Was passierte, wenn alle Leute "adieu Stadt" sagen würden?

Theologie ? ? ?
– P. Tillich? . . . –

Die Schüler äußern sich zu diesem Film, der durch die humorvolle Darstellung und die flotte Musik unmittelbar anspricht.

Dieter Stoodt

Sozialisationsbegleitender Religionsunterricht

Die Schüler sitzen im Kreis. Der Lehrer setzt sich dazu und begrüßt sie. Ihm sei in den letzten Stunden aufgefallen, berichtet er, wie sehr sich manche Schüler oft beschimpfen und in welchem Stil sie miteinander umgehen. Es gäbe Schüler, die trauten sich einfach nichts zu sagen, weil sie Angst hätten, andere fielen dann über sie her. Kurz, er hätte den Eindruck, daß viele Schüler dieser Klasse nicht miteinander auskämen.

Rollenspiele

Die Schüler äußern sich zu diesem Problem. Der Lehrer bittet sie, auf Namensnennungen zu verzichten. Dies sei ein Gespräch in einem Unterrichtsspiel, und die Betroffenen hätten nicht die Möglichkeit, Stellung zu nehmen.

Religionsunterricht als Interaktion

Ich und die Gruppe

Probleme in der Familie

Wer bin ich?

Gruppendynamische Prozesse

Der Lehrer schlägt den Schülern vor, in zwei Gruppen eine möglichst alltägliche Situation, in der Schüler Konflikte miteinander haben, knapp darzustellen. Sie sollten darauf achten, daß für die beteiligten Rollen fremde Namen benutzt werden. Für Vorbereitung und Rollenspiel könnten im Rahmen dieses Unterrichtsspiels nicht mehr als 10 Minuten gewährt werden.
Vorweg müssen die Schüler überlegen:

- Welche Situation wollen wir darstellen?
- Welche Personen sind beteiligt?
- Wer übernimmt welche Rolle?

Puberale Ablösephase

Lehrer und Schüler sprechen über eines der Rollenspiele:

- Wie ist es zu dem Konflikt gekommen?
- Wie ist der Konflikt gelöst worden?
- Hätte es andere Lösungsmöglichkeiten gegeben?

Theologie ? ? ?

Lehrer B (50 Jahre, Fächer: Biologie und Religion):
Sie haben doch zu Beginn der Tagung gehört, daß es jetzt nur noch offene Curricula geben soll. Da kann man nichts mehr planen. Oder habe ich das falsch verstanden . . .? (Gelächter).

Problemanzeige

Dieser Ausschnitt aus einer Diskussion während einer religionspädagogischen Fortbildungsveranstaltung deutet eine Reihe von Problemen an.
Es ist sicher unbestritten, daß die Krise des Religionsunterrichts in den Sechzigerjahren ein heilsames Erschrecken unter den für dieses Fach Verantwortlichen bewirkt hat. Mit dem Erschrecken setzte eine erhebliche Denkarbeit ein, die sich sowohl in der religionspädagogischen Theorie als auch in der Praxis niedergeschlagen hat. Niemand wird ernsthaft bestreiten wollen, daß Unterricht in diesem wie in anderen Fächern auf Dauer nur durch ein wechselseitiges Aufeinanderbezogensein von Theorie und Praxis zu bewältigen ist. Darin liegt für Lehrer aller Schulformen ein Problem. Auch pragmatisch entscheidende Schulpraktiker sind schnell davon zu überzeugen, daß sie zumindest theologische Defizite haben.
Die Notwendigkeit einer Theorie wird nicht ernsthaft bestritten, aber doch weithin als “Luxus” betrachtet, mit dem zu beschäftigen der Schulalltag nicht zuläßt. Sollen also andere für die Lehrer im Schulalltag denken? Sicherlich gehört ein solches stellvertretendes Denken etwa durch Hochschullehrer und Dozenten der religionspädagogischen Institute zu einer vernünftigen Strategie der Arbeitsteilung. Jedoch: Viele unterrichtspraktische Vorschläge und Medienangebote können mangels Einsicht in die theologisch-didaktischen Vorentscheidungen, die ihnen zugrunde liegen, gar nicht nachvollzogen werden. Andere brauchbare Vorschläge und Angebote werden ohne ausreichende Kriterien abgetan und nicht erprobt. Diskussionen auf religionspädagogischen Veranstaltungen zeigen bei der Erstbegegnung mit solchen Materialien, daß sich die Diskussion über sie oft auf einer sehr vordergründigen Ebene bewegt. Wie der Beitrag von Frau P (Fächer Mathematik und Physik) zeigt, vervielfältigen sich diese Probleme noch, wenn nicht nur ein generelles Theoriedefizit aufgrund einer lange zurückliegenden Ausbildung vorliegt, sondern auch die didaktischen Probleme der übrigen Fächer, die ein Lehrer vertritt, ganz anderer Art sind. Was hier skizziert wurde, ist jedoch nicht ausschließlich dem Lehrer anzulasten.
Eine Ursache für das Auseinanderklaffen von Theorie und Praxis dürfte darin liegen, daß es zu selten gelingt, theoretische Einsichten in fachwissenschaftlicher und fachdidaktischer Hinsicht zum eigentlichen Adressaten, zum Lehrer, zu transportieren. Dieser Transfer ist ein Problem der Erwachsenendidaktik. Mit vielen ihrer Beiträge bleiben führende Theologen und Religionspädagogen als Experten unter sich. Mit diesem Hinweis werden der grundsätzliche Wert und die Notwendigkeit von Expertendiskussion, von Lehre und Forschung, auch der Wert einer bestimmten Literaturgattung, nicht bestritten – das wäre allzu töricht. Hier soll lediglich eine Lücke im religionspädagogischen Lernprozeß

angezeigt werden. Was gemeint ist, kann vielleicht beispielhaft verdeutlicht werden an einem Zitat aus einem Buch, dem die Verfasserin sehr viel verdankt.
G. Hilger schreibt im Vorwort zu "Religionsunterricht als offener Lernprozeß" auf Seite 11 "... den heute erreichten relativen Ruhepunkt der religionspädagogischen Diskussion. In dieser Situation bedarf es einer Arbeit, die den Praktiker, der die oft verworrenen und verwirrenden Winkelzüge der Diskussion aufgrund seiner beruflichen Belastung nicht im einzelnen mitvollziehen konnte, mit dem Ergebnis der Diskussion vertraut macht, indem sie das Vielerlei auf Grundlinien reduziert, diese kräftig nachzeichnet, die Grundantagonismen in den veröffentlichten Stellungnahmen aufdeckt und die Ergebnisse auf die praktische Gestaltung des Religionsunterrichts bezieht"[82]. Wie aber können Lehrer dazu überredet werden, ein so gründlich geschriebenes und umfangreiches Buch zu lesen? Ist es nicht immer nur die Elite der wenigen, die mit entsprechender geistiger Disziplin diese Art von Literatur systematisch durcharbeitet und dadurch einigermaßen auf dem laufenden ist? Oder sollte es diese Elite in der Wirklichkeit nicht geben ...?

Dritte Intention

Dieses Buch will versuchen, durch seinen Aufbau, seine didaktische Struktur und seine methodische Gestaltung den gegenwärtigen Diskussionsstand durchschaubar zu machen, Theorie zum Lehrer zu transferieren und vielleicht an der einen oder anderen Stelle eine Lücke in der Diskussion zu schließen[83].

These	Die religionspädagogische Praxis erfordert eine bestimmte Gattung von Theorieliteratur, die durch ihr didaktisches Arrangement und ihre methodische Durchführung in bezug auf den Adressaten, den Lehrer, diejenigen Gesetzmäßigkeiten beachtet, die in bezug auf den Schüler selbstverständlich sind ...

[82] G. Hilger 1975, S. 11.

[83] Wenn diese Transferversuche statt Elementarisierung gelegentlich Simplifizierungen hervorbringen, mögen die Fachdidaktiker dies dem genannten Bemühen zugute halten. Im übrigen ist mit diesem Vermerk der Appell an kompetente Theologen und Religionspädagogen verbunden, Versuche in der angedeuteten Richtung zu machen.
Ein hervorragend gelungenes Beispiel für "elementarisierte Theologie" scheint der Verfasserin zu sein: Bernhard Buschbeck/Wolf-Eckart Failing, Religiöse Elementarerziehung. Ein Arbeitsbuch für Ausbildung und Praxis, Gütersloher Verlagshaus Gerd Mohn, Gütersloh 1976.

1.4
Ein Strukturgefüge für den Religionsunterricht

Es ist richtig, daß es für die Unterrichtspraxis eine Fülle von veröffentlichten Vorschlägen gibt. Es handelt sich um brauchbare, z.T. ausgezeichnete Anregungen; darin ist Herrn L (vgl. den Ausschnitt aus der Diskussion im vorhergehenden Abschnitt) zuzustimmen. Für den Unterrichtenden wird diese Fülle aber zum Problem. Sie ermutigt ihn nicht immer. Manchmal ist die Verwirrung größer als die Hilfe, die er durch sie erhält. Er benötigt ein theologisch und didaktisch strukturiertes Gesamtgefüge von Religionsunterricht, das ihm anzeigt, wie er verschiedene Unterrichtseinheiten einander zuordnen kann, ohne daß es zu jener Zersiedelung des Religionsunterrichts kommt, von der bereits die Rede ist[84]. Diese Forderung muß sowohl im Namen des Lehrers als auch im Namen des Schülers erhoben werden.

S. 9ff

Erinnern Sie sich? Es wurde schon einmal darauf hingewiesen, daß es fatale Folgen für den Schüler hat, wenn ihm unverbunden nebeneinander die verschiedensten Lehrgangstypen (einmal Biblisches, einmal Problemorientiertes) – oft von ein und demselben Lehrer – zugemutet werden.

Ein solches Strukturgefüge ist nur sinnvoll auf dem Hintergrund einer Gesamtkonzeption von Religionsunterricht (vgl. Sie die erste Intention auf S. 11 dieses Buches!). Eine solche Gesamtkonzeption muß so etwas wie einen roten Faden enthalten, der es dem Lehrer, vielleicht zusammen mit dem Schüler ermöglicht, zwischen Wichtigem und weniger Wichtigem in diesem Fach zu unterscheiden, zwischen dem, was man "machen" *kann* (aufgrund aktueller Schülerbedürfnisse) und dem, was man machen *sollte* (aufgrund des *Bedarfs* der Schüler, der nicht immer von ihnen selbst, sondern oft stellvertretend für sie bestimmt werden muß). Eine solche Unterscheidungsfähigkeit ist vor allem wichtig im Blick auf die Fülle der Materialien (und Medien), die den Markt überschwemmen. Der Religionsunterricht sollte nicht ein "Krabbelsack" der Möglichkeiten werden, in den man geschlossenen Auges hineingreift und voller Spannung darauf wartet, was man wohl zu fassen bekommt. Vielleicht erinnern Sie sich: Es gehört zum Spiel mit dem Krabbelsack, daß man manchmal Scherzartikel oder wertlosen Plunder in Händen hält.

S. 27f.

Bei der Darstellung des problemorientierten Ansatzes wurde bereits darauf hingewiesen, daß es diese Konzeption noch schwer hat, ihr eigenständiges Profil zu entwickeln. Ein Grund wurde bereits genannt: die Koppelung dieser Konzeption mit bestimmten Didaktikmodellen, den sog. wissenssoziologisch-analytischen. Sie machen es – als Didaktikmodelle – nicht möglich, zwischen Bedeutendem und weniger Bedeutendem zu unterscheiden.

[84] Vgl. H.K. Berg/F. Doedens (Hg.) 1976, S. 6.

Diese Unterscheidung und Wertung kann im Rahmen der Religionspädagogik nur die ihr zuzuordnende Bezugswissenschaft, die Theologie, leisten[85].

Vierte Intention

Dieses Buch will versuchen, ein Strukturgefüge für den Religionsunterricht auf dem Hintergrund einer theologisch begründeten Gesamtkonzeption aufzuzeigen. Im Strukturgefüge sollen sich nicht nur Erkenntnismomente aus der zurückgelegten religionspädagogischen Entwicklung niederschlagen, sondern auch wertende Elemente.

These	Der Entwurf eines Strukturgefüges für den Religionsunterricht auf dem Hintergrund einer Gesamtkonzeption bedarf neben der didaktischen einer theologischen Begründung. Verschiedene Unterrichtseinheiten im Rahmen eines Strukturgefüges, die von unterschiedlichen Unterrichtsansätzen ausgehen, bedürfen der differenzierten Zuordnung zu verschiedenen Teildisziplinen der Theologie: zur biblischen Theologie des AT und NT, zur systematischen Theologie und zur Wirkungsgeschichte.

Diesen Begründungszusammenhang finden Sie in den Kapiteln 3, 4 und 5.

S. 88, 113, und S. 163

[85] Vgl. G. Hilger 1975, S. 17.

SCHON WIEDER
THEORIE...
MUSS DAS SEIN?

“Schon wieder Theorie – muß das sein?” fragt das Gesicht auf der vorhergehenden Seite. Wären jetzt “handfeste Hilfen” für den Unterrichtsalltag nicht besser? so könnte es fortfahren.

Zu jedem Zirkusprogamm gehören akrobatische Darbietungen. Sicher haben Sie solche Vorführungen schon bewundert. Haben Sie auch den Atem angehalten, wenn ein Künstler seine Übung bis zu einem glanzvollen Höhepunkt entwickelt hat, wenn ihm eine neue, noch nie gesehene Leistung gelungen ist, wenn mehrere Künstler durch präzises Zusammenspiel eine Gruppenleistung in die Manege zauberten? Was so spielerisch und gekonnt wirkt, ist das Ergebnis planvoller Trainingsarbeit – Sie wissen das. Sie wissen noch mehr: Diese Übungen vollziehen sich in der Regel im sicheren Schutz eines Netzes, das unter den Akrobaten ausgespannt ist.
Jedes Beispiel “hinkt”, weil es sich nicht vollständig auf einen anderen Sachverhalt übertragen läßt.
Trotzdem soll der sichernde Schutz des Netzes einmal mit der Theorie verglichen werden, die jedes unterrichtspraktische Tun absichert. Es fängt denjenigen auf, der bei seinem praktischen Tun “abstürzt” oder Mißerfolge erlebt. Es läßt ihn von neuem beginnen, überlegen, planen. Wer möchte schon gerne als frei schwebender “pädagogischer Künstler” in der Luft jonglieren? Ohne ein sicherndes Netz würde er sich mit größter Wahrscheinlichkeit früher oder später die Knochen brechen und wäre dann als Invalide für seinen Beruf nicht mehr brauchbar.

Beim Blick zurück in die Geschichte der Religionspädagogik (Kapitel 1.2) wurde ausgeführt, daß jede Phase der religionspädagogischen Entwicklung Erkenntniselemente bereit gestellt hat, die durch die anschließende Entwicklung nicht ohne weiteres überholt sind (vgl. die zweite Intention, S.42).

Frage

Welche Erkenntniselemente sind es, die sich nach einer sinnvollen Modifikation und Neuinterpretation so aneinanderfügen und durch weitere Elemente ergänzen lassen, daß sich ein Ganzes ergibt?
In diesem Kapitel wurde auf die bekannte Tatsache verwiesen, daß das Fach Religion mit Beginn der hermeneutischen, erst recht aber der problemorientierten Konzeption von der Schule her begründet wurde. Varianten innerhalb der problemorientierten Konzeption spiegelten letztlich fast ausschließlich die Ergebnisse einer innerdidaktischen Diskussion wider.

Frage

Welche Elemente einer theologischen Begründung müßten neben die didaktischen und aus anderen Disziplinen kommenden Begründungen kommen, um

die Praxis des Religionsunterrichts abzusichern und diesem Fach ein eigenständiges Profil zu geben?
Mehrfach wurde darauf verwiesen, daß es im Religionsunterrricht praktisch die verschiedensten Unterrichtseinheiten (und Themen natürlich!) gibt, die weniger zu einer sinnvollen Einheit als vielmehr zu einer "Zersiedelung" dieses Faches beitragen.

Frage

Wie kann dieses Vielerlei an Themen und Unterrichtseinheiten (in denen auch viel Mühe und Erfindungsgeist steckt) zu einem sinnvollen Strukturgefüge verbunden werden, das sowohl Lehrern als auch Schülern "Orientierung" gibt und das Fach auch für Außenstehende durchschaubar macht?

Bei den gestellten Fragen handelt es sich um *didaktische* Fragestellungen: *Was* soll in diesem Fach gemacht werden?[86]
Erst danach kann die methodische Frage gestellt werden, *wie* die Elementarisierung bestimmter Sachverhalte möglich, *wie* diese Sachverhalte für die Schüler und die Schüler für diese Sachverhalte erschlossen werden können, *wie* die verschiedenen Lernzieldimensionen angemessen berücksichtigt werden können, *wie* der Unterricht altersstufenspezifisch gestaltet werden kann, *wie* Methoden, Sozialformen, Inhalte und Ziele sinnvoll aufeinander bezogen werden können, *wie* . . .

Doch davon später . . .

Vielleicht sind die didaktischen Probleme doch einiger Überlegungen wert? Zuvor aber noch einige Fragen . . .

[86] R. Preul 1973, wirft der Religionspädagogik vor, daß sie im Kern weithin nicht Religionsdidaktik, sondern Methodik des Religionsunterrichts sei und zwar "solange nicht die Frage geklärt wird, ob und unter welcher Gestalt und kraft welcher Inhalte die christliche Religion eine notwendige, fundamentale und eigenständige Funktion im Bildungsprozeß hat . . . " S. 21.

Zur Selbstüberpüfung

Das Problem einer Gesamtkonzeption und Gesamtstruktur des Faches Religion stellt sich für Sie vielleicht nicht mehr, weil Sie sich für Ihre Schulform auf einen Lehrplan verlassen?

Vielleicht stellt sich die Frage aber doch:

– Weil Sie sich als Pädagoge nicht nur als ausführendes Organ eines vorgefertigten Lehrplans verstehen?

– Weil sie nach einigen Schneisen durch den Wildwuchs von Materialien und Medien suchen?

– Weil Ihnen das Fach Religion als Ganzes am Herzen liegt?

– Weil Sie sich Gedanken über die religiöse Orientierung Ihrer Schüler machen?

2
Ein Schritt zu einer Gesamtkonzeption des Religionsunterrichts

Die Frage, was im Religionsunterricht zu verhandeln sei, konnten Evangelische Unterweisung und Kirchliche Katechetik im katholischen Bereich, konnten der hermeneutische Religionsunterricht – evangelischer wie katholischer Prägung – verhältnismäßig einfach beantworten: die christlich-kirchlich-biblische Überlieferung. Seit sich die Konzeption des sog. problemorientierten Religionsunterrichts durchzusetzen beginnt, wird die oben gestellte Frage differenzierter beantwortet:[1]

> H.-B. Kaufmann:
> "Der problemorientierte Religionsunterricht wird vorwiegend exemplarisch-thematisch arbeiten. Diese Form wird durch einen Unterricht mit Lehrgangscharakter vorbereitet bzw. begleitet, um bestimmte Grundinformationen und Grunderfahrungen zu vermitteln. Zum Teil wird der thematisch konzipierte Unterricht durch orientierende Unterrichtsabschnitte *ergänzt* werden müssen"[2].

> K.-E. Nipkow:
> "Daher muß sie (sc. die Kirche) in Verkündigung und Unterweisung zwei Grundfragen verfolgen: Sie muß erstens aufgreifen, was die Autoren der biblischen Schriften damals gemeint haben. Somit bleibt die Bibel unabdingbar Gegenstand christlicher Predigt und christlichen Glaubensunterrichts. Zum anderen sind die latenten und manifesten Fragen der Heranwachsenden und Erwachsenen aufzusuchen, auf die das damals Gemeinte auch jetzt Antwort sein könnte ... Die bis heute sich fortsetzende christliche Glaubenstradition und die gegenwärtige Wirklichkeit müssen im Unterrichtsgeschehen vielmehr *gleichgewichtig* mit gleichem Ernst und gleicher Intensität angegangen und in *Verbindung* gebracht werden ...
> Ein problemorientierter Religionsunterricht nach dem Kontexttypus ... will den bisher dominierenden Grundtyp des Religionsunterrichts, den biblischen Unterricht ... *ergänzen,* nicht ersetzen. Ebenso wird es immer wieder sinnvoll sein, bestimmte Abschnitte oder Zusammenhänge der Kirchen- und Theologiegeschichte chronologisch für sich zu behandeln und nicht in einen Problemunterricht einzuordnen"[3].

1 Die Hervorhebungen stammen im folgenden von der Verfasserin.
2 H.-B. Kaufmann 1973, These 6.
3 K.-E. Nipkow zuerst in Concilium 6 (1970), Heft 3, überarbeitet in: ders. 1971, S. 38ff.

Den beiden didaktischen Grundtypen (biblisch und problemorientiert) ordnet Nipkow unterschiedliche Lehrgangsstrukturierungen zu, die sukzessiv-lineare und die thematisch-konzentrische und fährt fort:
"Dies würde bedeuten, daß der thematisch-konzentrischen Strukturierung der Primat gebührte und die lineare Strukturierung 'Dienstcharakter' hätte"[3].

W.G. Esser:
"Die Überwindung dieser Einseitigkeit (gemeint ist die Begründung des Religionsunterrichts entweder nur von der Tradition oder nur von der gegenwärtig erfahrbaren Wirklichkeit her) kann gelingen, wenn der künftige Religionsunterricht auf zwei Grundtypen hin entworfen wird, auf den 'Daseinsunterricht' *und* den 'Traditionsunterricht'. Damit wird keine schematische Zweiteilung des Religionsunterrichts angestrebt, ebensowenig wie Religion als Tradition und Religion als Aktuierung der je schon religiösen Grundbefindlichkeit des menschlichen Daseins strikt voneinander getrennt werden können. Vielmehr soll durch ein organisches *Miteinander* beider Grundtypen Religion als Tradition erst recht verstanden und in ihrer Bedeutung für das gegenwärtige Dasein auf Zukunft hin erst voll ausgelegt werden können"[4].

P. Jansen:
"Es geht also ... nicht um die Verdrängung eines problemorientierten Religionsunterrichts, sondern um die *Zuordnung* des Religionsunterrichts, der sich mit Stoffen der christlichen Tradition befaßt, zu einem Unterricht, der anthropologisch ansetzt und damit sich Ziele aus dem Humanbereich setzt"[5].

S. Daecke:
"Daraus folgt (sc. aus der Analyse verschiedener Unterrichtsmodellproduktionen) für den Religionsunterricht und die Modellentwicklung und -benutzung, daß *neben* den problemorientierten Modellen ... bibelwissenschaftliche Grundkurse wichtig sind, und daß wir den hermeneutischen Religionsunterricht, der die Bibel als historisches Dokument und als Sprachwerk kritisch lesen lehrte, nicht als vom problemorientierten Religionsunterricht überholt betrachten sollten"[6].

4 Ebd., S. 212ff.
5 P. Jansen (Hg.) 1974, S. 9ff.
6 Der Vortrag wurde von S. Daecke am 2.12.1974 auf einer Tagung des Verbandes Bildung und Erziehung in Verbindung mit dem Pädagogischen Institut in Villigst gehalten. Er liegt als maschinengeschriebenes Manuskript dort vor.

Wir wollen die Liste der Zitate nicht verlängern, weil sich aus den genannten bereits bestimmte Grundtendenzen erkennen lassen – bei bezeichnenden unterschiedlichen Nuancen.

Alle genannten und zitierten Autoren gehen davon aus, daß

1. problemorientierte Unterrichtseinheiten nicht die einzig denkbare Form des Religionsunterrichts sind oder sein sollen.
   Über die Art der Verbindung schwanken die Aussagen zwischen ergänzen – gleichwertiger Verbindung – organisches Miteinander – Zuordnung – Nebeneinander.
   Nipkow spricht sowohl vom Ergänzen des biblischen Grundtyps durch den problemorientierten als auch vom "Dienstcharakter" des biblischen gegenüber dem problemorientierten.
2. es bei den problemorientierten Unterrichtseinheiten um die Einbeziehung der gegenwärtigen Wirklichkeit des Schülers gehen soll.

Didaktische Grundtypen

Offen bleibt die Frage nach den Inhalten sowohl des einen wie des anderen didaktischen Grundtyps. Offen bleibt auch die Frage, ob sich durch die – wie auch immer gedachte – Verbindung beider Typen nicht zwangsläufig die Auswahl der Inhalte und die Findung der Ziele in beiden Bereichen, dem traditions- und dem "daseins"bezogenen, verändern müssen.

Bei mehreren Autoren taucht über die zitierten Ausführungen hinaus gelegentlich der Hinweis auf, daß es neben den Beispielen aus der biblischen Tradition auch solche aus der Wirkungsgeschichte gäbe[7]. Auch hier bleibt offen, welches die Inhalte des wirkungsgeschichtlichen Bereichs sein könnten und wie eine Integration der drei Bereiche biblisch-wirkungsgeschichtlich-problemorientiert vorzustellen sei.

Bei genauerem Zusehen handelt es sich bei der Wirkungsgeschichte um einen eigenständigen Bereich, der gewissermaßen das Verbindungsglied zwischen der biblischen Tradition und der gegenwärtigen Wirklichkeit darstellt. Die biblische Überlieferung hat bekanntermaßen ihrerseits eine Entwicklung durchlaufen. Innerhalb der Kirchen hat sie eine unterschiedliche Deutung und Wertung erfahren. Durch die Auseinandersetzung mit anderen religiösen oder philosophischen, aber auch areligiösen Entwürfen hat sich ein dialektisch verschränkter Prozeß gegenseitiger Beeinflussung und Veränderung vollzogen. Vielfach begegnet uns biblische Überlieferung zunächst nur in einer durch die Wirkungsgeschichte geprägten Sichtweise.

Wir werden im folgenden davon ausgehen, daß es im Religionsunterricht sinnvollerweise drei Unterrichtsansätze geben muß.

S. 131 ff. Näheres über den dritten Unterrichtsansatz erfahren Sie in Kapitel 5 dieses Buches.

[7] Vgl. Daecke, a.a.O.; Nipkow, a.a.O. (er spricht allerdings noch von Kirchen- und Theologiegeschichte), aber auch M. Stallmann 1968, S. 59.

Zusammenfassung

Entscheidende *didaktische* Verdeutlichungen fehlen im Blick auf die drei im Religionsunterricht möglichen Unterrichtsansätze:

S. 59ff.

Die nach der Art der *Integration* in ein Gesamtgefüge von Religionsunterricht. Vergleichen Sie dazu bitte die folgenden Abschnitte!

S. 100f., 108ff. und 148ff.

Die nach der *Funktion* (was soll damit erreicht werden?) der jeweiligen Unterrichtsansätze. Vergleichen Sie bitte die Kapitel 3, 4 und 5 dieses Buches!

2.1 Die Integration verschiedener Unterrichtsansätze

Während die in der Einleitung zu Kapitel 2 genannten und zitierten Autoren von der Verbindung verschiedener didaktischer Grundtypen überzeugt sind, geht der sehr populär gewordene Projektideenplan, den H. Heinemann zusammen mit dem Team des Pädagogisch-Theologischen Instituts Kassel entwickelt hat[8], auf die oben formulierten Fragen nach der Funktion und den Inhalten verschiedener Lehrgangseinheiten ein. Ausgehend von einem Gesamtziel für den Religionsunterricht, werden zwei gleichgewichtige Oberziele abgeleitet: die Fähigkeit zu eigener Welt- und Lebensdeutung *und* die Fähigkeit zu sachgemäßem Umgang mit religiöser Tradition[9]. Die beiden Oberziele werden in je drei Zwischenziele untergliedert.
Gemäß der Grundthese der Vertreter des geschlossenen Curriculums, daß zuerst die Ziele, dann die Inhalte kommen, werden den Zwischenzielen Themen zugeordnet. Während man den Zielformulierungen eine gewisse logische Stringenz nicht absprechen kann, ist sie bei den Themenformulierungen nicht durchsichtig und begründet. Wir zitieren beispielhaft die Themenreihe des 5. Schuljahres: Was will ich einmal werden? / Ehrgeiz und Strebertum / Das schlechte Gewissen / Sich durchsetzen? Was uns trennt, Völker, Rassen, Religionen? / Der Teufel und der liebe Gott / Die Umwelt Jesu / Evangelisch-Katholisch.

Verschränkung von Ziel- und Inhaltslogik

Wo und in welcher Weise kann hier der Schüler zwischen dem Bereich der sog. Welt- und Lebensdeutung und dem Bereich des sog. Umgangs mit der religiösen Tradition Querverbindungen ziehen? Um beide Bereiche nicht hoffnungslos

[8] In: informationen zum religionsunterricht, 1970, Heft 3/4, S. 21ff.
[9] Es soll hier unerörtert bleiben, ob dies sachgemäße Zielformulierungen sind.

voneinander zu isolieren, ist aber eine Verschränkung durch eine Ziel- *und* Inhaltslogik erforderlich.

S. 32 und S. 35

Erinnern Sie sich, daß im Zusammenhang mit der kritischen Würdigung des geschlossenen Curriculums auf die notwendige gegenseitige Abhängigkeit von Zielen und Inhalten hingewiesen wurde? Für den Bereich der allgemeinen Pädagogik hat Blankertz, für den der Religionspädagogik Nipkow auf diesen Umstand aufmerksam gemacht.

Gerade im Blick auf den Schüler ist ein didaktisches Verfahren, in dem Ziel- und Inhaltslogik nicht aufeinander abgestimmt sind, sehr fragwürdig.

Bei Kindern ist das Zusammensetzen von Puzzles sehr beliebt. Es gibt dieses Spiel, das man aus verschiedenen winzigen Bildteilchen zusammenlegen kann, in unterschiedlichen Schwierigkeitsgraden und für verschiedene Altersstufen. Ein Kind, das Spaß an diesem Spiel gewonnen hat, wird seine Puzzleteile nicht wahllos zerstreut auf eine Fläche legen, in der Hoffnung, daß auf diese Weise das angestrebte Bild entsteht. Es sucht sich zusammengehörige Teilchen und bildet "Inseln", markante Ausschnitte aus dem Gesamtbild. Die fehlenden Verbindungsglieder sind dann rasch gewonnen. Sein Vorgehen hat nur ein Ziel im Auge: Es will das Gesamtbild sehen. Warum sollte es sich sonst mit so viel Hingabe und Mühe einem Puzzle widmen? Selbstverständlich werden bei einem derartigen Spiel auch bestimmte Fähigkeiten des Kindes trainiert – das aber ist die "pädagogische Abzweckung", die die Erwachsenen im Auge haben, nicht das Kind.

Dieses Beispiel läßt sich – unter den üblichen Vorbehalten natürlich – auf den Bereich der religiösen Bildung übertragen. Der Heranwachsende darf nicht ratlos den Einzelteilen seines Puzzles überlassen werden, d.h. einem Sammelsurium atomisierter Thementeile, die nicht zu einem gewissen Gesamtbild religiöser Sachverhalte und Einsichten zusammenwachsen können. Seine Einsichten und Fähigkeiten auf religiösem Gebiet werden – aufgrund ausgewählter Zielorientierungen – an Inhalten gewonnen, aber *nicht* an beliebig austauschbaren Inhalten. Die Bildausschnitte des Puzzles, die "Inseln", lassen sich mit Teilbereichen des gesamten religiösen Erfahrungs- und Erkenntnisbereichs vergleichen, die zu einem ganzheitlichen Bild geformt werden wollen. Für kleinere Kinder gibt es einfachere Puzzles mit grobflächigen Bildstrukturen, für größere Kinder umfangreichere, schwierigere und differenziertere. Der Erkenntnis- und Lernbereich, um den es im Religionsunterricht geht, wird

wachsen, schwieriger und differenzierter werden.
Er muß aber ein einheitliches Ganzes bleiben, will der Schüler nicht auf die Dauer die Lust verlieren.

K.-E. Nipkow hat selbst darauf verwiesen, daß "das Problem der Verhältnisbestimmung der beiden didaktischen Strukturen (gemeint ist der linear-sukzessive = traditionsorientierte und der thematisch-konzentrische = wirklichkeitsorientierte) genauer durchdacht werden muß" . . .[10]. Wir erweitern und modifizieren diese Aussage im Blick auf die *drei* notwendigen Unterrichtsansätze: den biblischen – den wirkungsgeschichtlichen – den sog. problemorientieren. Der Forderung Nipkows nach einer genauen Verhältnisbestimmung ist umso mehr zuzustimmen, als seine Unterscheidung "linear-sukzessiv" und "thematisch-konzentrisch" in Gefahr ist, das Problem von der didaktischen auf die methodische Ebene (*wie* müssen die verschiedenen Unterrichtsansätze strukturiert sein?) zu verschieben . . .[11].

2.2 Die verbindende Kategorie der Problemorientiertheit

Sowohl K.-E. Nipkow als auch W.G. Esser haben die von ihnen geforderten Unterrichtstypen als traditionsorientiert auf der einen und als problem- bzw. daseinsorientiert auf der anderen Seite bezeichnet. Diese Klassifizierung birgt Gefahren in sich. Es könnte rasch passieren, daß der traditionsorientierte Unterricht als nicht problemorientiert und erfahrungsbezogen eingestuft wird. Das hätte zwangsläufig seine Desintegration zur Folge, wenn nicht aufgezeigt werden kann, worin sein Wert für den Schüler besteht. Das gleiche könnte für den von uns geforderten wirkungsgeschichtlichen Lehrgangstyp geschehen. Wenn er sich mit dem Prozeß der unterschiedlichen Aneignung biblischer Überlieferung und der Distanzierung von ihr, mit ihrer Neuauslegung im Dialog und in der Auseinandersetzung mit geschichtlichen Entwicklungen und anderen Daseinsentwürfen und -auslegungen beschäftigt, ist er dann weniger problemorientiert und daseinsbezogen?

Kategorie der Problemorientiertheit und "problemorientierter" Unterrichtsansatz

P. Schladoth, der katholische Religionspädagoge, hat dieses Problem erkannt und gefragt: "Gilt nicht vielmehr, daß der Religionsunterricht grundsätzlich problemorientiert sein muß?[12] Damit hat er auf eine wichtige pädagogische *Kategorie* aufmerksam gemacht: die Kategorie der Problemorientiertheit.
Diese Kategorie der Problemorientiertheit ist grundsätzlich zu unterscheiden von einem bestimmten didaktischen Grundtyp (vgl. Sie bitte die auf S.56f. zitierten Autoren!) oder Unterrichtsansatz, dem sog. problemorientierten, der

[10] Vgl. K.-E. Nipkow 1971, S. 47.
[11] Vgl. R. Preul 1973, S. 21f.
[12] Vgl. P. Schladoth 1973, S. 478.

ausgeht von Problemen, Phänomen und Aufgabenstellungen der gegenwärtigen Wirklichkeit.
Konkret bedeutet dieser Hinweis, daß die Behandlung biblischer und wirkungsgeschichtlicher Inhalte nicht an sich schon einen Wert hat. Abgesehen davon, daß in diesen Bereichen schon immer ausgewählt wurde, um einem didaktischen Materialismus (einer unzumutbaren Stoff-Fülle) zu entgehen, wird die Kategorie der Problemorientiertheit zum entscheidenden Kriterium. Sie besagt, daß alle Sachverhalte, Zusammenhänge und Fragestellungen im Blick auf den Schüler unter einem bestimmten Gesichtspunkt *thematisiert* werden.

S. 118ff. und S. 168

Es könnte der Eindruck entstehen, als würden jetzt der biblische und wirkungsgeschichtliche Bereich doch wieder ihrer Eigenständigkeit beraubt und ihre ursprünglichen Intentionen vergewaltigt. Das war ein Vorwurf, der gegen den Gebrauch biblischer Überlieferung im Rahmen des Curriculummodells erhoben wurde. Die Anwendung der *Kategorie* der Problemorientiertheit und die Anwendung des *Verfahrens* der Lernzielgewinnung sind jedoch zu *unterscheiden.* Lesen Sie deshalb Ausführlicheres über die Anwendung der oben eingeführten Kategorie im biblischen und wirkungsgeschichtlichen Bereich (Kapitel 4 und 5)!

Eine kursorische Lektüre von Evangelien und paulinischen Briefen ist deshalb nicht sehr sinnvoll.

S. 137

Bitte, achten Sie darauf, daß der dritte Unterrichtsansatz von uns bewußt nicht Kirchengeschichte, sondern Wirkungsgeschichte genannt wird. Vielleicht könnte man auch von Problemgeschichte sprechen, aber auch dieser Begriff trifft nicht ganz die gemeinte Sache.
Vergleichen Sie dazu Kapitel 5!

Im Rahmen eines Religionsunterrichts, der sich der Kategorie der Problemorientiertheit verpflichtet weiß, kann es unterschiedliche Unterrichtsansätze geben: den biblischen, den wirkungsgeschichtlichen und den von der gegenwärtigen Wirklichkeit.
Die Kategorie der Problemorientiertheit beinhaltet, daß auf jeden Fall eine wechselseitige Erschließung der drei Bereiche zum Schüler und des Schülers zu ihnen hin Ziel aller unterrichtlichen Bemühung ist.

Erinnern Sie sich an das schon mehrfach erwähnte Prinzip Klafkis von der wechselseitigen Erschließung?

S. 19 und S. 24

Es ist aber auch um des Schülers willen erforderlich, daß die verschiedenen Un-

terrichtsansätze im Verhältnis der Korrespondenz stehen, d.h. sich gegenseitig erschließen.
"Denn dadurch soll von vornherein die möglicherweise auftretende irrige Vorstellung einer Versäulung"[13] der drei Unterrichtsansätze zu selbständigen, voneinander isolierten Lehrgängen zurückgewiesen werden.

Wir versuchen, die gemeinten Sachverhalte in einer Grafik zu verdeutlichen ...

S. 65

2.3
Die theologische Grundlage

Im vorhergehenden Abschnitt wurde mehrfach auf den Grundsatz der wechselseitigen Erschließung hingewiesen. Die Anwendung dieses Grundsatzes sagt noch nichts über ein positives Zielbild und die diesem Zielbild zuzuordnenden Inhalte für das Fach Religion. Eine Gesamtkonzeption dieses Faches benötigt eine der didaktischen zuzuordnende theologische Begründung[14].

Auf einer religionspädagogischen Fortbildungstagung für Grundschullehrer zum Thema "Gebet" erklärt eine Teilnehmerin, sie finde sich in dem Vielerlei der theologischen Meinungen (früher war das wohl anders?!?) persönlich nicht mehr zurecht, geschweige denn, daß sie in der Lage sei, im Unterricht etwas Verbindliches zu vermitteln. An welche Theologie solle sie sich da halten? Man möge doch die zuständige Kirchenleitung auffordern, verbindlich (dieser Ausdruck taucht zweimal auf!) zu erklären, woran man sich theologisch im Unterricht zu halten habe.

Auch wenn dieser Beitrag dem einen oder anderen ein Lächeln abnötigt – er ist nicht erfunden. Ähnliche Meinungsäußerungen – anders formuliert – sind immer wieder zu hören, besonders dann, wenn verschiedene theologische Ansätze erst einmal ins Bewußtsein getreten sind. Man kann natürlich den Gesprächsbeitrag der Grundschullehrerin sehr lapidar beantworten: 1. Die Vielfalt theologischer Entfaltung und Deutung bestimmter religiöser Erfahrungen hat es schon immer gegeben und wird es weiter geben. Sie ist bereits im Alten und Neuen Testament vorgegeben. 2. Es ist noch nie gelungen, diese Vielfalt durch kirchenamtliche Maßnahmen auf Dauer zu beseitigen. 3. Selbstverständlich gibt

[13] Vgl. P. Schladoth 1973, S. 479.
[14] Vgl. R. Preul 1973, S. 12, wo er darauf hinweist, daß die Bestimmung "kategoriale Bildung" als solche noch keine Aussage über ein bestimmtes positives Zielbild der Erziehung enthält.

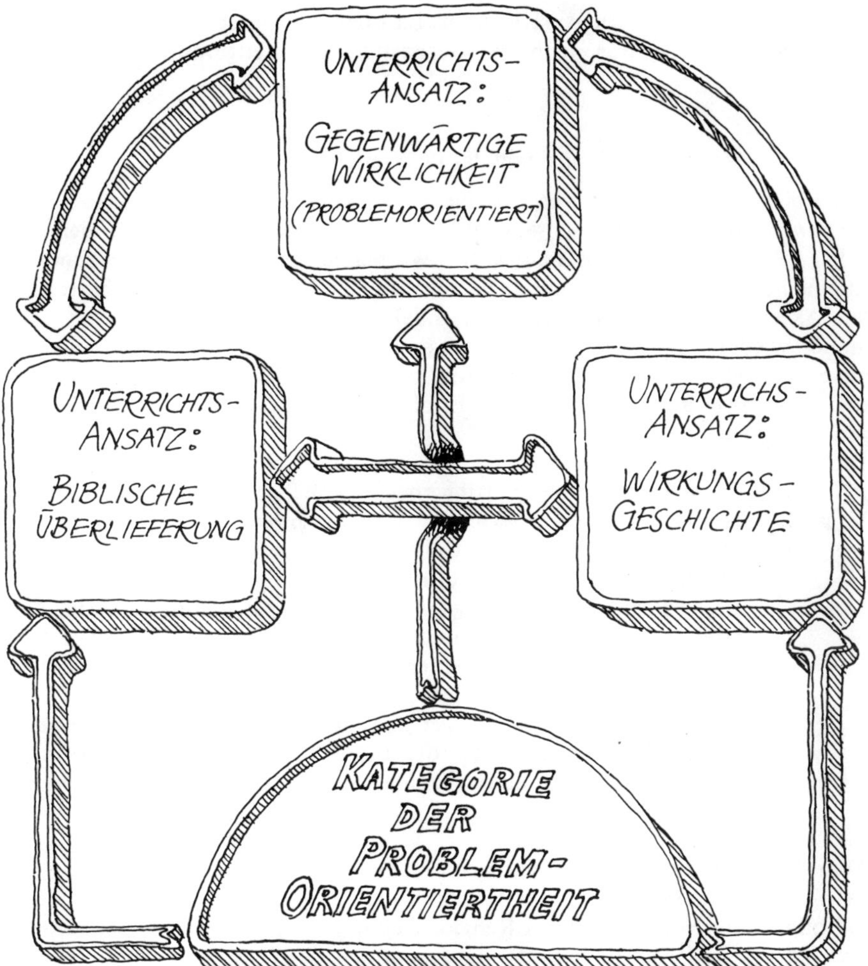

es innerhalb der Vielfalt "Randerscheinungen", die sehr weit vom Zentrum theologischer Aussage entfernt sind.
Erstaunlicherweise wird sehr selten festgestellt, wie groß eigentlich der theologische Konsens ist. Gemeint ist jener Konsens, in dessen Rahmen Vielfalt Bereicherung und nicht Desorientierung bedeutet.

> Bitte, verwechseln Sie Konsens nicht mit Einheitlichkeit oder Uniformität!

Für den Religionsunterricht ist Konsens im oben gemeinten Sinn sehr wichtig. Wir fragen deshalb, was denn der Gegenstand des Religionsunterrichts sein kann.

Religion als fundamentales Phänomen

Der Religionsunterricht hat es mit einem *Phänomen,* einer Erscheinung zu tun, die *fundamental* zum Menschsein gehört bzw. im Zusammenhang mit menschlicher Existenz immer wieder auftaucht. Wir nennen es Religion. Ein Phänomen ist eine *beschreibbare* Erscheinung, weil es seinen Niederschlag in ganz bestimmten Akten menschlichen Denkens, Handelns und Fühlens gefunden hat und immer wieder findet. Wenn dem nicht so wäre, gäbe es weder religiöse Zeugnisse noch eine biblische Überlieferung noch eine Wirkungsgeschichte, in der sich diese Akte im Wechselspiel von Erfahrung, Reflexion und Verhalten fortgesetzt haben.

Diese Feststellung geht davon aus, daß das Alte und Neue Testament nicht durch Akte der Verbalinspiration (wörtliche Eingebung durch den Heiligen Geist) entstanden sind, die sich jeder Erklärung entziehen. Selbst dort, wo Berufungsvisionen oder prophetische Beauftragungen geschildert werden, geschieht das in ganz bestimmten Sprachmustern und in Anlehnung an vorhandene Vorbilder. Was auf diese Weise seinen sprachlichen Niederschlag gefunden hat, hat bereits einen Reflexionsprozeß durchlaufen. Das läßt sich besonders deutlich beim Vergleich der Evangelisten erkennen, die die *Erfahrungen*, die ihnen durch die Begegnung mit dem Christus erwachsen sind, in einer theologisch *reflektierten* Form weiterverkündigen.

Wenn Religion zunächst als Phänomen beschrieben wird, so ist dies etwas anderes als ein abstrakt formulierter Religionsbegriff, der normativ sagt, was sein soll oder muß. Normativ ist ein Religionsbegriff, wenn z.B. erklärt wird, Religion habe dem Menschen dies oder das zu ermöglichen (z.B. Emanzipation).
Religion als Phänomen genommen sagt etwas darüber, was sie Menschen ermöglicht und wie sie Menschen verändert *hat*. In *diesem* Sinn ist auch das Christentum Religion.

Diese inhaltliche Bestimmung und Definition widerspricht der These der dialektischen Theologie, wonach das Christentum überhaupt mit keiner Religion vergleichbar ist, sondern ein schlechthinniges Offenbarungsgeschehen beinhaltet. K. Barths persönliche Existenz als Christ einschließlich seines theologischen Nachdenkens, wie es sich z.B. in seiner Kirchlichen Dogmatik niedergeschlagen hat, sind jedoch beschreibbare Phänomene, weil sich hier bestimmte Bewußtseinsakte und eine bestimmte "religiöse" Entwicklung Ausdruck verschafft haben[15].

Was Religion Menschen ermöglicht hat und wie sie Menschen verändert, läßt sich psychologisch betrachten. Was wir dann erkennen können, ist die Entwicklung oder Verkümmerung eines individuellen Bewußtseins unter dem Einfluß beabsichtigter und unbeabsichtigter Sozialisationseinflüsse. Die Entwicklung läßt sich auf keinen Fall ohne einen begleitenden Reflexionsprozeß denken[16]. Schon an dieser Stelle muß vor voreiligen Mißverständnissen und Mißdeutungen gewarnt werden, wenn hier das Problem Religion zunächst als Phänomen angegangen wird. Es kann nicht bedeuten, daß sich seine Beschreibung auf psychologische und innerweltliche Vorgänge beschränkt. Religion hat immer zwei Seiten. Das eine ist das Unbedingte, das sich des Menschen bemächtigt; wir nennen es Gott. Das andere ist das Ergreifen (oder Sichverweigern!) dieses Unbedingten durch den Menschen[17].

S. 23f.

Erinnern Sie sich? Schon in Kapitel 1 wurden diese beiden Momente von Religion im Zusammenhang mit dem Korrelationsbegriff von P. Tillich erwähnt. Zu den theologischen Komponenten, welche die Phase des problemorientierten Religionsunterrichts beeinflußte, gehörte auch P. Tillichs Theologie. Dieser Hinweis soll nicht bedeuten, daß auf religionspädagogischer Seite P. Tillich immer sachgemäß aufgegriffen wurde.

Komplexität von Unbedingtem und menschlichem Ergreifen des Unbedingten in der Religion

Uns selbst begegnet Religion immer schon in der Komplexität der beiden oben genannten Momente: als Unbedingtes oder "Transzendentes", aber in einer bereits von Menschen erfahrenen und reflektierten (unter Umständen auch unsachgemäß veränderten) Form.

Auch bei den biblischen Schriftstellern hat sich dieser Aneignungsprozeß vollzogen, so daß wir Gott auf dem Weg über sie begegnen.

Obwohl uns das Unbedingte in dieser Form begegnet und sich deshalb auch phänomenologisch beschreiben läßt, bleibt es unverfügbar, ein Geschehen "extra nos".

[15] Vgl. R. Preul 1973, S. 25.
[16] Vgl. E. Feifel 1973, S. 36.
[17] Vgl. dazu die Ausführungen P. Tillichs zur Methode der Korrelation in seiner Systematischen Theologie Band I, S. 74ff.

Dieser Sachverhalt wird herkömmlicherweise in der systematischen Theologie mit dem Stichwort "Gotteswort im Menschenwort" umschrieben.

Unverwechselbarkeit religiöser Rede in der christlichen Religion

Mehr läßt sich von dem sehr allgemeinen Phänomen "Religion" nicht sagen, als daß es um die Endlichkeit und Fraglichkeit der menschlichen Existenz auf der einen und um das Unbedingte auf der andern Seite geht, das diese menschliche Existenz immer wieder ergreift und ihr Sinn gibt. Es läßt sich deshalb nicht *mehr* sagen, weil sich Religion in der beschriebenen Weise immer nur in bestimmten, geschichtlichen Religionen realisiert. Innerhalb einer konkreten geschichtlichen Religion kommt es dann zur inhaltlichen Füllung jenes Prozesses, der sich zwischem dem Unendlichen und Endlichen, zwischen Gott und den Menschen, abspielt. Die uns bestimmende Religion ist die christliche. In ihr wird in einer bestimmten, unverwechselbaren und radikalen Weise von der Endlichkeit und Ganzheit der menschlichen Existenz gesprochen: in den Kategorien der Sünde, des Getrenntseins von Gott, des Leidens und Todes, aber auch von der Gnade, der Gemeinschaft mit Gott in Christus, des neuen Lebens[18].

S. 91f.

Die Strukturen dieser unverwechselbaren christlichen Rede von Gott bedürfen im Blick auf den Religionsunterricht einer genauen Entfaltung. Diese wird in Kapitel 3 geschehen.

Auf katholischer Seite wird der oben skizzierte Sachverhalt – teilweise unter Berufung auf K. Rahner – als die "anthropologische Wende" in der Theologie beschrieben.

Um Mißverständnisse von vornherein auszuschließen: Bei dieser anthropologischen Wende geht es nicht darum, daß Theologie sich in der Immanenz bewegt oder "in einem leise erhöhten Ton" nur vom Menschen gesprochen wird.

Anthropologische Wende in der Theologie

Mit anthropologischer Wende meint man die Überlegung, daß theologische Inhalte nur dann als solche zu bezeichnen sind, wenn sie den Menschen in seiner irdischen, endlichen Situation treffen und heilend und befriedend auf ihn zu wirken vermögen. In dieser Überlegung fühlt man sich bestärkt durch die Gesamtheit der alt- und neutestamentlichen Überlieferung, für die Offenbarung Gottes letztlich immer Heilsoffenbarung ist; "Heilsoffenbarung" ist die Kurzformel für die von Menschen erfahrene Zuwendung Gottes mit dem Ziel, Men-

[18] Vgl. R. Preul 1973, S. 50.

schen aus ihrer Entfremdung zu befreien[19]. “Anthropologische Wende”, in dieser Weise verstanden, meint also nichts anderes als theologische Aussagen oder Sachverhalte, die eine Bedeutung für Menschen haben und Wirkungen auslösen. Dies sind dann beschreibbare Phänomene, die sich erschließen lassen und wiederum Überzeugungen und Veränderungen bei Menschen auslösen können (nicht müssen!). Offenbarung begegnet uns in der Bibel selbst als eine bereits erfahrene, reflektierte und gedeutete Wirklichkeit.
Nach diesem theologischen Durchgang kann noch einmal die didaktische Frage gestellt werden, *was* Gegenstand des Religionsunterrichts sein soll. Wir versuchen, in den folgenden Abschnitten eine Antwort in mehreren Sequenzen zu geben.

Das Fundamentale im Religionsunterricht

Gegenstand des Religionsunterrichts ist ein fundamentaler Bereich des menschlichen Seins, die “Religion”. Er bedarf gerade in der heutigen Zeit einer ständigen Erschließung für den Schüler und des Schülers für ihn, damit er als wirklich fundamental erkannt und ergriffen werden kann.
Die Beziehung zwischen dem menschlichen Sein und dem Grund und Sinn dieses Seins wird innerhalb der christlichen Religion in konkret fundamentalen Strukturen umschrieben. Deshalb werden diese Grundstrukturen christlicher Rede von Gott Gegenstand des Religionsunterrichts sein. Die Erschließung dieser Grundstrukturen muß sich bereits im Dialog und in Auseinandersetzung mit anderen Daseinsentwürfen vollziehen.
Der Aneignungsprozeß des Fundamentalen ist immer ein elementarer gewesen und wird es bleiben. Er besteht aus den objektiven Bedingungen (gesellschaftlicher, sozialer, politischer Art) und Möglichkeiten auf der einen und aus einem jeweiligen subjektiven Aneignungsvorgang auf der anderen Seite. Wenn der elementare Prozeß der Erschließung des Fundamentalen ernst genommen wird, ist es nicht verwunderlich, daß es zu einer religiösen und theologischen Vielfalt kommen mußte und muß. Die Vielfalt ist aber nur insofern interessant, als sie streng zurückbezogen bleibt auf das Fundamentale.
R. Preul hat darauf hingewiesen, daß der Schüler im Religionsunterricht nicht in die Rolle des Konsumenten gedrängt werden darf oder soll, der zwischen verschiedenen Entwürfen wählen kann wie ein Käufer zwischen verschiedenen Fabrikaten. Dies wäre ein sehr vordergründiger Versuch, den Religionsunterricht methodisch interessant zu machen. Der Schüler will demgegenüber, wenn überhaupt, wissen, was an dieser Sache “dran” ist. Das freie Sachgespräch über die christliche Religion und konkurrierende oder areligiöse Entwürfe hat nur dann einen Sinn, wenn es die Erschließung des Fundamentalen zum Ziel hat[20].

[19] Vgl. G. Baudler, Religionsunterricht 1973, S. 78f. und: Schulischer Religionsunterricht 1973, S. 132.
[20] Vgl. R. Preul 1973, S. 46.

Die Furcht, den Schüler bei dieser Zielsetzung zu indoktrinieren, ist nicht gerechtfertigt. Jemanden auf der Basis fundierter Reflexion überzeugen wollen, ist unterrichtlich fruchtbarer als farblos blasse Neutralität oder gelegentliches pathetisches Bekennen. Indoktrination kommt erst durch die Setzung nicht hinterfragbarer Normen und durch die Anwendung bestimmter manipulativer Verfahren zustande[21].

2.4 Die methodische Anordnung

Nachdem die drei vorhergehenden Abschnitte ausgingen von der Frage nach der *Integration* verschiedener Unterrichtsansätze (2.1), von der *verbindenden* Kategorie der Problemorientiertheit (2.2) und der *gemeinsamen* theologischen Basis (2.3), kann jetzt die Frage angeschnitten werden, *wie* die genannten Unterrichtsansätze einander zugeordnet werden können.

Anhand der Grafik auf der folgenden Seite können Sie sich einen Überblick verschaffen . . .

S. 71

Es scheinen sich hier vier Grundmöglichkeiten abzuzeichnen:

I der Einsatz beim biblischen und wirkungsgeschichtlichen Bereich mit dem Ziel einer Öffnung zum problem-/gegenwartsbezogenen Bereich

II der Einsatz beim problem-/gegenwartsbezogenen Bereich mit dem Ziel einer vertiefenden und vergewissernden Nacharbeit im biblisch-wirkungsgeschichtlichen Bereich

III die Rahmung des problem-/gegenwartsbezogenen Bereichs durch den biblisch-wirkungsgeschichtlichen

IV die Ergänzung des problem-/gegenwartsbezogenen Bereichs durch eingeschobene Exkurse biblischer und wirkungsgeschichtlicher Art.

[21] Ebd. – aber auch S. 32f., wo er darauf hinweist, daß nicht jedes uninterpretierte "Ergriffensein" schon mit Religiosität zu identifizieren ist, "um dann überall, wo man leidenschaftliches Engagement, radikalen Protest oder kühne Utopie festzustellen glaubt, auch von Religion oder Quasireligion" spricht. "Dieses Verfahren stößt auf den Widerspruch sowohl der solchermaßen als religiös Interpretierten wie derjenigen, die sich – in Übereinstimmung mit geschichtlich-manifester Religiosität – Religion nicht ohne bewußten Gottesbezug, ohne so etwas wie Frömmigkeit, ohne Gebet und Andacht denken können. Es kommt darauf an, ob sich ein bestimmtes 'unbedingtes' Ergriffensein vom Unbedingten ausweisen läßt. Wesentlich ist der Inhalt des Ergriffenseins und damit seine sprachlich-symbolische Selbstauslegung, nicht schon allein sein Intensitätsgrad." Eine umfassende und kritische Auseinandersetzung mit dem Religionsbegriff in der gegenwärtigen Religionspä-

I.

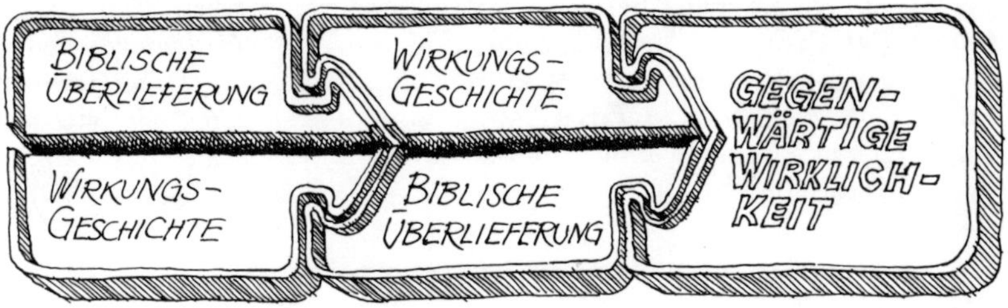
BIBLISCHE ÜBERLIEFERUNG
WIRKUNGS-GESCHICHTE
GEGEN-WÄRTIGE WIRKLICH-KEIT
WIRKUNGS-GESCHICHTE
BIBLISCHE ÜBERLIEFERUNG

II.

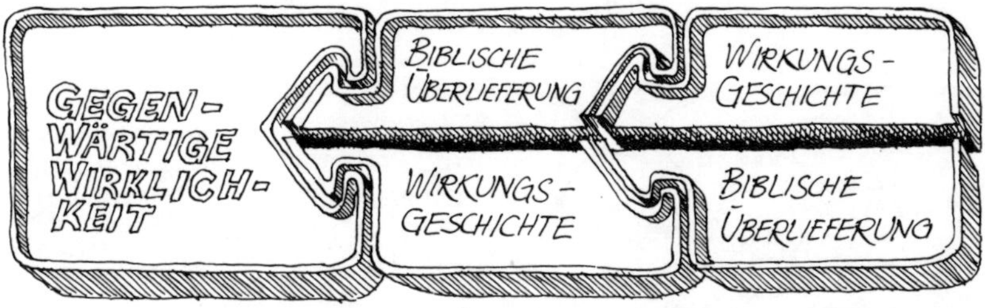
GEGEN-WÄRTIGE WIRKLICH-KEIT
BIBLISCHE ÜBERLIEFERUNG
WIRKUNGS-GESCHICHTE
WIRKUNGS-GESCHICHTE
BIBLISCHE ÜBERLIEFERUNG

III.

BIBLISCHE ÜBERLIEFERUNG
GEGEN-WÄRTIGE WIRKLICH-KEIT
WIRKUNGS-GESCHICHTE
WIRKUNGS-GESCHICHTE
BIBLISCHE ÜBERLIEFERUNG

IV.

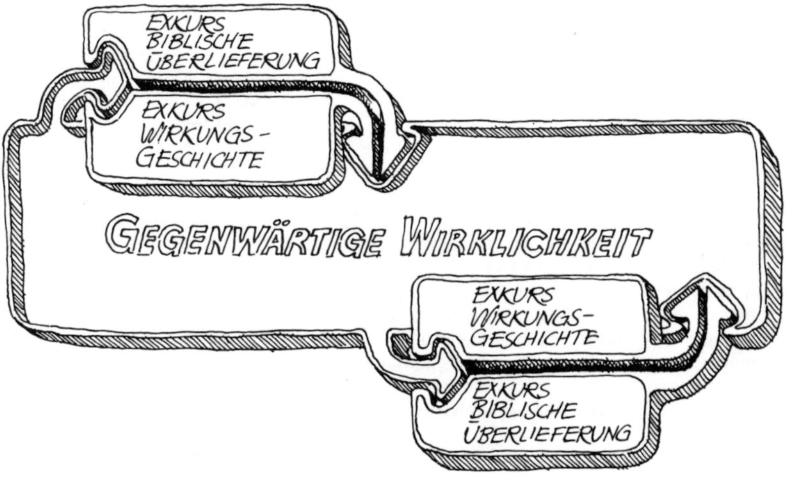
EXKURS BIBLISCHE ÜBERLIEFERUNG
EXKURS WIRKUNGS-GESCHICHTE
GEGENWÄRTIGE WIRKLICHKEIT
EXKURS WIRKUNGS-GESCHICHTE
EXKURS BIBLISCHE ÜBERLIEFERUNG

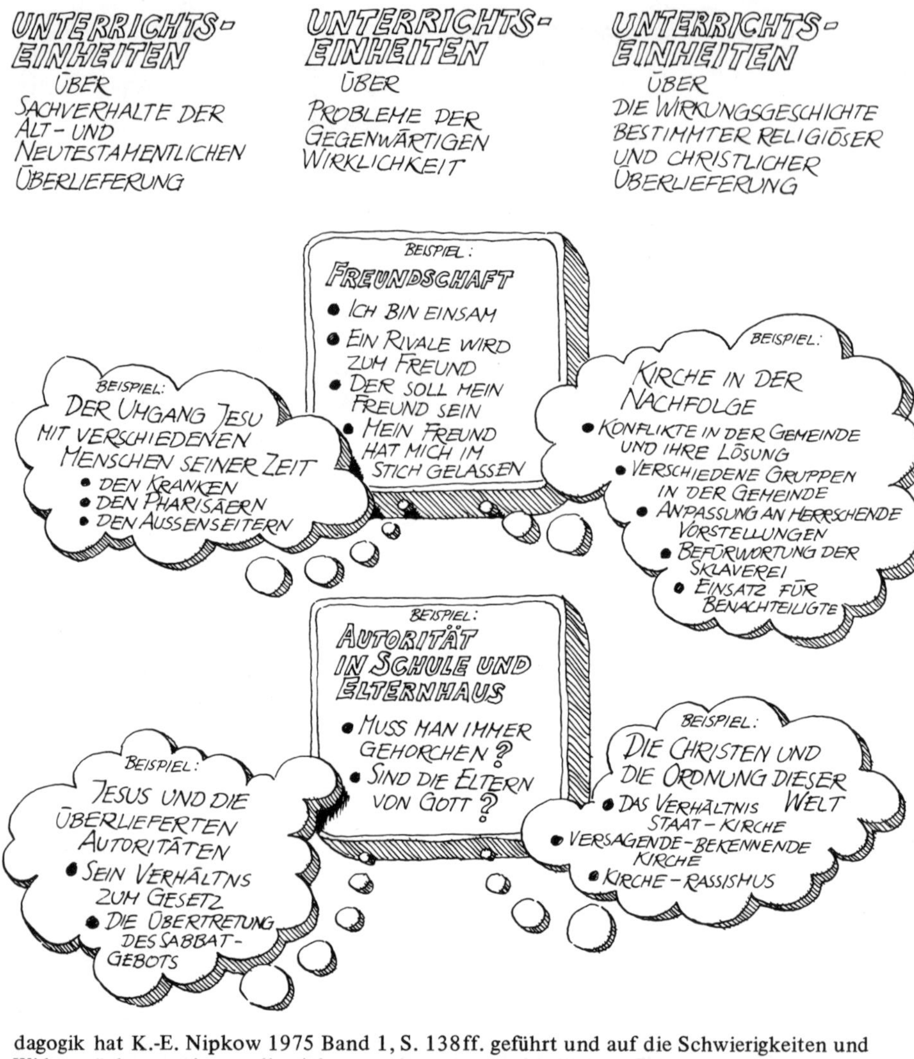

dagogik hat K.-E. Nipkow 1975 Band 1, S. 138ff. geführt und auf die Schwierigkeiten und Widersprüche verwiesen, die sich aus seinem unterschiedlichen Gebrauch ergeben. Ohne den Religionsbegriff als solchen abzulehnen, gibt er in zwei Argumentationsketten folgendes zu bedenken: a. "Religion an sich" gibt es nicht, sondern nur Religion in jeweils verschiedenen geschichtlichen Ausprägungen. Um die Geschichtslosigkeit und Gesellschaftsferne eines abstrakten Religionsbegriffs zu vermeiden, ist es sinnvoll – aufgrund des vorhandenen und nicht zu überspringenden Bedingungs- und Auslegungszusammenhangs – im Religionsunterricht vom Christentum auszugehen. b. Die Ausbildung einer "Theorie der Religion" ist ebenfalls geschichtlich bedingt. Sie ist aus der Aufklärung, der Religionsphilosophie Kants u.a. erwachsen, aber in Übereinstimmung mit der christlichen (!) Denkbewegung.

Es wäre falsch zu sagen, die Reihenfolge sei beliebig. Didaktisches Kriterium für das methodische Arrangement bleibt das Ziel: die optimale Erschließung bestimmter Sachverhalte.
Es wäre ebenso falsch zu meinen, nur noch bestimmte Themen aus den drei Bereichen Bibel – Wirkungsgeschichte – gegenwärtige Wirklichkeit könnten einander zugeordnet werden; die Auswahl sei zwangsläufig. Das ist nicht der Fall. Bedingung ist lediglich, daß sie sich gegenseitig erschließen und erhellen.

Auf der gegenüberliegenden Seite finden Sie vorläufige Beispiele, welche die dritte der oben genannten Möglichkeiten verdeutlichen sollen . . .

Die in der Grafik gewählten Beispiele sind zufällig und auch nicht einer Jahrgangsstufe zuzuordnen. Diese Grafik kann als Grundmuster für einen "Plan" über eine oder mehrere Jahrgangsstufen dienen. Wenn sie ihn nicht nur waagerecht, sondern auch senkrecht lesen, können sie kontrollieren, welche Inhalte "zum Zug" gekommen sind. Überprüfen Sie dann selbst, ob Ihnen eine gewisse "Ausgewogenheit" in Ihrem Unterricht gelungen ist – nicht nur zwischen dem biblischen-wirkungsgeschichtlichen und gegenwartsbezogenen Bereich, sondern auch in der Themenwahl innerhalb der Teilbereiche. Es soll auch jene ideologische Kurzsichtigkeit geben, die immer nur bestimmte Sachverhalte der Vergangenheit und Gegenwart für relevant hält!

2.5
Die Gewichtung in den verschiedenen Jahrgangsstufen

Bitte, blättern Sie noch einmal zurück zur Grafik auf Seite 71!
Sie sehen dort die verschiedenen Möglichkeiten eines methodischen Arrangements *schematisch* aufgezeichnet.

Die schematische Darstellung der verschiedenen Zuordnungsmöglichkeiten für die drei Lehrgangstypen bzw. Unterrichtsansätze berücksichtigt noch nicht die unterschiedliche Bedarfslage der verschiedenen Jahrgangsstufen. Ihre Einbeziehung könnte zu dem Ergebnis führen, daß in den einzelnen Jahrgangsstufen die quantitative Repräsentanz des biblischen, wirkungsgeschichtlichen und gegenwartsbezogenen unterschiedlich gewichtig sein muß. Denkbar wäre z.B. eine stark biblische Dominanz in den Klassen 5/6 mit schrittweiser Vorbereitung auf den problemorientierten Typ, eine starke Akzentuierung des gegenwartsbezogenen Ansatzes in den Klassen 7/8, während traditionsorientierte Inhalte zurücktreten, eine gleichmäßige Repräsentanz aller drei Ansätze in den Klassen 9/10. Die Entscheidung dieser Frage hängt vom anthropogenen und soziokulturellen Bedingungsfeld ab. Vor allem aber sind in dieser Frage repräsentative empirische Untersuchungen vonnöten.

Wir versuchen die Frage der quantitativen Repräsentanz noch einmal an einer Grafik zu verdeutlichen . . .

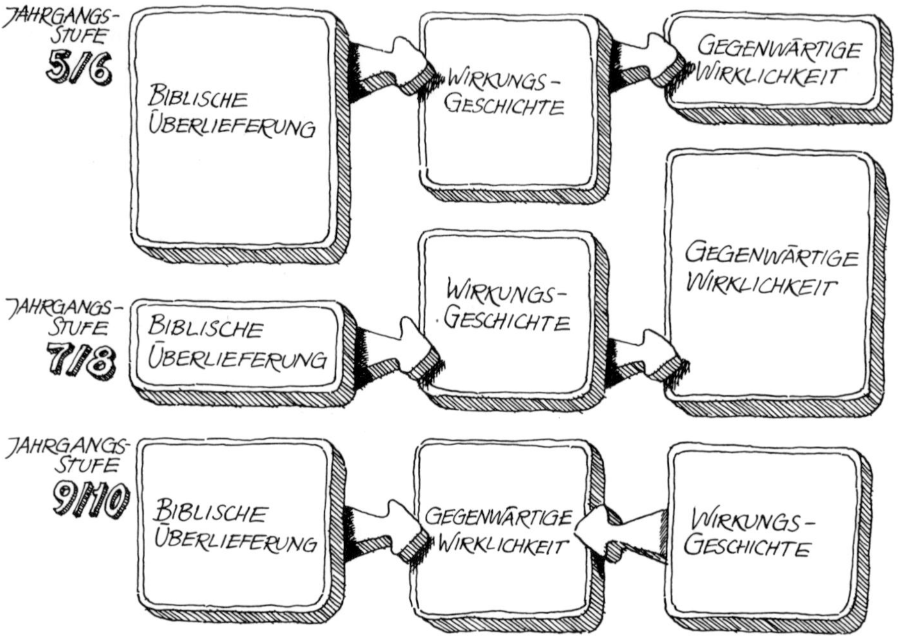

3
Unterrichtsansatz: Die gegenwärtige Wirklichkeit

Der sogenannte problemorientierte Religionsunterricht und die systematische Theologie

Im Abschnitt 2.2 wurde darauf hingewiesen, daß es in einem Religionsunterricht, der sich der Kategorie der Problemorientiertheit verpflichtet weiß, drei mögliche Unterrichtsansätze gibt. In diesem Kapitel soll der Unterrichtsansatz, der von der gegenwärtigen Wirklichkeit ausgeht, genauer untersucht werden. In der religionspädagogischen Literatur wird er “problemorientiert” genannt, eine nicht sehr glückliche Bezeichnung, da er den Unterschied zwischen Kategorie und Unterrichtsansatz verwischt. Solange keine zutreffendere Charakterisierung gefunden wird, beugen wir uns dem Brauch und übernehmen gelegentlich die herkömmliche Bezeichnung “problemorientiert”.

3.1
Welche Themen der gegenwärtigen Wirklichkeit sind relevant für den Religionsunterricht?

S. 27

Wir greifen zurück auf den Gesprächsbeitrag, in dem die Lehrerin J in einer Beinahe-Trotz-Reaktion geäußert hatte: “Wenn ich für bestimmte Themen meines Religionsunterrichts keine Bibelstelle finde, lasse ich sie weg . . .” Mehrere ihrer Kolleginnen und Kollegen warfen ihr daraufhin vor, sie betreibe in ihrem Religionsunterricht nichts anderes als im Deutsch-, Geschichts- oder Sozialkundeunterricht.

Wenn im vorhergehenden Beispiel gesagt wird, gewisse Formen des Religionsunterrichts unterschieden sich in nichts von dem, was in anderen, besonders geisteswissenschaftlichen Fächern gemacht werde, so könnte man dies zunächst arglos vordergründig verstehen. Etwa in dem Sinn, daß die Ziel- und Inhaltsauswahl den gleichen wissenschaftlich und pädagogisch zu verantwortenden Kriterien, die Entscheidung für bestimmte Sozialformen, Methoden und Medien im Fach Religion den gleichen Ansprüchen wie in anderen Fächern unterliege. Das ist eine Binsenwahrheit, die einer eigenen Erwähnung nicht mehr bedürfen sollte. Angesichts der Praxis des Religionsunterrichts und gelegentlich geäußerter Meinungen über ihn besteht jedoch noch immer die Gefahr, diese Selbstverständlichkeiten zu vergessen und das Fach Religion in eine wenig rühmliche

Sonderrolle zu drängen, die es schon formal konkurrenzunfähig im Fächerkanon der Schule machen.
Im obigen Beispiel ist allerdings mit dem Hinweis "nichts anderes als in anderen Fächern" noch mehr gemeint. Hinter der Reaktion auf den Beitrag der Kollegin J verbirgt sich die Furcht vor einer nicht bewältigten Schwierigkeit, die viele Lehrerinnen und Lehrer in bezug auf das Fach Religion beschleicht. Es geht um die Frage, wie im "problemorientierten" Religionsunterricht der fachwissenschaftliche Bezug angemessen integriert werden kann. Diese Frage ist auch in der religionspädagogischen Literatur noch nicht ausreichend geklärt.
G. Baudler bemerkt dazu: " . . . einem Problem zu Leibe rücken, das trotz der vielen . . . Arbeiten zu diesem Ansatz noch nicht gelöst ist: nämlich das Problem, wie die überlieferten christlichen Glaubensgehalte wirklich sachgerecht und überzeugend mit der zu deutenden Lebenswirklichkeit der Kinder verbunden werden können"[1].
Eine *unangemessene* Lösung ist die Flucht vor der gestellten Schwierigkeit, indem auf eine Integration des religiös-theologischen Bereichs gänzlich verzichtet wird.

"Integration" bedeutet selbstverständlich nicht, daß sich jede *einzelne* Religionsstunde dadurch legitimieren muß, daß sie den religiös-theologischen Bezug demonstriert.

Eine *unbefriedigende* Lösung ist die Beschränkung auf einen rein funktionalen, soziologischen, nichttheologischen Religionsbegriff. Bei dieser Beschränkung geht es ausschließlich um die gesellschaftlichen Bedingungen, Funktionen und Konsequenzen religiöser Phänomene. Auf die Frage nach der Wahrheit wird verzichtet[2]. Zwar werden die unangemessene und die unbefriedigende Lösung von religionspädagogischen Theoretikern kaum vertreten, doch finden sie sich in vielen veröffentlichten Unterrichtsmodellen und in Unterrichtsentwürfen und gehaltenen Stunden des Lehrers vor Ort, der die Konsequenzen einer nicht abgeklärten Theorie des "problemorientierten" Religionsunterrichts "ausbaden" muß.
H.-B. Kaufmann hat in seiner zweiten Thesenreihe von 1970[3] darauf hingewiesen, daß über die vier notwendigen didaktischen Konstanten[4] hinaus zwei Leitfragen für den Religionsunterricht maßgebend sind:

[1] G. Baudler, Lebenssituationen 1973, S. 365ff.
[2] Vgl. S. Daecke, a.a.O., Manuskript S. 12.
[3] Vgl. in: H.-B. Kaufmann 1973.
[4] Zu den vier didaktischen Konstanten, die er als notwendige, aber nicht hinreichende Kriterien bezeichnet, zählt Kaufmann: 1. Bedürfnisse, Interessen, Perspektiven der Heranwachsenden, 2. Soziokulturelle und gesellschaftliche Erfordernisse, 3. Bedeutung der Überlieferung und das Urteil der Bezugswissenschaften, 4. Beteiligung von Lehrern und Schülern an der Auswahl von Inhalten und Zielen.

Erste Leitfrage:

Welche Fragestellungen,
Phänomene,
Themen und
Aufgaben usw.
die uns (eine Klasse, eine Gruppe, eine Gesellschaft) angehen, sind geeignet, *um an ihnen* die Relevanz von Glaubensüberzeugungen und Glaubenssystemen für das Weltverstehen und für die Orientierung und Fähigkeit zum Handeln in gegenwärtigen und zukünftigen Lebenssituationen aufzuzeigen?

Ausgangspunkt:

Gegenwärtige Wirklichkeit der Klasse, der Gruppe, der Gesellschaft.

Zweite Leitfrage:

Welche Fragestellungen,
Phänomene,
Themen und
Aufgaben usw.
in denen sich Glaubensüberzeugungen und Glaubenssysteme artikulieren, sind geeignet, um daran ihren Beitrag und ihre Relevanz für das Weltverstehen und für die Orientierung und Fähigkeit zum Handeln in gegenwärtigen und zukünftigen Lebenssituationen aufzuzeigen?

Ausgangspunkt:

Glaubensüberzeugungen und Glaubenssysteme.
Zur Verdeutlichung: Hier ist an religiöse, christliche oder biblische Sachverhalte gedacht.

S. 78

Versuchen Sie, sich die etwas verwirrende Formulierung der beiden Leitfragen durch die Grafik auf der folgenden Seite zu verdeutlichen! Die linke Hälfte der Grafik kennzeichnet den Bereich der ersten Leitfrage, die ihren Ausgangspunkt bei der gegenwärtigen Wirklichkeit nimmt. Die rechte Hälfte der Grafik kennzeichnet den Bericht der zweiten Leitfrage, die ihren Ausgangspunkt bei Glaubensüberzeugungen und Glaubenssystemen nimmt.
Die Grafik darf nicht so mißverstanden werden, daß die beiden Bereiche "gegenwärtige Wirklichkeit" und "Glaube" voneinander getrennt sind. Sie werden lediglich logisch unterschieden.

In Abschnitt 2.3 wurde dargelegt, daß "Religion" eine fundamentale Dimension des Menschseins überhaupt ist. Sie ist damit natürlich auch eine fundamentale Dimension der gegenwärtigen Wirklichkeit. Aufgrund bestimmter Umstände, die unsere gegenwärtige Wirklichkeit charakterisieren, ist diese fundamentale Dimension nicht immer bewußt. Sie muß deshalb erschlossen werden . . .

Jeder der beiden Bereiche geht an Umfang weit über das hinaus, was im Religionsunterricht erfaßt werden kann oder soll. "Die Fragestellungen, Phänomene, Themen und Aufgaben usw., die uns angehen", sind zahlreich, aber nicht

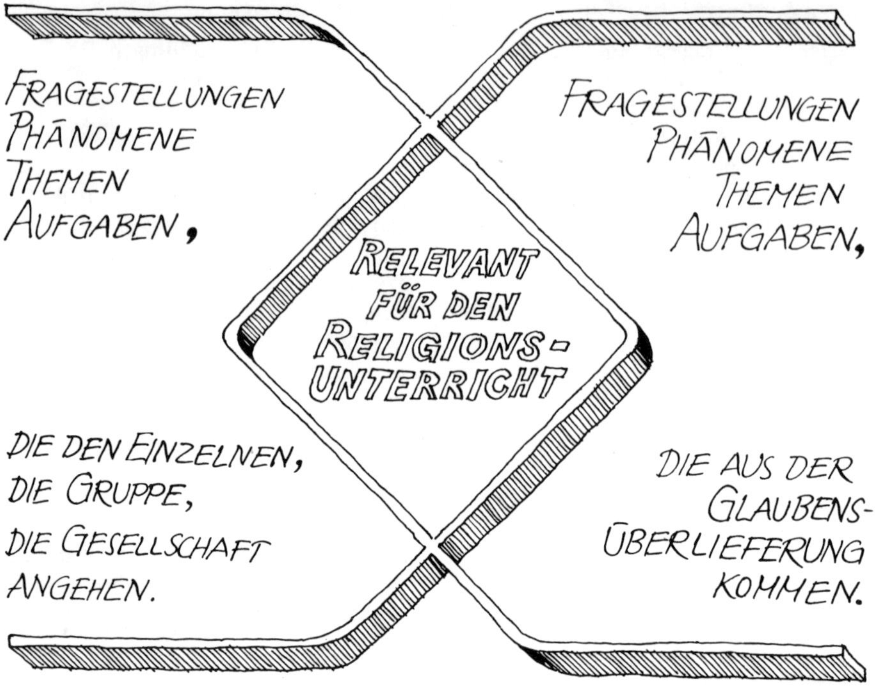

alle sind relevant für das Fach Religion. Viele sind in anderen Fächern besser aufgehoben. "Die Fragestellungen, Phänomene, Themen und Aufgaben usw., in denen sich Glaubensüberzeugungen und Glaubenssysteme artikulieren" sind zahlreich, aber nicht alle müssen im Religionsunterricht der Schule (!) verhandelt werden. Sofern es sich um spezifisch kirchliche Themenstellungen handelt, gibt es Möglichkeiten in der Predigt, im Gottesdienst, im kirchlichen Unterricht und in der Jugendarbeit, wo sie ihren legitimen Ort haben und sich unter Umständen besser entfalten lassen.
Nur dort, wo sich beide Bereiche in Beziehung setzen und sich gegenseitig und für den Schüler erhellen lassen (d.h. sich sozusagen überschneiden), ergibt sich ein für den Religionsunterricht der Schule relevanter Bereich von Inhalten und Zielen. Themen aus beiden Bereichen durchlaufen einen Fragekatalog, durch den entschieden wird, ob sie für den Religionsunterricht in Frage kommen oder nicht. Sie werden "gefiltert".

> Verdeutlichen Sie sich diesen Sachverhalt anhand der Grafik.
> Bitte, beachten Sie, daß aufgrund der zweiten Leitfrage offen bleibt, ob die "Glaubensüberzeugungen und Glaubenssysteme" aus der Vergangenheit oder der Gegenwart kommen!

Der Hinweis auf die beiden Leitfragen von H.-B. Kaufmann zeigt, daß es nicht beliebig ist, was im "problemorientierten" Religionsunterricht verhandelt wird. Dieser Unterricht ist von der Theorie her weit davon entfernt, die jeweilige Klasse zum Podium für zielloses Geschwätz über alle möglichen "aktuellen" Ereignisse werden zu lassen. Über diesen Punkt bestehen kaum Differenzen unter den Religionspädagogen, sofern sie nicht die Notwendigkeit eines problemorientierten Ansatzes überhaupt in Frage stellen. Einigkeit könnte vielleicht auch darüber erzielt werden, daß die beiden, durch die Leitfragen charakterisierten und zugeordneten Bereiche im Verhältnis der Entsprechung und des Widerspruchs stehen können.

Wir versuchen dies an zwei Beispielen zu verdeutlichen, die Sie für sich ergänzen oder korrigieren können.

Beispiel 1: In seiner Weihnachtsansprache 1976 hat der deutsche Bundespräsident auf die Notwendigkeit solidarischen Handelns an und mit bestimmten Gruppen unserer Gesellschaft hingewiesen. Diese Aufforderung, die eng mit der angestrebten demokratischen Struktur unserer Gesellschaft verknüpft ist, kann in einer Schulklasse erhöhte Bedeutung gewinnen. Die Aufforderung zu solidarischem Handeln hat ihre *Entsprechung* in der Aufforderung zu brüderlichem Handeln, wie sie im Neuen Testament zu finden ist. Sie steht dort allerdings in einem anderen Begründungs- und Deutungszusammenhang.

Beispiel 2: Unsere Gesellschaft ist, wie immer wieder zu hören und durch Beispiele sicher zu belegen ist, eine Leistungsgesellschaft. Bewußt oder unbewußt wird der Wert eines Menschen danach bemessen, was er zur Steigerung des Bruttosozialprodukts beitragen kann. Dieses Leistungsprinzip steht im Widerspruch zu dem, was christlich-biblische Überlieferung zum "Wert" eines Menschen und zur Aufhebung aller menschlichen Leistungsmaßstäbe im Angesicht Gottes sagt.

Es besteht also eine gewisse Einigkeit, daß eine Zuordnung der beiden Bereiche erfolgen muß, nicht aber darüber, wie dies geschehen soll.

3.2 Die Zuordnung von gegenwärtiger Wirklichkeit und "Glauben"

In bezug auf die Zuordnung der beiden Bereiche lassen sich bisher in Theorie und Praxis verschiedene Denkschemata feststellen:

Die "Welt" als Folie für die christliche Wahrheit

K.-E. Nipkow hat auf ein solches, von ihm nicht geteiltes Schema hingewiesen[5]. Die Dokumente "der Welt" dienen lediglich als Folie für die christliche "Wahrheit". Diese der Welt zugedachte Rolle kann verschiedene Varianten zeigen: entweder methodisch als aktueller Einstieg, um möglichst rasch zum "Eigentlichen" zu kommen, oder normativ-theologisch als negativer Hintergrund, auf dem das Licht der Offenbarung umso heller leuchten kann. Das eine Verfahren ist unzulässig, weil es ein rasch zu durchschauender methodischer Trick ist, bei dem die gegenwärtige Wirklichkeit nicht erhellt wird, sondern allenfalls illustrativ eingebracht wird. Das andere geht von einem Offenbarungsbegriff aus, der nicht wahrhaben will, daß und in welcher Weise menschliche Wirklichkeit in der alt- und neutestamentlichen Überlieferung geschildert wird.

Additive Aneinanderreihung von allgemeinen Erfahrungen und Glaubenserfahrungen

G. Baudler hat drei weitere Denkschemata genannt und durchleuchtet[6]. Lebenswirklichkeit und Glaubensinhalte werden additiv aneinandergefügt. Baudler verweist auf einen Lehrplan, in dem nebeneinander a. Allgemeine Erfahrungen und b. Erfahrungen aus dem Glauben stehen. Hier hat jene nicht zu wünschende "Versäulung" zweier Bereiche stattgefunden, auf die bereits Schladoth (vgl. Abschnitt 2.2) hingewiesen hat. Auch bei der additiven Aneinanderreihung gibt es zwei Varianten. Entweder werden die Erfahrungen aus dem Glauben als Sonderfall der allgemeinen Erfahrungen verstanden oder die Erfahrungen aus dem Glauben als "ganz andere" charakterisiert. Das eine wie das andere ist phänomenologisch wie theologisch unzulässig. Die Erfahrungen, die sich in der religiösen Tradition niedergeschlagen haben, sind nicht grundverschieden von den allgemein menschlichen. Sie erfahren aber eine andere Deutung im Blick auf Gott. In diesem Deutehorizont werden allerdings zusätzlich neue und andere Erfahrungen eröffnet, die unentdeckt bleiben, wenn der Mensch sich der religiösen Dimension verschließt. Erfahrung und Deutung sind dialektisch ineinander verschränkt.

Lebenswirklichkeit als Frage, Glaubensinhalt als Antwort

Lebenswirklichkeit und Glaubensinhalte werden im Schema von Frage und Antwort aneinandergefügt. Auch hier gibt es Varianten: Einmal in der Weise, daß der Mensch Fragen stellt oder der Schüler im Religionsunterricht zum Fragen angeleitet wird und dann aus der Glaubensüberlieferung die Antworten erhält.

○ Vergleichen Sie den Text des religiösen Schlagers: "Antwort auf alle Fragen gibt uns dein Wort . . . "

[5] K.-E. Nipkow 1971, S. 47.
[6] G. Baudler, Lebenssituation, 1973, S. 365ff.

Zum anderen in der Weise, daß Probleme dieser Welt den Lösungen der Glaubensüberlieferung konfrontiert werden. Etwas differenzierter, aber auf dem gleichen Denkschema basierend ist die These der Württembergischen Projektforschung und -entwicklung (RPF/RPE), daß christlich-biblische Überlieferung ein "Problemlösungspotential" für Probleme, die im Religionsunterricht verhandelt werden, darstellt.

Auf dieses Schema wird in der Zusammenfassung am Ende dieses Abschnittes eingegangen.

S. 83

Reduktion der Glaubensüberlieferung zum ethischen Beispiel

Lebenssituation und Glaubensinhalt werden dadurch verbunden, daß der Glaubensinhalt zum ethischen Beispiel reduziert wird. Baudler weist auf den Unterrichtsentwurf "Enttäuschte Freundschaft" von S. Vierzig[7] hin, in dem zunächst Verhaltensweisen im Bereich Freundschaft abgehandelt werden, dann aber Jesu Verhalten als Beispiel für ein "richtiges" Verhalten eingeführt wird. An die Stelle Jesu kann auch ein Jünger oder eine alttestamentliche Gestalt treten. Jesus und die biblischen Gestalten werden zum moralischen Vorbild, ihr Verhalten zum moralischen Imperativ für uns, es genau so zu tun. Im Neuen Testament sind ethische Forderungen (= Imperativ) bekanntlich im Zusammenhang mit den Aussagen zu sehen, die von dem den Menschen geschenkten neuen Sein sprechen (= Indikativ).

Der biblische Text als Alibi

Den von Baudler aufgeführten Schemata soll noch ein letztes hinzugefügt werden, das von vielen nicht eingestanden, aber doch praktiziert wird. Religiöse Überlieferung oder Glaubensinhalt bekommen Alibifunktion. Der Unterrichtende sieht sich genötigt, sich und seinen Unterricht durch die Präsenz von Bibeltexten zu legitimieren.

Kritik

Alle aufgeführten Schemata zeigen immer wieder ein bezeichnendes Gefälle. Der religiös-christliche, biblische Bezug taucht am Ende der Unterrichtseinheit auf, als "frommer Schwanz". Zwar ist der Hinweis auf die Quantität keine zureichende Kritik, doch kann es kaum Zufall sein, daß in "problemorientierten" Einheiten bis zu vier Fünftel und mehr anthropologische und soziologische Sachverhalte entfaltet werden, während allenfalls ein Fünftel oder weniger dem Religiösen vorbehalten ist. Diese Beobachtung nährt nur den Verdacht, der allzu oft bestätigt wird, daß die Integration beider Bereiche nicht gelungen ist.
Gewichtiger sind die theologischen Gründe, die gegen die aufgeführten Schemata sprechen. Sie nehmen längst erkannte exegetische Sachverhalte nicht ernst.

[7] Vgl. informationen 1970, Heft 3+4; dazu Baudler 1973, S. 368.

Um dies konkret verdeutlichen zu können, bleiben wir im Bereich der alt- und neutestamentlichen Überlieferung.

Die alt- und neutestamentliche Überlieferung enthält Fragen *und* Antworten. Beispielhaft soll auf einen Überlieferungsstrang hingewiesen werden. In den Psalmen wird nicht selten fragend gebetet, teilweise in aggressiver Form. Die Fragen münden immer ein in das große "Warum?" (Warum verläßt du mich im Angesicht meiner Feinde . . . ?). Diese Fragen werden nicht beantwortet. Der Beter schließt aufgrund früher erfahrener Heilszuwendungen Jahwes, daß er sich auch jetzt, in einer bedrängenden Situation, als Retter erweisen wird. In diesem Analogieschluß steckt das, was im christlich-biblischen Bereich als Glauben, als Vertrauen, bezeichnet wird. Was hier beispielhaft ausgeführt wurde, gilt grundsätzlich; nicht alle Fragen wurden oder werden durch die biblische Überlieferung beantwortet. Es ist allerdings nicht zu bestreiten, daß intensives Fragen den Menschen optimal für Gott aufschließen kann.
Die Antworten/Lösungen der alt- und neutestamentlichen Überlieferung sind nicht statisch und endgültig. Aufgrund veränderter Situationen und in Auseinandersetzung mit Einflüssen der Umwelt haben sie sich gewandelt oder weiterentwickelt. Hier sei nur beispielhaft auf die Entwicklungen und Wandlungen in bezug auf Vorstellungen über Tod und Auferstehung verwiesen oder auf solche aus dem Bereich der Eschatologie.
Wenn die alt- und neutestamentliche Überlieferung Fragen/Probleme und Antworten/Lösungen enthält, dann gilt dies selbstverständlich auch von gegenwärtigen Überzeugungen und Systemen außerhalb des christlich-biblischen Bereichs. Man mag Gründe (gute oder schlechte!) haben, sie nicht zu übernehmen oder die der christlichen Überlieferung vorziehen; nicht bestreiten läßt sich, daß unter dem Eindruck dieser Antworten/Lösungen vergessene oder nie gekannte Aspekte der biblischen Überlieferung entdeckt wurden. Es sei nur daran erinnert, wie unter dem Einfluß marxistischer Denker bestimmte Perspektiven der biblischen Eschatologie wahrgenommen wurden.
Denkbar ist – und auch oft genug geschehen –, daß religiöse Überlieferung im allgemeinen uns *in Frage stellen* kann in bezug auf unser Selbstverständnis, unser Verhalten und unser Handeln.
Ebenso richtig ist, daß religiöse Überlieferung uns *fraglich* werden kann entweder, weil sie durch Umwelteinflüsse oder durch ihre Adressatenbezogenheit so gefärbt ist, daß es uns schwerfällt, ihre Intention freizulegen, oder weil unsere Wirklichkeit so verändert ist, daß der Zugang zu bestimmten Überlieferungsbereichen blockiert ist.
Wenn das Problem der Fragen/Probleme und Antworten/Lösungen in den beiden Bereichen so differenziert ist, dann ist allerdings zu fragen, ob die sog. Glaubensüberlieferungen und -systeme nicht unterschiedliche unterrichtliche Funktionen übernehmen können?

Doch dies ist bereits eine methodische Frage . . .

Zusammenfassung

Die vorhergehenden Abschnitte sagen lediglich etwas über die formale Struktur der Zuordnung von Problemen der gegenwärtigen Wirklichkeit und denen der Glaubensüberzeugungen usw. Wir fassen die Momente dieser Struktur zusammen:

1. Es erfolgt auf jeden Fall eine Zuordnung der beiden Bereiche.
2. Durch die Zuordnung wird eine Auswahl von Themen aus beiden Bereichen in der Weise getroffen, daß ein für das Fach Religion relevanter Ausschnitt von Zielen und Inhalten erkennbar wird.
3. Die in dem relevanten Ausschnitt zugeordneten Bereiche enthalten beide sowohl Fragen/Probleme als auch Antworten/Lösungen.
4. Fragen/Probleme und Antworten/Lösungen in beiden Bereichen können nicht einfach zur Deckung gebracht werden:
   4.1 Fragen und Antworten des einen Bereichs können ein Mehr enthalten gegenüber den Fragen und Antworten des anderen Bereichs.
   4.2 Fragen und Antworten des einen Bereichs können anders als die des anderen Bereichs sein, so daß eine Transformation und Differenzierung erfolgen muß, um beide vergleichbar zu machen.
   4.3 Fragen und Antworten des einen Bereichs können im Gegensatz zu denen des anderen Bereichs stehen, aber das gleiche Problem betreffen.

Die Beschreibung der formalen Struktur löst noch nicht die Frage, wie überhaupt Zuordnungen zwischen der gegenwärtigen Wirklichkeit auf der einen und "den Glaubensüberzeugungen usw." auf der anderen Seite vollzogen werden können – Zuordnungen, die theologisch verantwortet werden können.

3.3 Wie können Entsprechungen zwischen gegenwärtiger Wirklichkeit und Glauben gefunden werden?

Wir greifen noch ein letztes Mal auf das Beispiel der Lehrerin J zurück, die Schwierigkeiten mit der Integration biblischer Stellen in ihrem "problemorientierten" Religionsunterricht hatte und dafür den Vorwurf einstecken mußte, sie mache in ihrem Religionsunterricht nichts anderes als Deutsch, Sozialkunde oder Geschichte. Der Gesprächsausschnitt stand im Zusammenhang mit einer umfangreichen Arbeitsphase, in der mehrere Gruppen gebeten worden waren, Problemparzellen zum Gesamtthema "Freundschaft" zu bearbeiten. Sämtliche Gruppen erklärten (die Arbeitsergebnisse bestätigten es), es sei ihnen nicht gelungen, die religiöse, christliche oder

Zur Selbstüberprüfung

1. Gesetzt den Fall, Sie benutzen ein fertiges Unterrichts-“Modell” zu einem bestimmten Themenbereich. Überprüfen Sie die angeführten biblischen Bezüge sorgfältig
   – auf ihre exegetische “Richtigkeit” hin?
   – auf ihre Brauchbarkeit für das Thema des Modells hin?
   – auf ihre mögliche einseitige, vielleicht dadurch manipulierende Auswahl hin?

2. Gesetzt den Fall, Sie entwerfen und planen Ihre thematisch problemorientierte Unterrichtseinheit selbst aufgrund von Materialsammlungen oder eines Lehrbuchs. Wie gehen Sie bei der Einbeziehung religiöser, christlicher oder biblischer Aussagen vor?
   – Verlassen Sie sich auf Hinweise Ihrer Materialsammlung, des Lehrbuchs oder des Lehrplans?
   – Verlassen Sie sich auf Ihren theologischen “Instinkt”?
   – Suchen Sie unter entsprechenden Stichworten in einer biblischen Konkordanz?
   – Werfen Sie einen Blick in eine thematisch geordnete Darstellung christlichen Glaubens, z.B. in den Evangelischen Erwachsenenkatechismus oder in den Holländischen Katechismus (Katholisch) oder . . . ?

biblische (die Mehrzahl dachte ohnehin nur an biblische Texte) “Kurve” überzeugend in den Griff zu bekommen. In drei von vier Gruppen tauchte ein religiöser Bezug nicht auf, in einer Gruppe stand am Schluß der Unterrichtseinheit als deus ex machina eine gewaltsam auf Freundschaft getrimmte biblische Geschichte.

Dieses Beispiel aus der Sicht von Lehrern läßt sich ergänzen durch ein Beispiel aus der Sicht von Schülern. Grundlage dieses Beispiels ist die Erteilung des Faches Religion in den Klassen 5 und 6 eines Gymnasiums seit ca. zehn Jahren. Aufgrund örtlicher Gegebenheiten sind hier Kinder aus vier bis sechs, manchmal mehr Grundschulen zusammengezogen. Regelmäßige Befragungen zu Beginn des Schuljahres, zwischen den Unterrichtseinheiten und gegen Ende des Schuljahres ergeben zwar nicht ein hundertprozentiges, aber doch ein deutliches Bild von der Schülermeinung (nicht Schülersituation). Seit einigen Jahren wird erkennbar, daß an der Mehrzahl der Grundschulen in Religion “problemorientiert” unterrichtet wird. Reaktion der überwiegenden Mehrheit der Schüler: “Wir haben da über Probleme ‘gequatscht’ . . . Was hat das mit Religion zu tun? . . .”[8]
Diese Äußerungen können verschiedene Ursachen haben, die sorgfältig analysiert werden müßten. Sicher ist, daß den Schülern die *Evidenz* der behandelten Probleme für den Bereich Religion *nicht* aufgegangen ist.

- Vielleicht waren es nicht Probleme der Schüler, sondern an sie herangetragene? (Warum aber dann diese und nicht andere Schüleräußerungen?)
- Vielleicht war der Unterricht methodisch schlecht gemacht? (In so vielen Grundschulklassen über einen verhältnismäßig langen Zeitraum?)

Sehr viel wahrscheinlicher ist, daß die gegenseitige Erhellung von gegenwärtiger Wirklichkeit und religiösem Bereich nicht gelungen ist.

S. 76

Wir erinnern Sie an das Zitat von G. Baudler in Abschnitt 3.1.

Auf der Suche nach einer Lösung stößt man bei verschiedenen Religionspädagogen, insbesondere auf katholischer Seite, gelegentlich auf einen interessanten Hinweis, aus dem jedoch kaum Konsequenzen für den Religionsunterricht gezogen werden:

[8] Diese Frage ist auch Gesamtschullehrer E. Bassarak begegnet (und mit ihm sicher vielen anderen), doch wird sie von ihm anders gedeutet, in: D. Stoodt 1975, S. 13.

A. Exeler:

"Freilich, so imponierend die Entwicklung der makrosozialen Perspektive des Religionsunterrichts auch sein mag, zu einer soliden christlichen Glaubens*lehre,* zu einer gültigen Moralpädagogik ist man noch längst nicht vorgestoßen. Hier ist die Religionspädagogik über die allerersten Anfänge noch nicht hinausgekommen . . .
Muß man . . . nicht damit rechnen, daß nun bald die Aufeinanderfolge der jeweils vorherrschenden Themenbereiche wieder von vorn beginnen wird? Der Kanon der Stoffbereiche ist 'durchgenommen'; das Repertoire ist erschöpft. Wird nun womöglich wieder eine stärkere Betonung der *systematischen* Glaubens*lehre* einsetzen? . . .
In den neueren Unterrichts-'Modellen' wird die Inhaltlichkeit weithin atomisiert; man sieht kaum einen Zusammenhang zwischen dem einen und dem anderen, und was noch schlimmer ist, die theologischen Hintergründe werden kaum noch mitreflektiert, so daß man einem unentwirrbaren Knäuel von theologischen Konzeptionen begegnet, wodurch der Eindruck theologischer Beliebigkeit nahegelegt wird . . .
Jede Konzeption eines christlichen Glaubenshorizontes, die theologische Gültigkeit beanspruchen will, muß eine Reihe von Momenten berücksichtigen. Klaus Wegenast hat vier *'Grundmomente'* christlichen Denkens genannt, die 'unabhängig von der legitimen Verschiedenheit der Konzeptionen in *jeder* Konzeption, sofern sie gültig sein will, zur Geltung kommen müssen':
'Der Glaube an die Schöpfung . . . , das im Glauben gründende Wissen um die Entfremdung des Menschen von seiner Bestimmung als Geschöpf . . . , der Glaube an die Rechtfertigung' und 'die Hoffnung auf die Vollendung'."[9]

G. Baudler:

"Aus der . . . anthropologischen Wende[10] der Theologie ergibt sich ein völlig neues Verhältnis von praktischer Theologie und *systematischer* Theologie. Die systematische Theologie versteht ihre Aufgabe heute nicht mehr darin, die Offenbarungsdaten zu sammeln und zu systematisieren, und umgekehrt sieht die praktische Theologie, gerade auch die Religionspädagogik, heute ihren Auftrag nicht mehr darin, diese von der systematischen Theologie gesammelten Daten daraufhin zu befragen, wie sie sich dem Kinde oder dem jeweiligen Menschen, den ich vor mir habe, vermitteln lassen . . .
Vielmehr hat die systematische Theologie . . . die Aufgabe, die Of-

9 A. Exeler 1974, S. 90ff.
10 Zum Begriff vergleiche Abschnitt 2.3.

fenbarungswahrheit je neu auf die Menschen einer bestimmten Zeit und Umgebung hin, auf ihre spezielle Fragesituation hin zu interpretieren. Das bedeutet aber, daß die systematische Theologie auf die praktische Theologie angewiesen ist. Denn vorher muß die praktische Theologie ... die Situation des Menschen, sein Leben und Fragen erhellen, damit dann der Dogmatiker die Heilswahrheit auf diese Situation hin neu interpretieren kann. Das heißt: Das weithin übliche Verhältnis von praktischer Theologie und systematischer Theologie hat sich eigentlich umgekehrt ... Das neue Verhältnis von praktischer Theologie und systematischer Theologie gilt nun gerade auch für die Religionspädagogik, die ja ein Gebiet der praktischen Theologie darstellt, das heute in besonderer Weise auf die säkularisierte Welt (moderne Schule!) verwiesen ist. Wenn der Religionsunterricht heute (angeleitet von dieser Religionspädagogik) in theologischer Motivation nach dem Menschen fragt, nach seiner Welt, nach seiner Situation, so erfüllt er die Grundfunktion der praktischen Theologie und also nach diesem neuen Verständnis von praktischer Theologie die Funktion einer theologischen *Grundlagenwissenschaft.*"[11]

G. Hilger:
"Die von K. Rahner immer wieder erhobene Forderung an die *systematische* Theologie, die anthropologischen Möglichkeitsbedingungen zu erheben und von ihnen her die Aussagen der Theologie zu befragen, so daß sich in einer Neuinterpretation Überlieferung und konkrete, religiös-relevante Lebenserfahrung des heutigen Menschen gegenseitig erschließen, ist, auch bei breiter Anerkennung, ein noch weithin unerfülltes Desiderat ...
Die Schwierigkeiten entstehen u.a. durch das weitgehende Unvermögen der systematischen Theologen und der Religionspädagogen zur interdisziplinären wissenschaftlichen Arbeit ...
Die Religionspädagogik wird die Theologie kritisch befragen müssen, welchen Beitrag sie für das Welt- und Selbstverständnis der Schüler leistet; sie vermag der Theologie und Kirche zu sagen, wo z.B. die besonders fruchtbaren Momente der christlichen Botschaft in einer bestimmten Zeit, an einem bestimmten Ort und im Hinblick auf bestimmte Adressaten liegen, und kann somit eine der wichtigsten Quellen für das Selbstverständnis einer lebendigen Kirche werden ... und daraus ergab sich ... die Notwendigkeit einer Öffnung der Religionspädagogik für das interdisziplinäre Gespräch, welche wiederum das Verhältnis der Religionspädagogik zur systematischen Theologie grundlegend *verändert*"[12].

[11] G. Baudler 1973, S. 70ff.
[12] Vgl. G. Hilger 1975, S. 83ff.: "Aspekte der systematischen Theologie".

Die Rolle der systematischen Theologie – die Rolle der Religionspädagogik

Es ist selbstverständlich in Rechnung zu stellen, daß die zitierten Autoren in ihrer jeweiligen religionspädagogischen Gesamtkonzeption nicht vollständig übereinstimmen, in Teilfragen sogar voneinander abweichen. Auch die zitierten Ausschnitte meinen nicht genau das gleiche. Sie stimmen jedoch darin überein, daß in Anbetracht des "problemorientierten" Religionsunterrichts der systematischen Theologie (Dogmatik oder Fundamentaltheologie) erhöhte Bedeutung zukommt. Baudler und Hilger gehen sogar so weit zu fordern, daß die gegenseitige Erhellung von gegenwärtiger Wirklichkeit und Glaubensüberlieferung durch die systematische Theologie denkerisch geleistet werden muß. Der Religionspädagogik fällt dabei die Aufgabe zu, die ihr bisher nicht zugebilligt wurde oder die von ihr bisher nicht erfüllt wurde: festzustellen, welche gegenwärtigen Probleme des Schülers der Erhellung bedürfen.
Wir greifen diese Anregungen auf und formulieren die These:

These	Das Pendant zu demjenigen Ansatz im Religionsunterricht, der von der gegenwärtigen Wirklichkeit ausgeht, ist nicht die Exegese oder die biblische Theologie, sondern die systematische Theologie.

Diese These soll sowohl *negativ* als auch *positiv* untermauert werden.

Negative Begründung

Weder die Exegese noch die sog. biblische Theologie noch die Hermeneutik können dem "problemorientierten" Religionsunterricht sinnvoll zugeordnet werden,

1. weil die biblische Überlieferung keine einheitliche Größe darstellt; sie ist eine Sammlung von Glaubenserfahrungen und -aussagen, die über einen Zeitraum von mehreren Jahrhunderten entstanden ist; die Vielfalt dieser Überlieferung läßt sich nur mit Schwierigkeiten auf einen Nenner bringen;
2. weil eine biblische Theologie nur nach der theologischen Intention einzelner Überlieferungskomplexe bzw. einzelner biblischer Schriftsteller fragt;
3. weil die Fragen und Antworten der biblischen Überlieferung von Menschen und für Menschen einer bestimmten Zeit, auf jeden Fall einer früheren Zeit gestellt und gefunden worden sind; sie sind dadurch nicht ungültig und wirkungslos geworden; der Transfer in die heutige Zeit erfordert aber ein hohes Maß an denkend-meditativ-existentieller Verarbeitung und Aneignung.

S. 19

Erinnern Sie sich an die Ausführungen über die Konzeption des hermeneutischen Religionsunterrichts in Abschnitt 1.22. Sie ist u.a. deshalb entstanden, weil aufgrund der Ergebnisse der exegetischen Forschung der historische Abstand zur biblischen Überlieferung bewußt wurde.

Wollte sich der "problemorientierte" Ansatz im Religionsunterricht unmittelbar an der biblischen Überlieferung oder den biblischen Theologien orientieren, würde er entweder hoffnungslos biblizistisch verfahren oder nur gelegentlich "richtige" Zufallstreffer machen oder instinktiv Entsprechungen zu den Problemen der gegenwärtigen Wirklichkeit finden, weil er ohnehin von einer, vielleicht gar nicht bewußten Systematik ausgeht.

Positive Begründung

Die Verfahrensweise der systematischen Theologie ist eine andere als die der Exegese oder biblischen Theologie.

1. Sie fragt weniger nach den Unterschieden und Besonderheiten einzelner Überlieferungen, biblischer Bücher oder Schriftsteller, sondern – in Abwägung dieser Unterschiede – nach der gemeinsamen Grundtendenz aller Aussagen zu bestimmten Problembereichen, z.B. der Christologie, der Eschatologie usw.
2. Wer einen systematisch-theologischen Entwurf wagt, ist geprägt von seiner gegenwärtigen Wirklichkeit; deshalb stellt sein Bemühen in der Regel einen – mehr oder weniger gelungenen – Versuch dar, biblische Überlieferung in die gegenwärtige Wirklichkeit zu transferieren.

○ Weder die Kirchliche Dogmatik von K. Barth noch die Systematische Theologie von P. Tillich noch die Arbeiten von K. Rahner noch der Holländische Katechismus sind abseits ihrer jeweiligen Wirklichkeit geschrieben. Sie sind im Gegenteil durch und durch von ihr geprägt, gleichgültig, ob sie versuchen, ihr entgegenzukommen oder sich von ihr zu distanzieren. Wenn manche systematischen Entwürfe auf uns fremd wirken, dann deshalb, weil der Abstand zu der in ihnen eingegangenen Wirklichkeit gewachsen ist und neue Fragestellungen aufgetaucht sind. Dadurch sind solche Entwürfe jedoch nicht einfach überholt.

○ Dies gilt m.E. in gleicher Weise für die Lehren und Bekenntnisse der frühen oder mittelalterlichen Kirche. Es ist ja nicht so, daß jene Theologen in sich selbst versponnen vor sich hin spekuliert und abstruse Gedankengebäude errichtet hätten. Die altkirchliche Trinitätslehre oder Christologie oder die theologischen "Summen" des Mittelalters sind auf dem Hintergrund ihrer Zeit für ihre Zeit entstanden. Sie sind nicht einfach "erledigt". Wenn sie fremd wirken (sie tun das nicht immer!), dann entsteht lediglich die Nötigung zu einer neuen Entfaltung der Überlieferung.

3. Die systematische Theologie kann aber auch Schwerpunkte innerhalb der biblischen Überlieferung und ihrer Intentionen setzen, wenn dies zur Erhellung gegenwärtiger Wirklichkeit, zur Auseinandersetzung oder zum Dialog mit anderen Daseinsorientierungen (ob sie nun eine Sinngebung intendieren oder leugnen) erforderlich ist. Genau genommen hat sie das immer wieder getan. Der Zugang zur Überlieferung ist eben ein partieller.

Diese Schwerpunktverlagerungen lassen sich z.B. sehr gut in bezug auf die Eschatologie (Lehre von den Letzten Dingen) verfolgen. Während lange Zeit der Transzendenzgedanke im Vordergrund stand, der sich auf die über die irdische Wirklichkeit hinausgehende "jenseitige" Wirklichkeit Gottes konzentrierte, steht jetzt mehr der Zukunftsgedanke im Vordergrund, der die Zukunft Gottes innerhalb der Geschichte betont.

Wenn eingewandt werden sollte, die systematische Theologie leiste das nicht, was oben aufgeführt wurde, und habe es nie geleistet, dann mag das u.a. daran liegen, daß sie sich bisher die Fragestellungen einseitig von der Tradition vorgeben ließ. Sie kann sie sich natürlich auch nicht einseitig von der Gegenwart vorgeben lassen. Erst durch eine systematische Durchdringung von Überlieferung und gegenwärtiger Wirklichkeit kann es zu einer wechselseitigen theoretischen Erschließung kommen. Wenn dies bisher noch nicht genügend geleistet wurde, dann muß die systematische Theologie es in Zukunft gezielter leisten. Unter anderem kann die Religionspädagogik darauf aufmerksam machen, welche Probleme "anstehen".

Auch diejenigen, insbesondere unter den Religionspädagogen, die der systematischen Theologie die oben charakterisierte Rolle nicht zubilligen wollen, haben in der Regel bewußt oder unbewußt eine systematische Vorentscheidung getroffen. Um etwas karikierend zu sprechen: Sie erledigen viele ethische Probleme mit der Nächstenliebe, die dann entweder so verblaßt oder so idealisiert ist, daß sie nicht mehr das darstellt, was sie in der Verkündigung Jesu war, oder theologische Probleme im Sinne einer "unkomplizierten" Jesulogie.

S. 39

Erinnern Sie sich an die Darstellung des sog. sozialisationsbegleitenden Religionsunterrichts, der sich theologisch am "Lebensvorgang Jesu" orientiert?[13]

[13] Vgl. D. Stoodt 1975, S. 24.

3.4
Die fundamentalen Grundsymbole

Der Religionslehrer sieht aufgrund der vorangegangenen Ausführungen das Schreckgespenst vieler dickleibiger Dogmatiken oder umfangreicher systematischer Theologien vor sich. Sie durchzuarbeiten, hat er weder Lust noch Zeit. Er ist ausreichend – sofern er seinen Beruf ernst nimmt – mit den didaktischen Auswahlentscheidungen und den methodischen Problemen beschäftigt. Der Hinweis auf die Dienstleistungsaufgabe der systematischen Theologie für die Religionspädagogik ist nicht als Belastung für den Lehrer, sondern als Erleichterung gedacht, um aus dem belastenden Dilemma des "problemorientierten" Religionsunterrichts herauszufinden. Die Bezeichnung "systematische Theologie" weist darauf hin, daß es hier nicht vorrangig um die Erstellung eines möglichst vollständigen Systems (so war es vielleicht im Mittelalter), sondern um die *systematische,* d.h. logisch geordnete Durchdringung theologischer Sachverhalte geht.

O

Wen hier die Angst vor einer erneuten "Verkopfung" der Theologie beschleichen sollte, möge über diese Angst erst einmal in Ruhe nachdenken. Wenn jemand empört fragen sollte: Wo bleiben da noch Glauben, Vertrauen, Liebe, möge doch einmal überprüfen, ob hier nicht ein Mißverständnis vorliegt!
Glauben und Lieben auf der einen und Denken und Erkennen auf der anderen Seite sind keine Gegensätze. Wer überwältigt und ergriffen ist von der Verkündigung, vom Verhalten und Handeln Jesu Christi, muß sein Denken nicht verleugnen. Er kann das, was ihm widerfahren ist, geordnet darstellen, erläutern und auf die Konsequenzen hin bedenken. Es dürfte schwerfallen, einen der Großen aus der Kirchengeschichte zu benennen, der dazu nicht imstande war.
Über diese Fähigkeit sollte aber auch ein Prediger verfügen. Wenn ihm der "rote Faden" fehlt, ist dies kein Qualitätsmerkmal für seinen Glauben!
Auch der "Normalchrist", welcher Bildungsschicht auch immer er angehört, sollte in elementarer Weise ein "Gefüge" haben, und viele haben es, sofern sie ihrem Namen Ehre machen.

Fünf fundamentale Grundsymbole

Diese Durchdringung geschieht auf der Basis von fünf fundamentalen Grundsymbolen. Man kann sie als fundamental bezeichnen, weil mit jedem Symbol eine Perspektive menschlichen Seins angesprochen wird, die den Bereich des Religiösen überschreitet. Innerhalb des religiösen, insbesondere des christlichen Bereichs erhalten diese Symbole einen spezifischen Sinn- und Deutehorizont. Wir führen diese Grundsymbole auf und versuchen sie zu kommentieren.

Der Begriff des Symbols bedarf einer weiteren Erläuterung. Ein Symbol ist ein sprachliches Gebilde, das zweierlei zu leisten vermag: Es kann mehrere Bedeutungsgehalte zusammenfassen; es bekommt dadurch eine verbindende Kraft, an der sich Menschen orientieren können, ohne daß sie miteinander in verbalen Kontakt treten (integrierende Kraft). Ein Symbol verweist gleichzeitig auf Dinge, die in der realen Wirklichkeit nicht (mehr) vorhanden sind. Es verweist auf Sinn (transzendierende Kraft)[13a].

Erstes Grundsymbol: Gottebenbildlichkeit

Wahrscheinlich hat jede Epoche Vorstellungen vom Wesen des Menschen und seiner Bestimmung. Von dieser Vorstellung wird sein Verhältnis zur Umwelt, zur Mitwelt, zur Welt überhaupt bestimmt.

Innerhalb des *religiösen* Bereichs werden das Wesen und die Bestimmung des Menschen einerseits durch seine Endlichkeit, andererseits durch seine Teilhabe am Sein selbst charakterisiert. Sinngebung und Deutung von Wesen und Bestimmung des Menschen gehen daher nicht auf in ökonomischen und anderen immanenten Setzungen. Sowohl die menschliche Endlichkeit als auch die Teilhabe am göttlichen Sein und das Verhältnis beider zueinander werden in verschiedenen "Glaubensüberzeugungen und -systemen" unterschiedlich bestimmt.

Innerhalb der *christlich-biblischen* Überlieferung erhält die Frage nach dem Wesen und der Bestimmung des Menschen eine ganz bestimmte inhaltliche Füllung. In den Schöpfungstraditionen des Alten Testaments (z.B. Genesis 1 und 2 und Psalm 8) wird in unterschiedlichen literarischen Gattungen, die in verschiedenen Zeiträumen entstanden sind und die Auseinandersetzung mit Vorstellungen der Umwelt spiegeln, der Mensch als Gottes Geschöpf und Ebenbild[14] bezeichnet. Seine Geschöpflichkeit im Gegensatz zum Schöpfer kennzeichnet seine Grenzen. Durch totale und willkürliche Machtausübung (eine ständige Versuchung für den Menschen!) würde er diese Grenzen überschreiten. Durch das Symbol der Gottebenbildlichkeit wird zugleich zum Ausdruck gebracht, daß der Mensch teilhat an der schöpferischen Freiheit zur Selbstverwirklichung und zur Gestaltung der Welt.

Wie jedes Symbol erfährt auch das der Gottebenbildlichkeit im Neuen Testament eine *christologische* Zuspitzung. Christus selbst wird als das Ebenbild Gottes bezeichnet; in ihm erblicken wir wie in einem Spiegel jenen Entwurf, auf den hin der Mensch geschaffen ist.

[13a] Zur Bedeutung des Symbols vergleiche W. Lohff 1974, S. 33. Vgl. dazu auch die fundamentalen Sachverhalte in der biblischen Überlieferung, in diesem Buch S. 118ff.
[14] Der Begriff selbst taucht bekanntlich expressis verbis selten auf!

Zweites Grundsymbol: Entfremdung

Uralt ist das Symbol vom "Fall des Menschen". Es findet sich sowohl im biblischen wie im außerbiblischen Bereich (z.B. bei Plato). Der Begriff "Entfremdung" ist zwar philosophischer Herkunft (Hegel), doch der damit gemeinte Sachverhalt ist in religiösen und biblischen Beschreibungen enthalten. Er weist auf eine universale menschliche Situation hin, die sowohl individuell als auch kollektiv empfunden wird. Sie besteht darin, daß Sinnlosigkeit schicksalhaft erfahren wird. Diese Erfahrung wird empfunden als Entfremdung vom wahren Wesen und der wahren Bestimmung des Menschen. Menschliches Sein läßt sich deshalb beschreiben als ein Sein, das sich im Zwiespalt befindet zwischen seinem wahren Wesen (Essenz) und dem tatsächlichen Zustand (Existenz).

Innerhalb der *biblischen* Überlieferung wird diese Erfahrung spezifisch inhaltlich gefüllt und gedeutet. Am bekanntesten ist im Rahmen der Urgeschichte (Genesis 1–11) die Geschichte vom "Sündenfall". Im Neuen Testament hat Paulus den Widerstreit des Menschen zwischen dem Wollen und Nichtkönnen beschrieben (Römer 7). Die biblische Überlieferung führt in diesem Zusammenhang ein spezifisches Element, das der Schuld bzw. Sünde, ein. Es geht in ihr nicht nur um die schicksalhafte Erfahrung der Entfremdung, sondern um die schuldhafte, aktive Abwendung bzw. das Sichverweigern gegenüber dem, zu dem man gehört (dem Schöpfer). P. Tillich hat darauf hingewiesen, daß die "Sünde" sich als Unglaube (Zerreißung der Einheit Gott – Mensch), als Hochmut (Versuchung, seine Endlichkeit nicht anzunehmen) und als Begehrlichkeit (*alles* haben wollen, materielle und geistige Werte) äußert[15].

Christologisch erfährt das Symbol der Entfremdung seine Zuspitzung dadurch, daß der Christus an den Bedingungen der Existenz teilhatte, von ihnen aber nicht überwältigt wurde.

Drittes Grundsymbol: Aufhebung der Entfremdung

Wo immer Entfremdung erfahren wurde und wird, bleiben die Sehnsucht und das Bestreben, diese Entfremdung im individuellen und gesellschaftlichen Bereich zu überwinden. Sie artikulieren sich in Sinnentwürfen und Glaubensüberzeugungen, in Handlungsentwürfen und Programmen. Sie haben alle das Bestreben, die Kluft – in welcher Weise auch immer – zu überwinden.

Innerhalb der *christlich-biblischen* Tradition erfährt dieser Sachverhalt in den verschiedensten Zusammenhängen eine besondere inhaltliche Füllung. Im Alten Testament z.B. durch die "Erneuerung des Bundes" oder durch die Versöhnungsakte im Opferkult.

[15] Vgl. P. Tillich, Systematische Theologie, Bd. II, Stuttgart 1958, S. 55ff.

Christologisch erfährt das Symbol von der Aufhebung der Entfremdung eine unverwechselbare Zuspitzung durch den Christus, der als Träger des neuen Seins verstanden wird. Er hat die Kluft und den Konflikt zwischen der wesenhaften Zusammengehörigkeit von Schöpfer und Geschöpf auf der einen Seite und der existentiellen Verstrickung des Menschen auf der anderen Seite in bezug auf Gott, auf die Mit- und Umwelt und auf sich selbst überwunden. Über sein Verkündigen, Verhalten und Handeln hinausgehend zeigt sich im Leiden seine Teilhabe an den Bedingungen dieser Existenz, in der Auferstehung sein Triumph über Selbstzerstörung, Leid und Tod. Der einzelne erfährt diese "Erlösung" immer wieder durch die "Rechtfertigung des Sünders allein aus Gnaden".

Viertes Grundsymbol: Hoffnung

Bei diesem Symbol geht es um den Sinn der Geschichte und die Erwartung einer Zukunft. P. Tillich hat darauf hingewiesen[16], daß jede Geschichtsschreibung und -chronik eine Deutung der Geschichte enthält. Jede Philosophie oder Religion hat ihren "Schlüssel" zur Deutung. Die Notwendigkeit einer Deutung ergibt sich daraus, daß Geschichte zweideutig ist, also Sinnhaftes und Sinnloses enthält. Da der Sinn nicht auf der Hand liegt, wird "gedeutet". Was innerhalb der Geschichte an Sinn erfahren wird, bleibt fragmentarisch. Deshalb entsteht die Sehnsucht nach Vollendung. Es muß in diesem Zusammenhang darauf verzichtet werden, alle Varianten von Deutung und Erwartung im Fortschrittsglauben, in Utopien, in der Mystik usw. aufzuführen.

Innerhalb der *alttestamentlichen* Tradition ist die "Königsherrschaft Jahwes", in der *neutestamentlichen* Tradition die vom "Reich Gottes" die Antwort auf den Sinn und das Ziel der Geschichte. Diese Antwort ist sowohl personal als auch universal zu verstehen. Personal meint sie die Vollendung der Menschheit in jedem Menschen, universal meint sie die Vollendung aller Dimensionen des Lebens. Die spezifisch christliche Hoffnung enthält zwei Elemente: ein "transzendentes" und ein "immanentes". Das eine besagt, daß Gott selbst die Vollendung herbeiführt, das andere, daß von dieser Hoffnung Impulse zu sozialem und politischem Handeln ausgehen in Richtung auf Frieden und Gerechtigkeit. In Verbindung mit der *Chistologie* besagt das Symbol der Hoffnung, daß Christus die erwartete Zukunft und den Sinn der Geschichte vorweggenommen hat in seiner Verkündigung vom Reich Gottes und in seinem Handeln und Verhalten gemäß dem Reich Gottes.

[16] Vgl. P. Tillich, a.a.O. Bd. III, S. 398ff.

Fünftes Grundsymbol: Nachfolge

Sowohl der Einzelne als auch geschichtliche Gruppen haben "Sinn", göttliches Sein, göttlichen Geist erfahren. Erkennbar wird dies an den jeweiligen Systemen von Zeichen in theoria (denkendes Betrachten) und praxis (Verhalten-Handeln)[17]. Diese Erfahrung war nie endgültig, sondern immer partiell. Es hat auch immer wieder Menschen und Gruppen gegeben, die diese Zeichen bekämpft haben. Die in "theoretischen" und "praktischen" Zeichen sich ausdrükkende Erfahrung muß sich bewähren.
Im *Alten Testament* waren die Vorstellung vom Bundesvolk und dem gemeinschaftsstiftenden Tun der Gebote solche Zeichen des Glaubens und Gehorsams. Der Bund wurde immer wieder gebrochen und die Zeichen des Bundes durch die Religiosität der Umwelt in Frage gestellt. Im *Neuen Testament* ist es die "Gemeinschaft der Heiligen", die Gemeinschaft derer, die von Christus ein neues Sein empfangen und ihn aufgenommen haben. Die Gemeinschaft wird als der Ort verstanden, in dem es immer wieder zur Neustiftung des Glaubens, der Liebe, der Einheit und zur Erneuerung des universalen Auftrags kommt.
Es ist die Gemeinschaft, in der die Gegenwart des *Christus* immer wieder erfahren wird. Es kann hier nicht ausführlich auf die Probleme der entarteten Kirchlichkeit eingegangen werden. Unabhängig von diesem Selbstverständnis hat die Kirche natürlich teil an der Zweideutigkeit aller geschichtlichen Erscheinungen.

Die christologische Dimension

Nach dem Durchgang durch die fünf Grundsymbole dürfte verständlich geworden sein, warum etwa "Christus" nicht zu den Grundsymbolen gezählt wird. Christus kann nicht ein Grundsymbol neben anderen sein, weil in *allen* fundamentalen Grundsymbolen auf den unverwechselbaren christlichen Deutehorizont verwiesen wird. Im Rahmen dieses Deutehorizonts erfolgt *immer* eine christologische Zuspitzung.

Die Dimension der Erinnerung

Erwägenswert wäre auch, ob den genannten fünf Symbolen nicht ein sechstes hinzugefügt ist, die Erinnerung. Mit der Erinnerung verhält es sich ähnlich wie mit der Christologie. Sie kann nicht ein Symbol neben anderen sein, weil sie eine Dimension ist, an der alle fundamentalen Symbole teilhaben. Was in den fünf Symbolen umschrieben wird, beruht auf bereits ge*machten* Erfahrungen. Die alt- und neutestamentliche Überlieferung enthält zu allen Symbolen ein *Erzählpotential*. Es beschreibt Dinge, die geschehen sind, erfahren wurden, die gedeutet, verwandelt und erneut angeeignet wurden.

[17] Vgl. P. Tillich, a.a.O. Bd. III, S. 166 ff.

Die fünf Grundsymbole beschreiben in aller Kürze und Unvollständigkeit eine Grundstruktur von Aspekten und Perspektiven, auf die hin Themen, Phänomene, Aufgaben usw. des Religionsunterrichts befragt werden können.
Es gehört nicht viel Phantasie oder gar ein volltheologisches Studium dazu, um zu erkennen, daß die Grundsymbole im Grunde die Bereiche widerspiegeln, die in fast jeder christlichen Dogmatik oder systematischen Theologie in den Kapiteln Schöpfung – Sünde – Erlösung (und Rechtfertigung) – Ekklesiologie (Heiliger Geist) – Eschatologie entfaltet werden. Wer deshalb eine Dogmatisierung des Religionsunterrichts befürchtet, möge mit einem solchen Urteil vorsichtig sein. Diese bekannten Kapitel "Christlicher Glaubenslehre" sind nicht einfach normative Setzungen, sondern auch der Niederschlag von Erfahrung und Reflexion.
Die Beschreibung dessen, was die fünf Grundsymbole ausdrücken, wurde vielfach in Anlehnung an die theologische Sprache Tillichs vollzogen. Vielleicht deshalb, weil sie dem im vorhergehenden Kapitel zugrundegelegten Religionsbegriff am meisten entgegenkommt. Das soll jedoch keine Festlegung des Religionslehrers bedeuten, der sich der Grundsymbole bedient. Für ihre inhaltliche Fülle eignen sich auch andere systematisch theologische Entwürfe. Die Aussagen Tillichs werden ohnehin an der einen oder anderen Stelle eine Ergänzung oder Korrektur vertragen. Bei jedem der dargestellten Symbole ist in Rechnung zu stellen, daß es einen innerchristlichen "Pluralismus" gibt, durch den immer wieder andere Schwerpunkte gesetzt werden. Nicht zuletzt geschieht dies auf dem Hintergrund des breiten religiös-philosophischen Fächers, der jedem Grundsymbol zuzuordnen ist. Im Religionsunterricht ist es allerdings sinnvoll, sich auf repräsentative Varianten zu beschränken.

Wie ein Durchgang durch die Grundsymbole aussehen kann, wollen wir zum Schluß am Beispiel "Freundschaft", einem Thema, das im Religionsunterricht in verschiedenen Altersstufen auftaucht, exemplarisch darstellen . . .
Erste Vorbemerkung: Der erste Schritt jeder didaktischen Vorbereitung ist die Erhebung von situativen Aspekten zu diesem Thema aufgrund der Schülersituation und aufgrund von Schüleraussagen zum Thema. Dazu kommt die Einbeziehung von psychologischen und soziologischen Gesichtspunkten, sofern sie zugänglich sind. Überlegungen zu diesen Punkten unterbleiben hier, weil es in unserem Zusammenhang um das theologische Pendant zum "problemorientierten" Religionsunterricht geht.
Zweite Vorbemerkung: Wer in einer Konkordanz unter den Stichworten "Freund", "Freundschaft" usw. nachsieht, wird enttäuscht werden. Dieses Gebiet wird kaum thematisiert. Insbesondere im Alten Testament fällt auf, daß Freunde und Freundschaften eher negativ gesehen werden. "Freunde können einen im Stich lassen". Unter den Synoptikern hat nur Lukas das Wort häufiger benutzt. Jesus wird als "Freund" der Zöllner und Sünder bezeichnet. Freundschaft in unserem heute gebräuchlichen Sinn kommt nicht vor. Oft werden bestimmte biblische Geschichten über die Beziehung zweier Personen auf

Freundschaft hin gedeutet. Sie werden aber dabei ihrer ursprünglichen Intention beraubt.

Dritte Vorbemerkung: Daß in der eben geschilderten Weise bei einem Thema des "problemorientierten" Religionsunterrichts nicht vorgegangen werden kann, sollten die Ausführungen in diesem Kapitel gezeigt haben. Vielmehr ist es so, daß Probleme, die im Umfeld eines bestimmten anthropologischen Umfelds auftauchen, ihre Entsprechung in Problemen haben, die die systematische Theologie behandelt.

Einordnung: Bei dem Thema "Freundschaft" handelt es sich um einen Sonderfall mitmenschlicher Beziehungen.

Theologisches Problemfeld

Herkömmliche dogmatische Bezeichnung – Grundsymbol

Beziehung zum Thema "Freundschaft"

Der Wert eines Menschen und seine Bestimmung

Schöpfungstheologie – "Gottebenbildlichkeit"

Weder der einzelne noch die Umwelt bestimmen letztlich, was ein Mensch "wert" ist. Jeder verdankt sich dem, der Grund und Sinn unseres Lebens ist. Freundschaft kann deshalb nicht – genau so wenig wie andere mitmenschliche Beziehungen – ein Verhältnis der gegenseitigen oder einseitigen Abhängigkeit begründen.

Der Mensch im Zwiespalt zwischen seinem wahren Wesen (Essenz) und der Verstrickung in die Realitäten dieser Existenz.

Vom Schuldigwerden und der Erlösungsbedürftigkeit des Menschen – "Entfremdung".

Jeder trägt die Möglichkeit des Versagens in sich – auch in einer Freundschaft – und damit die Fähigkeit, zwischenmenschliche Beziehungen zu zerstören. Zerstörte Freundschaften lösen Trauer aus.
Manche zerbrochene Freundschaft ist "trotz guten Willens" nicht mehr wiederherzustellen. Menschen können scheitern (und müssen das Scheitern bewältigen!).

Theologisches Problemfeld	*Herkömmliche dogmatische Bezeichnung – Grundsymbol*
Beziehung zum Thema "Freundschaft"	

Der Mensch als Angenommener — Rechtfertigung allein aus Gnade – "Aufhebung der Entfremdung"

Jeder Mensch ist auf Annahme angewiesen. Die Zusage der Annahme durch Gott ("Gnade") macht es ihm möglich, sich selbst anzunehmen und andere anzunehmen. Freundschaft kann deshalb Hilfe zur gegenseitigen Identitätsfindung sein.

Menschliche Leistungsmaßstäbe und zukünftige Gerechtigkeit — Eschatologie – "Hoffnung"

Der menschliche Leistungsmaßstab ist ein vorläufiger und kein endgültiger. Er gehört zum alten Äon. In einer Freundschaft können Strukturen des neuen Äons sichtbar werden, indem auf den Leistungsmaßstab verzichtet wird. Freundschaften können auch dort entstehen, wo äußere Vorzüge (z.B. körperlicher Art) nicht bestehen.

Hingabe für andere — Das Werk Christi und seine Bedeutung für das menschliche Verhalten – "Nachfolge"

Da Freundschaft ein besonderer Fall zwischenmenschlicher Beziehungen ist, gilt auch hier die Anwendung der Nächstenliebe. Sie schließt die unendliche Verantwortung für den anderen und den Einsatz für den anderen ein. An die Stelle des "Sichdurchsetzenmüssens" um jeden Preis tritt der "Einsatz für . . . "

Angenommen, das Thema "Freundschaft" läßt sich aufgrund von Schüleräußerungen und Lehrerüberlegungen in vier Problemparzellen unterteilen! Diese Problemparzellen können dann heißen:

1. Ich bin einsam!
2. Mein Freund hat mich im Stich gelassen!

3. Der Freund wird zum Rivalen!
4. *Der* soll mein Freund sein?

Innerhalb dieser Problemparzellen tauchen anthropologische (soziologische usw.) Phänomene (Erfahrungen usw.) auf. Im Bereich der systematischen Theologie werden diese Phänomene (usw.) im Rahmen einer Freundschaft (nicht die Freundschaft selbst) nach Sichtung der Überlieferung und in Auseinandersetzung mit psychologischen und soziologischen Erkenntnissen durchdacht.
Die fünf fundamentalen Grundsymbole helfen, die theologischen Perspektiven, die für das Thema in Betracht kommen, zu erfassen.

Selbstverständlich gibt es im Religionsunterricht Themen, für die nicht alle, sondern nur zwei oder drei Grundsymbole Bedeutung gewinnen![17a]

Zahlreiche Themen, insbesondere aus dem ethischen Bereich, sind in der gegenwärtigen Wirklichkeit wichtig, spielen aber innerhalb der biblischen Überlieferung (noch) keine Rolle oder werden nicht ausdrücklich genannt.

Zu derartigen Themen gehören z.B. die Frage des Schwangerschaftsabbruches oder die Empfängnisverhütung oder aber der weite Bereich der Genveränderung (Eingriff in die Erbanlage des Menschen), mit der sich die Biologie beschäftigt. Was ist da zu tun?

In einem solchen Fall muß der theologische Deutehorizont mit Hilfe der fünf Grundsymbole erst einmal abgetastet werden. Erst dann kann die unterrichtliche Erschließung in Angriff genommen werden. Hier wird gefragt, wie in Analogie zu einem oder mehreren der fünf Grundsymbole Licht in das jeweilige Problemfeld gebracht werden kann.

[17a] W. Lohff 1974, S. 29ff. hat ebenfalls – wenn auch in einem etwas anderen Zusammenhang – Grundsymbole der Glaubenslehre entfaltet. Er geht aus von dem Umstand, daß wir es in unserer Gegenwart mit einem Verfall der Tradition bzw. deren Fragwürdigwerden zu tun haben. Die Folge ist ihre kritische Interpretation, wobei durchaus auch wesentliche Motive emanzipatorischer Art in ihr entdeckt werden. Die in Grundsymbolen zusammengefaßte Glaubenslehre läßt sich nicht zwingend begründen. Der Wahrheitsgehalt der Symbole liegt in dem, was sie zu bewirken vermögen, und zwar a. *Entlastung:* "Sie ermöglichen dem einzelnen, gelöst von seiner sozialen Rolle, an der im Glauben entworfenen Bestimmung des Menschen und der Gesellschaft zu partizipieren" und b. *Kreativität:* "Denn ihr Entwurf menschlicher Bestimmung vermag, ausgelegt auf bestimmte Lebenssituationen, dem einzelnen immer neue Motivation des humanen Einsatzes zu geben, sowohl im Bereich des personalen Lebens wie im Blick auf das Ganze der Gesellschaft". W. Lohff nennt vier Grundsymbole: 1. das Symbol der Schöpfung, 2. das Symbol von "Fall" und "Sünde", 3. das Symbol der "Versöhnung" und "Gnade" und 4. das Symbol von "Unsterblichkeit" und "Auferstehung". Zum Gedankengang von Lohff vgl. K.-E. Nipkow 1975, Bd. 1, S. 213ff.

3.5
Die Funktionen des Symbolrasters

Die fünf fundamentalen Grundsymbole stellen eine Art Raster dar, der verschiedene Funktionen erfüllen kann. Auf die Notwendigkeit eines theologischen Kategorien- bzw. Kriterienrasters haben bereits P. Biehl und H.-B. Kaufmann hingewiesen und damit – ähnlich wie die bereits ausführlich zitierten katholischen Religionspädagogen – die Erkenntnis verbunden, daß die Religionspädagogik schlecht beraten ist, "wenn sie sich als Didaktik im Anschluß an die exegetischen Disziplinen konstituiert"[18].

An dem im vorhergehenden Abschnitt entfalteten Beispiel "Freundschaft" läßt sich ablesen, daß der Symbolraster im Rahmen des problemorientierten Unterrichts wichtige Funktionen erfüllt.

Die erste Funktion

Der Symbolraster kann dazu beitragen, Phänomene der Wirklichkeit zu strukturieren. Sie werden dadurch für die Möglichkeit einer theologischen Deutung freigelegt. Auf diese Weise werden "Richtpunkte" (nicht einzelne Bibelstellen!) der biblischen Überlieferung für gegenwärtiges und zukünftiges Leben im individuellen und sozialen Bereich gewonnen. Jedes Symbol hat natürlich ein ganzes Umfeld von ihm zugeordneten Untersymbolen und Teilkategorien, die dazu beitragen, die Vielfalt der Phänomene zu sichten.

Gleichzeitig können die Grundsymbole zu Kriterien für die Analyse und Wertung vorhandener religiöser Äußerungen werden. Sie eröffnen die Möglichkeit, in der ambivalenten Vielfalt religiöser Phänomene christliche Elemente zu identifizieren. Auf diese Möglichkeit haben P. Biehl und H.-B. Kaufmann aufmerksam gemacht unter Hinweis auf H.D. Marsch: "Es geht darum, das Typische, über den Wandel der Zeiten Gültige, Christliches von Außerchristlichem Unterscheidende und auch in einer aufgeklärten Zeit Unerläßliche zusammenzufassen"[19]

Die zweite Funktion

Der Symbolraster ist gleichzeitig ein Suchraster, mit dessen Hilfe Verwirklichungen sowohl von göttlicher Zuwendung zu Welt und Menschen als auch der göttlichen Inanspruchnahme von Welt und Menschen gefunden werden. Dieses Suchen und Finden kann sich auf die biblische Überlieferung selbst, auf die christlich-biblische Wirkungsgeschichte und auf die Gegenwart beziehen, vielleicht sogar auf Bereiche, in denen man sich nicht mehr ausdrücklich auf Christentum und Bibel beruft[20].

18 P. Biehl/H.-B. Kaufmann 1974, S. 335.
19 Ebd., S. 336.
20 Ebd., S. 337.

Die Anwendung des Rasters hat theologisch und didaktisch den Vorteil, daß die Grundsymbole nicht aus Konfliktsituationen abgeleitet, sondern begründet an sie herangetragen werden, um sie zu strukturieren, um Phänomene in gegenseitiger Abhängigkeit durchschaubar zu machen und einer theologischen Deutung unterziehen zu können[21].

Die Anwendung hat aber auch den Vorteil, den problemorientierten Unterrichtsansatz von einer einseitigen biblizistischen Fixierung zu lösen. Sowohl zur Erfassung von Phänomenen als auch zur theologischen Erhellung müssen nämlich Medien (nicht nur Texte!) aller Art dienen. Sie stellen in ihrer Gesamtheit die Inhalte dar, die aufgrund von didaktischen Leitfragen, von zu formulierenden Lernzielen, Methoden und Sozialformen den Lernprozeß gestalten. Schwer zu beantworten ist die Frage, nach welchen Kriterien die Inhalte ausgewählt werden sollen. Im wesentlichen scheinen zwei Möglichkeiten nahezuliegen:

Die eine, umfassendere Möglichkeit besteht darin, ein bereits strukturiertes und inhaltlich definiertes Phänomen mit Medien unterschiedlicher Art deutend "einzukreisen". Dazu gehören neben biblischen Texten und Zitaten Zeugnisse aus dem dichterischen (Lieder) und bildnerischen (darstellende Kunst) Bereich ebenso wie Frömmigkeitsäußerungen (Gebete usw.), Biografien, Konzilstexte u.a. mehr. Durch geschickte Konstellationen werden die Gesichtspunkte heraustreten, die zur Deutung eines Phänomens notwendig sind[22].

Die andere, enger begrenzte Möglichkeit besteht darin, strukturgleiche Medien aus dem christlichen und nichtchristlichen Bereich miteinander zum Vergleich zu bringen.

> Über die Verfahren zur Ermittlung von Strukturen erfahren Sie noch einiges im folgenden Kapitel.

Dabei kann man die überraschende Feststellung machen, daß z.B. ganz strukturgleiche Texte zu völlig unterschiedlichen Antworten kommen, etwa in der Weise, daß der eine den Bezug zur Gottesfrage enthält, der andere nicht. Der Religionsunterricht sollte sich nicht scheuen, im letzteren Fall diese Frage zu stellen[23].

[21] Vgl. ebd.

[22] Unter Berufung auf die Geschichts- und Sprachphilosophie von W. Benjamin macht A. Stock auf die Möglichkeiten aufmerksam, die sich durch neue Konstellationen von Überliefertem und Gegenwärtigem ergeben. In Anlehnung an W. Benjamin vergleicht er dieses Verfahren mit der im Surrealismus üblichen "Montage", wobei üblicherweise nahe beieinander Liegendes getrennt und oberflächlich ganz Entferntes zusammengebracht wird und so eine theologisch-messianologische Dimension erhält (in: A. Stock 1974, S. 63f.)

[23] Das Verfahren, strukturgleiche, "profane" und biblische Texte im Kontextverfahren miteinander zu verbinden, hat erstmalig G. Baudler entwickelt. Vgl. dazu G. Baudler, "Rückkehr" 1975, S. 331ff. sowie G. Baudler, Biblische Texte 1975, S. 468ff. Dieses Verfahren hat A. Stock an einem Beispiel verdeutlicht, indem er zwei strukturgleiche narrative Texte zum Vergleich gebracht hat, von B. Brecht "Der hilflose Knabe" und aus Mk 10, 46–52 "Der blinde Bartimaios" (in: A. Stock 1974, S. 85ff.).

4
Unterrichtsansatz: Die biblische Überlieferung

Der sogenannte hermeneutische Religionsunterricht

Das vorhergehende Kapitel hat sich mit dem Unterrichtsansatz beschäftigt, der von der gegenwärtigen Wirklichkeit ausgeht. Es zeigte sich, daß eine Zu- und Einordnung der biblischen Überlieferung in diesen Unterrichtsansatz nach dem “Kurzschlußverfahren”[1] weder für den Erkenntnisgewinn des Schülers noch für die Erhellung gegenwärtiger Situationen noch für die Überlieferung selbst befriedigend ist. Für den Unterrichtenden bringt sie zum Teil unlösbare Probleme mit sich. Der problemorientierte Unterrichtsansatz kann viel, aber nicht alles leisten.

Zu dem, was er leisten kann, gehört z.B. die Auf- und Einarbeitung gegenwärtiger Ausprägungen der christlich-biblischen Überlieferung.
Nicht leisten kann er z.B. die Aufarbeitung derjenigen Probleme, die in bezug auf und im Umgang mit der Überlieferung für den Schüler entstehen (sprachliche Schwierigkeiten, Vorurteile aus der soziokulturellen Umwelt usw.).

Auf Dauer kann der “problemorientierte” Religionsunterricht nur dann gelingen, wenn er sich stützen oder ausweiten kann auf eine bereits erschlossene oder zu erschließende biblische Überlieferung. Daß dies im Rahmen einer Gesamtkonzeption des Religionsunterrichts in einer fortlaufenden Verschränkung geschehen muß, sei hier nur noch einmal in Erinnerung gerufen.
Zur Beschäftigung mit den Problemen der biblischen Überlieferung nötigt nicht nur eine immer dringender gebotene Gesamtkonzeption des Religionsunterrichts, sondern auch die zurückliegende religionspädagogische Entwicklung. Die Vermittlung biblischer Texte im Religionsunterricht der Schule war vor nicht allzu langer Zeit in die Krise geraten. Sie wurde initiiert von Schülern und artikuliert von Religionspädagogen, die sich als ihre Anwälte verstanden. Die laut gewordene Kritik wurde zum Teil durch den an den Schulen erteilten biblischen Unterricht bestätigt[2], zum Teil äußerst scharf und unsachlich vorgetra-

[1] Vgl. dazu P.Biehl/H.-B.Kaufmann 1974, S.335

[2] Vgl. H.K.Berg 1972, S.6f., wo er darauf hinweist, daß der theologische und didaktische Grundsatz von der grundlegenden Bedeutung der Bibel kurzschlüssig als exklusives methodisches Prinzip mißverstanden wurde und viele Religionsbücher ein beklagenswertes Beispiel für die öde Monokultur eines stofforientierten und dogmatisierenden Textunterrichts sind.

gen[3]. Es fielen Ausdrücke wie: Indoktrination, Rezitation einer Fremdsprache vor der Sprache Unkundiger, Totenbeschwörung ...[4]. Der Unterrichtsansatz, der von der biblischen Überlieferung ausgeht, kann nur gelingen, wenn – ausgehend von Gedanken, die schon im Rahmen der hermeneutischen Konzeption des Religionsunterrichts gedacht worden sind – Überlegungen angestellt werden, wie der Unterricht in biblischer Überlieferung nach dem Ende des "Biblischen Unterrichts" aussehen kann[5].
Schüleräußerungen zum gegenwärtigen Religionsunterricht zeigen, daß auch der "problemorientierte" Religionsunterricht nicht nur ungeteilte Zustimmung findet. Auch dort hält gelegentlich die "öde Monokultur" immer gleicher Themen ihren Einzug. Schüleräußerungen zeigen aber auch, daß dem Unterricht in biblischer Überlieferung nicht mehr generelle Ablehnung widerfährt, wohl aber einer bestimmten Art dieses Unterrichts.

4.1 Warum Unterricht in biblischer Überlieferung als eigener Unterrichtsansatz?

Von sog. kritischen Religionspädagogen wird immer wieder behauptet, die Frage, warum biblische Texte im Religionsunterricht der Schule eine so große Rolle spielten, werde nicht gestellt.

Beispielhaft für diese Behauptungen sollen Sätze aus den "Mainzer Thesen zum Religionsunterricht in der Grundschule" von G. Otto und H. Rauschenberger[6] stehen: "Die bisherige Praxis des Umgangs mit biblischen Texten ist dadurch gekennzeichnet, daß die Frage, *warum* biblische Texte den Kern des Unterrichts zu bilden hätten, kaum oder gar nicht gestellt worden ist, vielmehr vorwiegend oder ausschließlich reflektiert wird, *wie* biblische Texte der Situation des Kindes nahegebracht werden können. Damit ist der Indoktrination und Affirmation Tür und Tor geöffnet."

S. 23ff., 62ff. und S. 75ff.

Schon aufgrund der Darstellung der problemorientierten Konzeption im Rahmen der geschichtlichen Entwicklung (Abschnitt 1.23) und aufgrund der beiden vorhergehenden Kapitel dürfte deutlich sein, daß an eine Wiederherstellung der ausschließlichen Mittel-

[3] Ebd. S. 6.
[4] Vgl. K. Wegenast, Bedeutung 1974, S. 319, der angesichts dieser und ähnlicher Äußerungen nicht zu Unrecht von einer Diffamierung spricht.
[5] Vgl. dazu W. Langer 1975, S. 95.
[6] G. Otto/H. Rauschenberger 1972, S. 222.

punktstellung der Bibel im Sinne der Evangelischen Unterweisung und des hermeneutischen Unterrichts früherer Zeit nicht gedacht werden kann. Unübersehbar bleibt, daß sich auch bei einer fortlaufenden Verschränkung von "problemorientiertem", biblischem und wirkungsgeschichtlichem Ansatz eine Dominanz biblischer Überlieferungen gegenüber anderen Überlieferungen zwangsläufig ergibt.

In diesem Vorwurf steckt eine berechtigte Forderung. Die Dominanz biblischer Überlieferungen im Religionsunterricht der Schule muß in der Tat begründet werden zur Selbstvergewisserung für den Religionslehrer, zur Abwehr unsachlicher Polemik und zur Verdeutlichung für den Schüler, der an diesem Unterricht teilnimmt.

S. 66 ff.

Schon in Abschnitt 2.3 wurde darauf hingewiesen, daß "Religion" als Phänomen verschiedene geschichtliche Ausprägungen hat. Die bei uns dominierende Ausprägung ist die christliche Religion. Dieser Hinweis war ein vorläufiger und genügt in diesem Begründungszusammenhang noch nicht.

4.11
Die biblische Überlieferung als Teil unserer geschichtlich bestimmten Wirklichkeit

Weitgehendes Einverständnis herrscht unter den Religionspädagogen darüber, daß unsere Wirklichkeit und die in ihr enthaltenen Welt- und Selbstverständnisse durch die Geschichte geprägt sind[7]. Rein phänomenologisch betrachtet ist auch die biblische Überlieferung Teil dieser Geschichte, die unsere Wirklichkeit bestimmt. Dieser Geschichte können wir uns nicht entziehen. Auch wer sich als Abtrünniger versteht und sich von Teilen dieser Geschichte lossagen will oder einen Gegenentwurf versucht, ist bis hinein in seine Gegenargumente von dieser Geschichte abhängig. Der Umgang mit geschichtlicher Überlieferung im allgemeinen und das Verständnis der Wirklichkeit als einer geschichtlich gewordenen hängen aufs engste miteinander zusammen. Diesen Zusammenhang aufgezeigt zu haben, ist das Verdienst der geisteswissenschaftlichen Hermeneutik der Neuzeit[8]. Sie versteht sich als philosophische Fundamentallehre, die sich um das *Verstehen* und die *Auslegung* von Wirklichkeit einschließlich aller Schöpfungen des menschlichen Geistes als anthropologischer Grundbefunde bemüht[9]. Sie sieht sich mit diesem Bemühen im Gegensatz zum kausal analytischen *Erklären* der Naturwissenschaften.

7 Vgl. dazu ebd.
8 Vgl. dazu M. Stallmann 1968, S. 30f.
9 Vgl. zum Ganzen E. Hufnagel 1976.

F.E.D. *Schleiermacher,* W. von Humboldt und F. Schlegel haben als erste Gegenstandsfeld und Verfahren der Hermeneutik zu bestimmen versucht. Für sie war Hermeneutik nicht mehr eine Hilfswissenschaft zur Auslegung von Texten, sondern eine Grundlehre von allen Erschließungsleistungen und den Möglichkeiten ihres Vollzugs[10]. W. *Dilthey* hat das Verstehen zum methodologischen Grundbegriff aller Geisteswissenschaften gemacht. Er fragt nach den Bedingungen und Möglichkeiten des Verstehens. Er geht davon aus, daß das verstehende Subjekt und das Objekt des Verstehens nicht getrennt sind, sondern eine Gemeinsamkeit haben, die allem Verstehen vorausgeht, das Leben. Verstehen ist bei ihm identisch mit Auslegen und dieses wiederum mit Interpretieren – vorwiegend schriftlich fixierter Lebensäußerungen.
An die Stelle des "Lebens" bei Dilthey tritt bei M.*Heidegger* das "menschliche Dasein". Ausgehend von einer Analyse aller vorhandenen Phänomene (Phänomenologie) fragt er nach den Grundstrukturen, die allem Seienden zu Grunde liegen (Ontologie). Wie ist ein Seiendes beschaffen, dessen Sein sich durch Verstehen auszeichnet?[10a] Auf diese Weise versucht er, den Sinn von Sein in den Griff zu bekommen. Zu den Grundstrukturen des Daseins gehört die Geschichtlichkeit. Verstehen ist bei Heidegger das Einrücken in ein vorgegebenes Überlieferungsgeschehen. Durch diesen Vorgang wird bereits Sinn vorweggenommen. Der Ort der Hermeneutik liegt zwischen Fremdheit und Vertrautheit der Überlieferung. Die Sprache wird dabei zum Medium der Selbstauslegung des Seins im Selbst- und Weltverständnis der Sprachteilnehmer[11].
H.G.*Gadamer*[12] setzt diese Linie fort. Gerade die volle Anerkennung der Endlichkeit und Geschichtlichkeit des Daseins bringt einen Erkenntnisfortschritt. Unsere Endlichkeit besteht darin, daß wir auf das Bereitstellen von Seinsmöglichkeiten durch die Überlieferung angewiesen sind[13]. Die Überlieferung gibt uns Möglichkeiten der Situationserhellung an die Hand. Die Verbindung unseres situativen und des geschichtlichen Horizonts ("Horizontverschmelzung") ergeben ein Sinnganzes[14]. Vermittelt wird dieser Vorgang durch die Sprache.

Diese geisteswissenschaftlich-philosophische Hermeneutik wurde weitgehend von der Theologie übernommen und hat von daher auf die Religionspädagogik

[10] Vgl. ebd., S.9f.
[10a] Vgl. A.Stock 1974, S.12.
[11] Vgl. dazu A.Grabner-Haider 1973, S.32.
[12] H.G. Gadamer ^{2}1965.
[13] Vgl. dazu E.Hufnagel 1976, S.77 und 90f.
[14] Vgl. A.Grabner-Haider 1973, S.33.

eingewirkt. Deshalb sollen noch einmal die Stichworte genannt werden, auf die es besonders ankommt: Verstehen/Interpretieren/Deuten – Geschichtlichkeit des Daseins – Bedeutung der Überlieferung bei der Frage nach dem Sinn – die Rolle der Sprache.

S. 127ff.

Bei der gerafften Darstellung der geisteswissenschaftlichen Hermeneutik wurden noch keine Hinweise auf Schwierigkeiten und nichtgelöste Probleme innerhalb dieser Hermeneutik und in bezug auf die Übernahme durch die Theologie gegeben. Das soll weiter unten geschehen.

Folgt man der Analyse der geisteswissenschaftlichen Hermeneutik, dann gibt es keine legitime Möglichkeit, sich der biblischen Überlieferung zu entziehen. Mit der spezifischen Wirklichkeit jeder Epoche ist sie eine Verbindung eingegangen. Durch diese "Wirkungsgeschichte" bestimmt sie auch unser gegenwärtiges Dasein. Auch die Schule kann auf diesen Teil in der Gesamtheit aller auf uns gekommenen Überlieferungen nicht verzichten. Wenn die gegenwärtige Wirklichkeit – die geschichtlich bedingt ist – verstehend bewältigt werden soll, ist Einübung in die Sprache der Überlieferung erforderlich. Dies gilt auch für die Sprache der biblischen Überlieferung. Es gilt in grammatikalischer wie in syntaktischer Hinsicht ebenso wie in bezug auf die spezifischen Inhalte.

Noch nicht angesprochen sind mit diesen Hinweisen u.a. zwei Probleme: Was hat zu geschehen, wenn zwischen der gegenwärtigen Wirklichkeit und der Geschichte samt ihren Traditionen eine unüberwindliche Kluft empfunden wird? Was hat zu geschehen, wenn eine "Horizontverschmelzung" zwischen damals und heute deshalb nicht gelingt, weil es zu einem Bedeutungsverlust der damaligen Sprache gekommen ist?

Die bisherige Betrachtungsweise der biblischen Überlieferung erfolgte mit Hilfe der von der geisteswissenschaftlichen Hermeneutik bereitgestellten Begrifflichkeit. Es ist eine Betrachtungsweise "von außen", bei der die biblische Überlieferung eine Überlieferung unter anderen ist. Eine Betrachtung "von innen", von den Texten des Alten und Neuen Testaments her, deckt ein unverwechselbares Verständnis von Wirklichkeit und Geschichte auf, das jedoch mit der "Außenbetrachtung" in eigentümlicher Weise korrespondiert. Von der ältesten Schicht des Alten bis zur jüngsten Schicht des Neuen Testaments präsentiert es sich als eine nie abreißende Traditionskette von Sachverhalten und Deutungen. Jeder Schritt in die Zukunft vollzieht sich im Rückgriff und unter Berufung auf vergangene Tradition. Selbst dort, wo das markanteste Ereignis, die Predigt, das Verhalten, das Handeln und das Geschick des Christus, entfaltet wird, geschieht dies unter Einbeziehung von Überlieferungen aus dem Alten Testament.

Besonders deutlich wird dies z.B. in der Leidensgeschichte und den Auferstehungsüberlieferungen, die bei allen Evangelisten durch explizite und implizite Anleihen aus dem Alten Testament gestaltet werden. Es kann sich dabei um wörtliche Zitate oder um die Übernahme von Motiven und Symbolen handeln.

Es ist allerdings zu sehen, daß der Rückgriff auf Vergangenes immer nur in Auswahl erfolgt. Nicht der ganze Umfang der Überlieferung erweist sich jeweils als fruchtbar und zukunftweisend. Es sind Teile der Überlieferung, die mit der jeweiligen Gegenwart ein neues Sinnganzes ergeben.

Am besten läßt sich dieser Vorgang an den Propheten verdeutlichen. Die großen Propheten beziehen sich häufig auf *eine* Tradition, z.B. nur auf die Zionstradition oder nur auf die Exodustradition, während andere Überlieferungen zurücktreten oder gar nicht erwähnt werden.

An die Stelle der Auswahl kann auch die schöpferische Kombination von Überlieferungselementen treten, die vorher noch nicht vollzogen worden war[14a].

Von Deuterojesaja ist bekannt, daß er die Exodus- und Schöpfungstradition miteinander verbunden und so eine Verkündigung eigener Art für seine Zeitgenossen geschaffen hat.

Mit den Beobachtungen zum "Traditionsgebaren" der biblischen Texte korrespondiert wiederum ein Bekenntnis, das in ihnen laut wird: Alles Geschehen wird so verstanden, daß Gott in ihm wirkt. Jede Hoffnung auf Zukunft entzündet sich aufgrund der *Rückerinnerung* an die Heilstaten Gottes.

Zusammenfassung

Wir fassen den ersten Begründungszusammenhang für die Notwendigkeit eines biblischen Unterrichtsansatzes zusammen:

1. Wenn schon unsere Wirklichkeit eine geschichtlich bestimmte ist, dann kann die biblische Überlieferung als Teil dieser Geschichte nicht ausgeblendet werden.
2. Wenn schon die Gegenwart verstehend bewältigt werden soll, dann kann ein spezifisches Geschichtsverständnis, wie es sich in den biblischen Texten bekundet, nicht ausgeklammert werden.
3. Der sich in den biblischen Texten bekundende Anspruch in bezug auf fundamentale Themen nötigt zur Auseinandersetzung.

[14a] A.Stock 1974, S.47, hat einleuchtend gemacht, daß im theologischen Bereich jeder neue Text durch Selektion und Kombination entsteht.

4.12
Die biblische Überlieferung als Legitimationshorizont für gegenwärtiges Handeln

Zu der im vorhergehenden Abschnitt entfalteten Begründung für die notwendige Repräsentanz biblischer Texte im Religionsunterricht der Schule muß eine weitere hinzutreten. Jedes gegenwärtige Denken und Handeln sucht nach einer Legitimation. Insbesondere im religiösen Bereich – ob nichtchristlich oder christlich – geschieht dies durch die Berufung auf Überlieferungen und Bräuche. In der Regel kann man davon ausgehen, daß diese Traditionen zu irgendeinem Zeitpunkt der Geschichte eine abschließende schriftliche Gestalt und dann ihre Sachwalter und Interpreten gefunden haben. Wahrscheinlich hat dieser Vorgang stattgefunden, um die jeweilige Glaubensgemeinschaft vor dem Verlust von Überlieferung zu bewahren. Mit der Bewahrung von Überlieferung ist zugleich eine Überlebenschance gegeben.

O Ziehen Sie bitte zum Vergleich die Primitivreligionen heran, bei denen der Vorgang der schriftlichen Niederlegung von Tradition nicht stattgefunden hat und die aus eben diesem Grund keine Überlebenschance haben!

Der Umgang mit dieser Tradition kann unterschiedlich gehandhabt werden. Er kann in geschichtsloser Wiederholung geschehen. Die Tradition wird dann zur "heiligen Norm". Mit dieser Art des Umgangs geht dann die zunehmende Wirkungslosigkeit dieser Überlieferung Hand in Hand. Der Umgang kann aber auch im dynamischen Prozeß der Annahme und Auswahl erfolgen. Eine vergleichende religionsphänomenologische Untersuchung würde sehr wahrscheinlich ergeben, daß im Bereich der jüdisch-christlichen Tradition diese Art des Umgangs vorherrscht. Auf keinen Fall können wir hinter diesen schriftlich fixierten Überlieferungsbestand zurück. P. Biehl und H.-B. Kaufmann haben in bezug auf die Bibel von dem "nicht hintergehbaren, aber rekonstruierbaren Interpretationshorizont"[15] für die theologische Auslegung von Erfahrung und Wirklichkeit gesprochen. Hinter diesen Horizont können wir nicht zurück, um z.B. qualitativ Besseres oder zeitlich Ursprünglicheres zu erreichen. Versuche in dieser Richtung haben lediglich Hypothesenwert von mehr oder weniger hoher Wahrscheinlichkeit. Wohl aber läßt sich zurückverfolgen, wie die biblischen Überlieferungen entstanden sind, welche Motive zur Erweiterung und Auswahl der Tradition beigetragen haben und mit welcher Intention einzelne Teile der Überlieferung geschrieben wurden. Wenn also christlicher Glaube sich legitimieren will, dann kann dies nicht unter Absehung jenes nicht hintergehbaren Horizonts geschehen.

[15] P.Biehl/H.-B.Kaufmann 1974, S.335.

O

> P. Biehl und H.-B. Kaufmann sprechen nicht ohne Grund von dem nicht hintergehbaren, aber rekonstruierbaren Horizont. "Horizont" ist ein Begriff, an dessen Bildhaftigkeit man sich den gemeinten Sachverhalt noch einmal verdeutlichen kann. Der Horizont ist eine Größe, die wir immer vor und hinter uns haben, gleichgültig, wohin wir sehen und wie auch immer wir unseren Standort verändern. Ihn nicht zur Kenntnis zu nehmen, ist mit erheblichen Anstrengungen verbunden. Hinter ihn gelangen können wir normalerweise nicht. Wenn dies doch geschieht, wie etwa in der Weltraumfahrt, dann ist es der Eintritt in ein unwirkliches Leben und nur für begrenzte Zeit möglich. Selbst dann können die Weltraumfahrer nicht der Erinnerung an den Horizont der Welt, aus der sie kommen, entgehen.

Sollte es jemand trotzdem anders versuchen, begibt er sich in die "Unwirklichkeit".
Dem Schüler muß im Religionsunterricht der Schule der Vorgang dieses Zurückgreifens auf Überlieferung durchschaubar gemacht werden. Er muß lernen, den Vorgang prüfend mitzuvollziehen, und fragen lernen, ob der Rückgriff zu Recht geschieht. Er muß aber auch erkennen und beurteilen können, worauf hier zurückgegriffen wird. Diese Fähigkeiten kann er nur an Texten und Überlieferungssträngen entwickeln, nicht durch den unkritischen Konsum von Meinungen über diese Tradition.

4.13
Der individuelle Dialog des Schülers mit der biblischen Überlieferung

Jede Tradition wird durch ihren Inhalt unverwechselbar. Diese Feststellung ist eine anthropologische Selbstverständlichkeit. Überlieferungen werden durch Sprache weitergegeben. Wenn von jedem Menschen gilt, daß er seine ureigenste Individualität besitzt, dann gilt das in gleicher Weise von den mit Hilfe der Sprache vermittelten Traditionen. Schon aufgrund dieser sehr verallgemeinernden Feststellung ist "die biblische Überlieferung nicht so gut wie jede andere"[16]. Es gibt einen unterschiedlichen Grad von Wichtigkeit in den Themenstellungen. Daß die biblische Überlieferung fundamentale Themenstellungen enthält, ist kaum ernsthaft zu bestreiten.

> Etwas anderes ist es, ob ein einzelner oder die Mehrheit in einer Gesellschaft sie für sich selbst übernehmen.

Trotz aller Vielfalt und trotz aller erkennbaren geschichtlichen Wandlungspro-

[16] Gegen G. Otto/H. Rauschenberger 1972, S. 222. A. Stock 1974, S. 59, spricht von den "Textindividualitäten".

zesse, die sich innerhalb der biblischen Überlieferung vollzogen haben, wird in ihr ein gleichbleibender Anspruch durchgehalten. Wer auch immer sich verstehend um die gegenwärtige Wirklichkeit bemüht, kann an einem solchen vorhandenen Anspruch nicht vorübergehen. Das Zusammentreffen von unverwechselbarem Inhalt, von fundamentalen Thematisierungen, von Anspruch und Wirkungsgeschichte erfordert eine intensive Beschäftigung im Sinne der schon mehrfach erwähnten wechselseitigen Erschließung der Tradition für den Schüler und des Schülers für diese Tradition. Durch den intensiven, an seinem Bedarf orientierten Lernprozeß sollte der Schüler instand gesetzt werden, seinen individuellen Dialog mit der biblischen Überlieferung zu führen. Dieser Dialog, der die Bereiche des Erkennens, Verhaltens und Handelns umfaßt und die Möglichkeit der Ablehnung einschließt, sollte nicht vorab durch ideologisierte didaktische Vorentscheidungen erledigt werden.

O Eine solche Vorentscheidung über den Kopf des Schülers hinweg würde dann getroffen, wenn folgende Sätze aus den Mainzer Grundschulthesen für alle Schulstufen Anwendung fänden: "... daß biblische Texte nicht prinzipiell aus dem Unterricht ausgeschlossen werden müssen ... Denn auch die biblische Tradition hat keinen Eigenwert ... Ist der Umweg über den biblischen Text nötig zur Erhellung der Situation des Kindes ... ?"[17]

Der Umgang mit den Texten selbst ermöglicht es dem Schüler, sich zur geistigen Ursprungssituation der Texte hindurchzufragen[18]. Er gewinnt damit bereits Kriterien für die Beurteilung der Wirkungsgeschichte des christlichen Glaubens und für den Legitimationsvorgang, bei dem in gegenwärtigen Situationen die vergewissernde Rückfrage an die biblische Überlieferung erfolgt. Die Didaktik des biblischen Unterrichts muß auf die Ermöglichung dieses Dialogs unter optimalen Bedingungen ausgerichtet sein. Die Auswahl und Anordnung der biblischen Überlieferung muß so erfolgen, daß die Erschließung zentraler Inhalte gewährleistet ist und eine Transferierung in die eigene Existenz des Schülers jetzt oder später möglich wird.

O Das Argument, biblische Texte seien von vornherein sprachlich so schwer und inhaltlich so unverständlich, daß der Schüler damit zu verschonen oder nur mit einer radikal reduzierten Form der Überlieferung zu behelligen sei, verfängt nicht. Man bedenke, wie schwer viele Texte gerade der modernen und modernsten Literatur sind. Ihre unterrichtliche Erschließung ist nicht weniger mühevoll als die vieler Teile der biblischen Überlieferung. Niemand wird ernsthaft auf die Idee kommen, im Deutschunterricht nur noch "leicht verständliche" Texte oder Trivialliteratur zu behandeln.

[17] Vgl. G.Otto/H.Rauschenberger 1972, S.222f.
[18] Vgl. H.K.Berg 1972, S.10. Vgl. auch Ch.Goldmann ^{2}1976.

Die Überlegungen werden vielmehr dahin gehen, welches didaktische Arrangement erforderlich ist und welche entwicklungspsychologischen Voraussetzungen zu beachten sind, um der jeweiligen sprachlichen Schöpfung und dem Schüler zur Begegnung zu verhelfen. In bezug auf die Inhalte wird manches nicht "in" sein. Ist es deshalb von vornherein weniger fundamental? Sollte auch hier vorab entschieden werden, daß der Schüler aufgrund bestimmter gesellschaftlicher und geistiger Trends mit bestimmten Dimensionen des Daseins und bestimmten Aspekten ihrer geistigen Bewältigung nicht konfrontiert werden dürfe oder könne? Der Umstand, daß didaktisch-methodische Bemühungen keine Garantie auf "Erfolg" haben oder durch die genannten Umstände sehr erschwert werden, kann keine Rechtfertigung für pädagogische Resignation sein!

4.14
Der Unterricht in biblischer Überlieferung und der problemorientierte Unterrichtsansatz

Die bisherigen Abschnitte begründen, warum der biblischen Überlieferung eine entscheidende Rolle im Religionsunterricht der Schule zufällt. Sie reichen noch nicht aus, um einen eigenen Unterrichtsansatz in biblischer Überlieferung neben anderen Ansätzen im Rahmen einer Gesamtkonzeption von Religionsunterricht zu rechtfertigen. Das kann geschehen, indem die Defizite eines nur "problemorientierten" Religionsunterrichts aufgezeigt werden. H.K. Berg hat in seinem "Plädoyer für den biblischen Unterricht"[19] in Form von offenen Fragen auf die Gefahren und Probleme eines einseitig problemorientierten Unterrichtsansatzes hingewiesen.

Erste Frage

"Ist diese Rückfrage (sc. des problemorientierten Ansatzes) auf die Tradition, die ja als Interpretation von geprägter Sprache stets von bestimmten hermeneutischen und exegetischen Vorentscheidungen, Fragestellungen und Methoden geleitet ist, für den Schüler in ihren Voraussetzungen durchschaubar? Wäre das nicht der Fall, müßte die Berufung auf Jesus als nicht hinterfragbar, nicht kritisierbar und ideologisch bezeichnet werden".

S. 108f.

Auf das Legitimationsproblem, insbesondere im Bereich der jüdisch-christlichen Überlieferung wurde schon in Abschnitt 4.12 hingewiesen.

Dem Schüler müssen Rückgriff und schöpferische Aneignung der Überlieferung durchschaubar gemacht werden. Er muß aber auch in

[19] H.K. Berg 1972, S. 6ff.

den Stand gesetzt werden, zwischen legitimen und nicht legitimen Rückgriffen (d.h. solchen, die der Gesamtintention der Überlieferung in ihrer Ursprungssituation total widersprechen) unterscheiden lernen. Das gilt insbesondere im Blick auf die positive und negative Wirkungsgeschichte dieser Überlieferung.

Zweite Frage

"Kommt bei dem immer nur punktuellen Rückbezug auf einzelne Stellen der biblischen Tradition (sc. im "problemorientierten" Ansatz) ihre Geschichtsbezogenheit angemessen zur Geltung? Trocknet möglicherweise die geschichtliche Dynamik des AT und NT in einen dünnen Kanon von "Kernstellen" zusammen? – Ein Verfahren, das in der Religionspädagogik zu Recht kritisiert worden ist."

S. 106 f.

Auf die eigentümliche Korrespondenz zwischen der geschichtlich bestimmten, gegenwärtigen Wirklichkeit und dem "Traditionsgebaren" der biblischen Überlieferung wurde bereits im Abschnitt 4.11 hingewiesen.

Das Verfahren, die Bibel als Kanon von Belegstellen zu behandeln, die herangezogen werden, um bestimmte Aussagen zu untermauern, ist sehr alt. In dieser Weise wurde in der Alten Kirche, im Mittelalter, in der nachreformatorischen Orthodoxie – um nur einige Beispiele zu nennen – überhaupt in der evangelischen und katholischen Theologie bis ins 20. Jahrhundert hinein Dogmatik betrieben. Dieses Verfahren wurde u.a. von Luther durchbrochen, der sich als Professor für biblische Theologie fortlaufend mit der Auslegung biblischer Schriften beschäftigte und auf diese Weise bestimmte Entdeckungen machte. Das "Belegstellenverfahren" ist immer wieder ins Normative abgeglitten und hat dann eine echte Begegnung mit der Überlieferung und horizonterweiternde Entdeckungen verhindert.

Daß Bibelstellen in manchen Unterrichtsmodellen in der beschriebenen Weise verwendet werden, nährt den Verdacht, daß sie zur Stützung neuer Dogmen und Ideologien herhalten müssen – ein Verdacht, der sorgfältig überprüft werden muß[20].

Dritte Frage

"Besteht nicht die Gefahr, daß bei der Beschränkung des biblischen Unterrichts auf die Einbeziehung einzelner Bibeltexte in thematische (sc. "problem-

[20] Von daher ist G. Kittel zuzustimmen, wenn sie – etwas pauschal freilich – behauptet, "anstelle der vermeintlichen christlichen Indoktrination geschieht von nun an wirkliche Indoktrination durch die nicht mehr hinterfragten Wertsetzungen und Normen, die der jeweilige Zeitgeist propagiert", in: I. Baldermann/G. Kittel 1975, S. 50.

orientierte") Unterrichtseinheiten die biblische Tradition in ihrer Aussage verkürzt wird, indem man sie nur instrumentell auslegt?"

S. 80 und S. 88

Auf das fragwürdige Verfahren, gegenwärtige Wirklichkeit und biblischen Text "kurzzuschließen", wurde schon in Kapitel 3 hingewiesen.

Bei dem geschilderten "Kurzschlußverfahren" werden biblische Texte häufig in einer Weise verwandt, als hätte es nie eine historisch-kritische Exegese gegeben, die sich um eine Rekonstruktion des "nicht hintergehbaren Horizonts" bemüht hat. Mit Recht bemerkt S. Daecke[21]: "Damit sind wir wieder zurückgefallen in den naiven, unkritischen Bibelgebrauch früherer Jahrhunderte, es entsteht ein Neo-Biblizismus und Neo-Dogmatismus, der die Bibel wie einst als Steinbruch für den Bau des früher autoritär-dogmatischen, heute pädagogisch-emanzipatorischen eigenen Gebäudes ge- oder besser mißbraucht. Es ist, als ob es die letzten hundert Jahre historisch-kritischer Forschung und Formgeschichte überhaupt nicht gegeben hätte. Sind alle Erkenntnisse der biblischen Wissenschaften vergessen worden?"

Wer so mit biblischen Texten verfährt, denkt und handelt ungeschichtlich. Wir gehen dabei davon aus, daß die historisch-kritische Exegese nicht von vornherein destruktiv ist, sondern trotz gelegentlich abseitiger Hypothesen in nie dagewesenem Maß dazu beigetragen hat, daß innerhalb der biblischen Tradition Entdeckungen gemacht und Zusammenhänge aufgedeckt wurden, die didaktisch fruchtbar gemacht werden können.

These	Die Bezugsdisziplin für denjenigen Unterrichtsansatz, der bei der biblischen Überlieferung einsetzt, ist die alt- und neutestamentliche Exegese sowie die biblische Theologie.

S. 132ff.

H.K. Berg[22] plädiert für einen Unterrichtsansatz von der Bibel her unter dem Gesichtspunkt der Wirkungsgeschichte. Ob dies in der von ihm vorgeschlagenen Weise möglich ist, muß in Kapitel 5 untersucht werden.

Zusammenfassend kann man sagen: Ein eigener Unterrichtsansatz bewahrt die biblische Überlieferung vor einer Entmündigung durch unangemessene Zielsetzungen!

[21] S. Daecke, a.a.O. S. 21.
[22] H.K. Berg 1972.

4.15
Die biblische Überlieferung und andere religiöse Überlieferungen

Es wurde bereits darauf hingewiesen, daß sich durch die Forderung nach einem dreifachen Unterrichtsansatz in fortlaufender Verschränkung eine Dominanz biblischer Texte ergibt. Diese quantitative Gewichtung wird Kritiker auf den Plan rufen, die von Vereinnahmung des Schülers sprechen. Eine solche Gewichtung muß nicht von vornherein ihre Ursache in Ignoranz und Intoleranz haben. Sie beruht vielmehr darauf, daß dem Einbringen nichtchristlicher und außerbiblischer Überlieferungen in den Religionsunterricht Grenzen gesetzt sind. Aufgrund der gesellschaftlichen Situation ist der Religionslehrer gezwungen, andere religiöse Überlieferungen stellvertretend für jene Gemeinschaften einzubringen, in denen sie entstanden sind. Sofern sie dem abendländischen Kulturkreis zuzurechnen sind, ist der im Religionsunterricht erforderliche Dialog mit ihnen zwar nicht leicht, aber zu bewältigen. Ein Zusammenhang mit der uns bekannten Geschichte ist vorhanden, die Denkvoraussetzungen aufgrund des gemeinsamen Kulturhorizonts sind die gleichen. Die sprachlichen Äußerungen können mit dem uns bekannten hermeneutischen Instrumentarium erschlossen werden. Bei Religionen und Philosophien anderer Kontinente und Kulturkreise wachsen die Probleme ins Unermeßliche. Das geschichtliche, soziologische, religiöse Umfeld ist ein total anderes. Dem Verstehen sind Grenzen gesetzt, wenn es nicht in diesem Lebenszusammenhang steht. Das Problem verschärft sich bei religiösen Texten. Sie erwachsen aus praktizierter Frömmigkeit, die wir nicht teilen, allenfalls zur Kenntnis nehmen können. Dadurch entsteht die Nötigung, im Unterricht überwiegend Textmaterial einbringen zu müssen. Vorhandene Medien können helfen, sind aber in der Regel von “Außenstehenden” produziert. Materialien und Medien werden mit einem hermeneutischen Instrumentarium “behandelt”, das an Texten des abendländischen Kulturkreises entwickelt wurde. Von Menschen, die sich dem Hinduismus, dem Buddhismus, dem Islam, ja sogar solchen, die sich dem Judentum zurechnen, werden diese Methoden als unangemessen empfunden[23]. In Abwandlung eines Zitats von A. Stock könnte man sagen: Wer wissen will, was ein Buch, ein Text, eine Überlieferung ist, muß zuerst wissen, wie es gelesen worden ist und gelesen wird[24]. Um dieses Problem kümmern wir uns in der Regel schon bei den aus unserem kulturellen und religiösen Umfeld kommenden Überlieferungen nicht genügend,

[23] Diese Empfindung hat mit einem Umstand zu tun, auf den A.Stock (1974, S.40f.) hingewiesen hat: “Texte existieren nicht für sich und bilden auch nicht für sich eine geschlossene Textgesellschaft quer durch alle Zeiten, sondern sie sind sprachliche Komponenten “kommunikativer Handlungsspiele”, die sich zwischen Adressanten und Adressaten in bestimmten Situationen abspielen. Sie sind eingebettet in konkrete Umstände der menschlichen Lebens- und Verhaltenspraxis. Sie sind verankert in geschichtlichen Situationen und deren soziokulturellen Determinanten. Mit dieser Dimension befaßt sich die Textpragmatik (sc. im Gegensatz zur Textsemantik)”.

[24] Ebd. S.39.

noch weniger bei denen anderer Kulturen und Religionen. Ist es nicht eine unerhörte Anmaßung und ein Zeichen von Intoleranz, die wir den Schülern gleichsam automatisch mitvermitteln, wenn wir glauben, mit diesen "fremden" Überlieferungen in der *uns* gewohnten Weise verfahren zu können?

O Als in den 60er Jahren die "Krise des Religionsunterrichts" ausbrach, wurde von Schülern der Sekundarstufe I und II häufig die "Behandlung" von Weltreligionen im Religionsunterricht gefordert. Dies geschah offensichtlich in der Erwartung, daß dadurch der Religionsunterricht "offener" und toleranter würde.
Viele Religionslehrer haben die Erfahrung gemacht, daß beim Eingehen auf diese Schülerwünsche über kurz oder lang die gleichen Ermüdungserscheinungen wie beim rein bibelorientierten Unterricht herkömmlicher Prägung auftraten. Dieser Vorgang kann letztlich seine Ursache nur darin haben, daß es zu einer echten Erschließung der Überlieferungen aus jenem anderen Bereich nicht gekommen ist, allenfalls zu einer Information "über" andere Religionen aus der Sicht von Außenstehenden.

Der Unterrichtsansatz, der von der biblischen Überlieferung ausgeht, kann zu unterschiedlichen Zielsetzungen gebraucht bzw. mißbraucht werden. Er kann versuchen, die Schüler auf das Gewohnte und Bekannte zu fixieren und alles andere fernzuhalten. Er kann aber auch durch eine umsichtige offene Einübung in die biblische Überlieferung den Schülern dazu verhelfen, sich an das total Fremde und Andere heranzutasten. Er kann sie sensibel machen für die Schwierigkeiten, die sich bei der Annäherung und den Erschließungsversuchen in bezug auf Weltreligionen ergeben.

4.2
Wozu Unterricht in biblischer Überlieferung als eigener Unterrichtsansatz?

Im vorhergehenden Abschnitt wurde die Frage gestellt, warum biblischer Unterricht als eigener Unterrichtsansatz neben anderen notwendig ist. Es ging um die Begründungszusammenhänge für einen solchen Ansatz im Gesamtgefüge von Religionsunterricht. Dieser Abschnitt fragt nach möglichen Zielsetzungen, die mit einem solchen Unterrichtsansatz verbunden sind.

Realschullehrerin S (38 Jahre, Fächer: Englisch, Sport, Religion, abgeordnet zum Gymnasium):
hat an einer religionspädagogischen Fortbildungsveranstaltung für die Sekundarstufe I mit dem Thema "Der Stellenwert der Bibel im

Religionsunterricht" teilgenommen. Sie berichtet – fast verstört und gänzlich verwirrt – von den Diskussionsbeiträgen während der Tagung. Sie hätten – nach Aussage von Frau S – eine deutliche Tendenz zu hämischer Schadenfreude über das angebliche Scheitern des problemorientierten Religionsunterrichts gezeigt nach dem Motto, "man habe es ja schon immer gewußt und solle jetzt zu altbewährten Formen biblischen Unterrichts zurückkehren". Die in diesem Zusammenhang vorgebrachten Zielvorstellungen hätten dabei ungebrochen an die religionspädagogischen Vorstellungen der 50er und früheren Jahre angeknüpft. Nebenbei: Frau S ist voll vertraut mit der Curriculumdiskussion der letzten Jahre. Das Fach Religion hat sie aus sehr existentiellen Gründen nachgemacht und sich intensiv mit Problemen der gegenwärtigen Theologie sowie den didaktischen Fragen dieses Faches beschäftigt.
Ein längeres Gespräch mit Frau S mündete in eine Analyse des Tagungsgeschehens (altersmäßige Zusammensetzung, Ergebnisse der Gruppenarbeit usw.) und in die Schlußfolgerung, daß Frau S in eine Gruppe von Kollegen geraten war, die sich in ihrer überwiegenden Mehrheit der religionspädagogischen Entwicklung der letzten Jahre theoretisch und unterrichtspraktisch verweigert hatte. Durch das neuerwachte Interesse am biblischen Unterricht versuchten sie auf den fahrenden Zug der Religionspädagogik wieder aufzuspringen.

Wer aufgrund des wiedererwachten Interesses am biblischen Unterricht versucht, die religionspädagogische Entwicklung der letzten zehn Jahre zu übergehen, übersieht ein wesentliches Problem des Unterrichtsansatzes, der von der biblischen Überlieferung ausgeht.

Problemanzeige

Das schüchterne, aber unübersehbare Interesse am biblischen Unterricht erklärt sich bei den Schülern durch die seit längerer Zeit anhaltende Abstinenz in Sachen Bibel und durch den Überdruß an den bedauerlichen, aber unvermeidbaren Kinderkrankheiten des problemorientierten Religionsunterrichts. Trotzdem bleibt es eine schwierige Aufgabe, Schüler für die biblische Überlieferung zu *motivieren.* Sie liegt in ihrem Ursprung weit zurück. Im allgemeinen gesellschaftlichen Bewußtsein hat sie einen Bedeutungsverlust erlitten. Sie ist in vielfacher Hinsicht fremd geworden. Es geht darum, die biblische Überlieferung aus ihrer *Entfernung* und ihrer *Entfremdung* herauszuführen, so daß sie wieder "Sinn mitteilt"[25]

Doch zuvor einige Fragen . . .

[25] In Auseinandersetzung mit H.G.Gadamer hat E.Schillebeeckx auf diese Aufgabe hingewiesen, in: ders. 1971, S.30f.

Zur Selbstüberprüfung

Die folgenden Fragen gehen davon aus, daß Sie von der Notwendigkeit eines Unterrichts in biblischer Überlieferung überzeugt sind.

1. Was verstehen Sie unter einem biblischen Lehrgang? Versuchen Sie eine Definition!

2. Was sollte nach Ihrer Meinung mit Lehrgängen in biblischer Überlieferung erreicht werden? Versuchen Sie Zielvorstellungen zu entwickeln!

3. Welchen didaktischen Ort und Stellenwert haben biblische Lehrgänge im Rahmen einer Gesamtkonzeption von Religionsunterricht?

4. Welche methodischen Möglichkeiten sehen Sie für das Einbringen der biblischen Überlieferung im zeitlichen Ablauf des Lernprozesses?

5. Nach welchen Kriterien sollten die Themen für biblische Lehrgänge gefunden und die Inhalte ausgewählt werden?

4.21
Das Aufsuchen fundamentaler Sachverhalte

Innerhalb der biblischen Überlieferung kommen fundamentale Sachverhalte des Mensch- und Weltseins zur Sprache. Es handelt sich entweder um Sachverhalte, die der Mensch immer schon vorfindet, oder um solche, die ihm widerfahren.

> Dazu gehören z.B. die Geschichtlichkeit und die Vergänglichkeit, aber auch Tod und Leid.

Es sind Sachverhalte auf der “Objektseite”. Auf seiten des Menschen gibt es immer wiederkehrende Reaktionen auf diese Vorgegebenheiten und Widerfahrnisse. Es sind Erfahrungen auf der “Subjektseite”. *Widerfahrnis* und *Erfahrung* stehen in ständiger Wechselbeziehung und machen zusammen jene Grundstrukturen menschlichen Seins aus, auf die wir immer wieder stoßen. In der biblischen Überlieferung schlägt sich – infolge des langen Zeitraums, in dem sie entstanden ist – der geschichtliche Wandel nieder. Es gibt immer neue Ausprägungen dieser fundamentalen Sachverhalte.

> Diese fundamentalen Sachverhalte haben sich in bestimmten Motiven, literarischen Gattungen, Traditionssträngen usw. niedergeschlagen, z.B. im Exodusmotiv, in Auditionen und Visionen der Propheten, in den Reich-Gottes-Gleichnissen usw. Es kann dabei spezifisch alt- und spezifisch neutestamentliche Sachverhalte geben. Die fundamentalen Sachverhalte der biblischen Überlieferung unterscheiden sich von den fünf fundamentalen Grundsymbolen (vgl. S. 99 ff.) wie die biblische Theologie des Alten und Neuen Testaments von der systematischen Theologie. Bei den fundamentalen Sachverhalten der alt- und neutestamentlichen Überlieferung geht es um *gemachte* Erfahrungen und Deutungen, die in ihrer geschichtlichen Entwicklung erkennbar vor uns liegen. Bei den fundamentalen Grundsymbolen geht es darum, daß wir in Anbetracht vielfältiger Phänomene der Gegenwart zu einer Deutung *kommen* aufgrund einer systematisierten Zusammenschau der alt- und neutestamentlichen Überlieferung.

Konstitutiv für die biblische Überlieferung ist – im Gegensatz zu anderen Überlieferungen –, daß diese fundamentalen Sachverhalte eine *theologische Deutung* erfahren und damit *neue Erfahrungen* beim Menschen auslösen[26]. Auch dieser Deute- und Erfahrungshorizont hat immer neue geschichtliche Ausprägungen erfahren.

[26] I. Baldermann 1975, S. 149, engt das “Fundamentale” ein auf die Erfahrung der personalen Wirklichkeit Gottes. Diese Aussage muß m.E. unter Einbeziehung der geschichtlichen Vielfalt der biblischen Überlieferung und aufgrund unserer Kenntnisse über das Zustandekommen dieser Überlieferung sorgfältig differenziert werden.

O Vergleichen Sie bitte in diesem Zusammenhang die beiden Schöpfungsüberlieferungen in Genesis 1 und 2! Sie sind zu verschiedenen Zeiten entstanden und beinhalten ein in ihren Ausprägungen unterschiedliches Welt- und Menschenbild. Auch ihr theologischer Deutehorizont ist nicht einfach identisch.

Trotz aller geschichtlichen Vielfalt ist keineswegs alles beliebig oder relativ. Durchgehalten wird die von Gott ausgehende Zuwendung zur Welt und zum Menschen und die Inanspruchnahme beider. Das Zusammenfallen bestimmter Momente dieser Zuwendung und Inanspruchnahme läßt den Gott der biblischen Überlieferung deutlich erkennbar und unverwechselbar aus dem Umfeld anderer Überlieferungen hervortreten. Was von ihm gesagt wird, relativiert einerseits alle Machtansprüche, die von Menschen auf Menschen erhoben werden, potenziert aber auch die Mitverantwortung des Menschen. Der Gott der biblischen Überlieferung handelt nicht ohne den Menschen, aber doch auch durch menschliches Versagen hindurch.
Ziel des Unterrichtsansatzes, der von der biblischen Überlieferung ausgeht, müßte es sein, fundamentale Sachverhalte samt dem konstitutiv zu ihr gehörenden Gottesbezug aufzuspüren. Es sollte sich dabei nicht nur um solche handeln, die von der gegenwärtigen Wirklichkeit her bekannt, verständlich und zugänglich sind, sondern auch um solche, die über gängiges gegenwärtiges Denken hinausgehen oder ihm widersprechen (z.B. Schuld und Vergebung, Rechtfertigung aus Gnaden usw.). Es geht darum, auch verborgene und verdrängte Aspekte der Wirklichkeit ans Licht zu holen[27].

These	Durch das Aufspüren fundamentaler Sachverhalte und ihrer theologischen Deutung soll der Unterrichtsansatz, der von der biblischen Überlieferung ausgeht, dem Schüler zu einer Horizonterweiterung, evtl. zu einer Horizontveränderung verhelfen.

Der Unterricht in biblischer Überlieferung könnte den Schüler über eingeschliffene Denk- und Handlungsschemata hinausführen, zumindest aber auf solche aufmerksam machen, die nicht im Rahmen des Üblichen liegen[28]. "Schülerorientierung" im Unterricht bedeutet auf keinen Fall, bei dem stehen zu bleiben, was der Schüler ohnehin weiß oder von sich aus zum Unterricht beitragen kann.

[27] Auf diesen Gesichtspunkt weist mit Nachdruck I. Baldermann hin, 1975, S. 147f.

[28] Vgl. dazu die Ausführungen von K. Wegenast in seinem Aufsatz "Tradition", 1972, S. 154.

In der Klasse 10 eines Gymnasiums wird nach vierjähriger Pause wieder Religionsunterricht erteilt. Lehrermangel und der in den Klassen 7 und 8 liegende kirchliche Unterricht waren die Gründe für den langen Unterrichtsausfall. Der Religionslehrer, der den Unterricht wieder aufnimmt, versucht, seinen Unterricht mit den Schülern zu planen, und fragt nach Themenwünschen. Ergebnis: Die Schüler nennen nur Themen, die ihnen von ihrem Unterricht aus Klasse 6 noch in Erinnerung sind. Es fällt ihnen "nichts Neues" ein! Das liegt zunächst sicher daran, daß es nicht leicht ist (und wenig erprobte Verfahren gibt), aus den Schülern die Probleme herauszulocken, die sie wirklich angehen. Der Vorgang zeigt aber auch, daß gelegentlich Themenanstöße kommen müssen, die außerhalb "ihres Horizonts" liegen, aber durch intensive Beschäftigung als sie angehende Themen ergriffen werden.

Ein Unterrichtsansatz, der bei der biblischen Überlieferung ansetzt, rechnet damit, daß von dieser Überlieferung – richtig erschlossen – eine erstaunliche Wirkung ausgeht.
Wenn das vorrangige und zentrale Ziel des biblischen Unterrichtsansatzes die Erschließung fundamentaler Sachverhalte ist, dann unterliegt dieser Unterrichtsansatz selbstverständlich ebenso wie jeder andere Unterrichtsansatz der Kategorie der Problemorientiertheit. Fundamentale Sachverhalte lassen sich nur als Probleme thematisieren mit dem Ziel, sie und den Schüler zur wechselseitigen Erschließung zu bringen[29].

Vergleichen Sie dazu bitte noch einmal den Abschnitt über die Kategorie der Problemorientiertheit in Kapitel 2!

S. 62ff.

4.22
Die Elementarisierung fundamentaler Sachverhalte

Die biblische Überlieferung, die fundamentale Erfahrungen enthält, ist aufgrund dieses Inhalts nicht "toter Stoff", Text"material", das beliebigen Zielsetzungen dienstbar gemacht werden kann. Erfahrungen haben immer einen Wirklichkeitshintergrund[30], der nicht einfach aus dem Gedächtnis getilgt werden kann[31]. Im

[29] P.Schladoth, der im Zusammenhang von Kapitel 2 genannt wurde, hat in seinem Aufsatz "Überlegungen zur didaktischen Struktur des Religionsunterrichts" (1973, S.484 und 488) mehrfach darauf hingewiesen, daß Überlieferung nicht um ihrer selbst willen thematisiert werden darf, sondern an dem Maßstab der grundsätzlichen Problemorientiertheit des Religionsunterrichts zu messen ist.
[30] Vgl. dazu G.Röckel 1973, der u.a. als Lernziel nennt, "die Schüler sollen lernen, in den Texten nicht nur bloße formale Sprachgebilde zu sehen, sondern die sprachlich vermittelte Wirklichkeit . . . "
[31] K.Wegenast spricht von einem Vorurteil, wenn Versuche unternommen werden, Tradition als "toten Buchstaben" zu bezeichnen, in: Tradition, 1972, S.154.

Blick auf eine Wirklichkeit ist nach wie vor der einzig angemessene Begriff der der Begegnung[32]. Begegnung ermöglicht Dialog und Auseinandersetzung. Zur Begegnung im Unterrichtsprozeß kann es nur kommen, wenn die fundamentalen Sachverhalte elementarisiert werden. In Anlehnung an diesen von W. Klafki[33] entfalteten didaktischen Grundbegriff soll in diesem Zusammenhang Elementarisierung verstanden werden als eine Form des *Transferierens* in durchschaubare, "einfache" Sach- und Sinnzusammenhänge, damit "Kind und Gegenstand sich verhaken können". Im Elementaren wird, wie in einer Linse zusammengefaßt, das Umfassendere sichtbar[34].
Jede Fachdidaktik hat ihre Elementaria, die das Elementare signalisieren. W. Klafki versteht darunter u.a. "Gesetze, Typen, Strukturen, Symbolgehalte, Werterfahrungen, Regeln, Formen, Methoden, Prinzipien, geschichtliche Wirkungszusammenhänge", die für ein bestimmtes Fach Bedeutung haben[35]. Übertragen auf die Religionspädagogik und in unserem Fall speziell für den Unterrichtsansatz, der von der biblischen Überlieferung ausgeht, gilt es, "Schlüsselbegriffe" aufzusuchen, die für die Überlieferungsschichten und -formen des Alten und Neuen Testaments charakteristisch sind[36].

O Zu solchen Schlüsselbegriffen gehören z.B. Evangelium, Bund, Heil, Nachfolge, Berufung, aber auch Gleichnisrede, Botenspruch usw. An der Bundesvorstellung des Alten Testaments wird z.B. das Umfassendere, die Erfahrung der Zuwendung Gottes zum Menschen und seine Inanspruchnahme, in charakteristischer Weise deutlich.

[32] Obwohl der Begriff der "Begegnung" im Rahmen einer bestimmten Bildungstheorie eine große Rolle spielt, ist er geeignet, die Vorläufigkeit, die jeder Theorie eignet, hinter sich zu lassen. G. Kittel nennt den Grund: Es handelt sich um einen Begriff aus dem personalen Bereich. "Er beschreibt jenes unableitbare Geschehen, in dem Menschen, statt aneinander vorüberzugehen, dazu kommen, sich füreinander zu öffnen, so daß zwischen ihnen ein lebendiger Austausch, ein wechselseitiges Geben und Nehmen, entsteht, welches nicht in Unterwerfung des einen und Herrschaft des anderen endet, sondern beide bereichert" (G. Kittel 1975, S. 125 f.).

[33] W. Klafki ^{9}1967, S. 122.

[34] Elementarisierung als biblische Kategorie ist immer in Gefahr, mit "Simplifizierung" verwechselt zu werden. Letzteres bedeutet Verfälschung und Verkürzung des in Frage stehenden Sachverhalts. G. Kittel hat darauf hingewiesen, daß dieser Vorgang in der Regel dadurch zustandekommt, daß ein Sachverhalt sofort in ein gängiges mitgebrachtes Schema eingeordnet wird (G. Kittel 1975, S. 126 f.).

[35] W. Klafki ^{9}1967, S. 122.

[36] Auf die Erarbeitung der Schlüsselbegriffe beim Elementarisierungsvorgang hat I. Baldermann hingewiesen (1975, S. 149). W. Langer nennt als eines der Lernziele des Bibelunterrichts "Zentrale, bzw. immer wiederkehrende Begriffe und Bilder der Bibel kennen und deuten" (1975, S. 28).

4.23
Die Erschließung fundamentaler Sachverhalte an exemplarischen Fällen

Zur Elementarisierung fundamentaler Sachverhalte gehört – seit dieses Prinzip entwickelt wurde – die Kategorie des Exemplarischen. Im vorhergehenden Abschnitt wurde Elementarisierung als Transferierungsvorgang beschrieben. Ein solcher Vorgang vollzieht sich an exemplarischen Fällen, also beispielhaft an bestimmten Überlieferungssträngen, Textgruppen oder Gestalten.

Ein exemplarischer Textstrang könnte z.B. die Urgeschichte (Genesis 1–11) sein, eine Textgruppe die Gleichnisse, eine Gestalt Abraham, der leidende Gottesknecht u.a.

These Durch die Elementarisierung fundamentaler Sachverhalte aufgrund von exemplarischen Fällen soll der Horizont biblischer Überlieferung so an den Schüler "herangerückt" werden, daß es zu einer Horizontverschmelzung kommen kann.

Den Vorgang der Horizontverschmelzung, den H.G. Gadamer als Ziel aller hermeneutischen Bemühungen um die Überlieferung ansieht[37], kann man sich mit einem Beispiel – das wie immer auch "hinkt" – aus dem Bereich der Fotografie deutlich machen. Vergleichen Sie zwei Fotografien, die sowohl Vordergrund als auch Hintergrund haben! Die eine ist eine "Normalaufnahme", die andere mit Teleobjektiv hergestellt. Bei der Aufnahme mit Normalobjektiv bleibt der Hintergrund entfernt und undeutlich verschwommen, bei der Aufnahme mit Teleobjektiv wird der Hintergrund "herangeholt", und es entsteht eines jener Bilder, deren Schönheit wir bewundern, weil auch der Vordergrund in einem neuen Licht erscheint.

Bei der Auswahl der "exemplarischen Fälle" muß immer mit im Auge behalten werden, daß sie auch ein Licht werfen sollen auf die Probleme der gegenwärtigen Wirklichkeit, von denen der problemorientierte Ansatz ausgeht. Sie sollen ihn qualifizierter machen und verhindern helfen, daß er im Politik-, Sozialkunde- oder anderem Unterricht versandet, der im übrigen besser bei den kompetenteren Fachkollegen aufgehoben ist.

37 H.G. Gadamer ^{2}1965, S. 289f.

4.24
Der Erwerb von Frage- und Sprachkompetenz

Fern und fremd ist die biblische Überlieferung in vielen Teilen für den heutigen Schüler. Das gilt sowohl von ihren Inhalten als auch von der Sprache, die diese Inhalte vermittelt. Mit dem Vorgang der Elementarisierung, der sich um Aufhebung dieser Entfernung und Entfremdung bemüht, müssen beim Schüler Fertigkeiten im Umgang mit dieser Sprache erworben werden. Die wissenschaftlichen Methoden der Texterschließung gewinnen erhöhte Bedeutung für den Didaktiker. Nach dem gegenwärtigen Forschungsstand handelt es sich um zwei Weisen des Umgangs mit biblischen Texten, die jedoch nicht im Gegensatz zueinander stehen, sondern sich gegenseitig ergänzen[38]. Sie müssen daraufhin überprüft werden, was sie für eine sinnvolle Didaktik des biblischen Unterrichtsansatzes leisten können.

Methode der historisch-kritischen Exegese

Zum einen handelt es sich um die Methode der historisch-kritischen Exegese. Sie fragt nach der *Entstehungs*geschichte der biblischen Texte. Man unterscheidet dabei zwischen Textkritik, Literarkritik, Form- bzw. Gattungskritik, Traditionskritik und Redaktionskritik.

Bei der *Textkritik* geht es um die Sicherung des ursprünglichen Wortlauts der biblischen Texte. Hier muß sich der Religionspädagoge auf die einigermaßen gesicherten Ergebnisse, die ihren Niederschlag in neueren Übersetzungen finden, verlassen können. Unmittelbarer Nutzen für den Unterrichtenden wird sich nur vereinzelt ergeben.

Die *Literarkritik* fragt nach den Entstehungsverhältnissen einzelner Schriften, nach den Verfassern und verschiedenen Quellen, die bei einem heute einheitlich vorliegenden Text ineinander gearbeitet wurden. Für den Umgang mit diesen Texten ist es auch für den Religionspädagogen wichtig, wenn er in Rechnung stellt, daß es sich in den seltensten Fällen um "historische Protokolle" handelt, daß viele Schriften wesentlich später als die geschilderten Sachverhalte niedergeschrieben wurden, daß viele von ihnen bestimmten Verfassern "untergeschoben" wurden (vgl. die fünf Bücher "Mose"), daß sich die Widersprüche und Sprünge mancher Texte durch die Verarbeitung mehrerer Quellen ergeben.

Bei der *Form- und Gattungskritik* wird nach den literarischen Gattungen und ihrem ursprünglichen "Sitz im Leben", also ihrem soziologischen Entstehungshintergrund gefragt. Es ist für den Reli-

[38] Vgl. A. Stock 1974, S. 26.

gionspädagogen gut, wenn er sich klarmacht, warum bestimmte Inhalte an bestimmte literarische Gattungen gekoppelt sind, wenn er die Strukturgesetze dieser Gattungen kennt und wenn er weiß, welches die eigentliche Intention bestimmter Gattungen ist.

Die *Traditionskritik* analysiert den Weg, den die kleinen Einheiten der biblischen Überlieferung durchlaufen haben einschließlich ihrer inhaltlichen und formalen Elemente. Sie fragt nach der Vorgeschichte von Motiven, Symbolen und Vorstellungen. Auch dem Religionspädagogen kann es nicht gleichgültig sein, wenn er erfährt, daß der uns heute vorliegende Überlieferungsbestand durch immer neue Selektion und Kombination geworden ist, daß Bestandteile der religiösen Umwelt eingeflossen sind und *verändert* wurden und wie sie verändert wurden, um so das spezifisch Biblische deutlicher in den Blick zu bekommen.

Die *Redaktionskritik* fragt nach der Arbeit der Redaktoren, die mündliche und schriftliche Überlieferungen zu Teilsammlungen oder ganzen Schriften verbunden, geordnet, sprachlich und theologisch überarbeitet haben. Im Blick auf den Unterricht ist es gut zu wissen, daß diese Redaktoren eigenständige Theologen waren, die ganz bestimmte Aspekte der theologischen Deutung fundamentaler Sachverhalte ins Spiel bringen und bei diesem Tun in einer lebendigen Wechselbeziehung zu ihren Adressaten stehen[39].

Die kurze Übersicht über die Arbeitsmethode der historisch-kritischen Exegese wurde nicht in der Meinung gegeben, die im Zusammenhang mit dieser Methode gewonnenen Erkenntnisse müßten unmittelbar dem Schüler der Sekundarstufe I als Wissensstoff vermittelt werden. Der Unterricht in biblischer Überlieferung auf dieser Altersstufe ist kein alt- bzw. neutestamentliches Proseminar. Wohl aber stellen sie das Hintergrundwissen dar, aufgrund dessen der Religionspädagoge seine didaktischen Entscheidungen trifft. An einigen Beispielen soll dies verdeutlicht werden.

Bei der Erarbeitung der *Exodustradition* (Auszug des Volkes Israel aus Ägypten) muß entschieden werden, welchem Quellenstrang einschließlich der dazugehörigen theologischen Intention man folgen will oder ob von vornherein beide, die priesterschriftliche und jahwistische, vergleichend nebeneinander erarbeitet werden sollen (vgl. Literarkritik)[40].

Bei der Erarbeitung von *Gleichnissen* muß entschieden werden, wo der eigentliche Vergleichspunkt zwischen dem geschilderten Vor-

[39] Zum Ganzen sei verwiesen auf die ausgezeichnete Darstellung bei A. Stock 1974, S. 18ff.

[40] Vgl. dazu den Unterrichtsentwurf von R. Vandré 1975, S. 23ff. zur Exodustradition.

gang und dem gemeinten Sachverhalt des Reiches Gottes liegt. Es muß grundsätzlich der Frage nachgegangen werden, warum bestimmte Aussagen über Gott und Reich Gottes ausgerechnet gleichnishaft überliefert werden (vgl. Form- bzw. Gattungskritik).
Bei der Erarbeitung von *Wundergeschichten* muß dem Umstand Rechnung getragen werden, daß sie mit Motiven aus der Umwelt angereichert sind, aber einen Umformungsprozeß durchlaufen haben (vgl. Traditionskritik). Es muß überlegt werden, welche Bedeutung es hat, daß solche Geschichten von Jesus ezählt werden.
Bei der Erarbeitung der *Kindheitsgeschichten Jesu* muß der Offenbarungseid geleistet werden. Zwei Evangelisten haben völlig unterschiedliche Vorgeschichten vorgelegt. Welchen Grund hat das? Müssen die Unterschiede unbedingt Widersprüche sein (vgl. Redaktionskritik)?

Die aufgrund theologischer Sachkenntnisse getroffenen didaktischen Entscheidungen sollten den Schüler der Sekundarstufe I an einen bestimmten Umgang mit den Texten der Überlieferung gewöhnen. Er soll merken, daß diese Überlieferung kein monolithisch geschlossener Block heiliger Normen ist, der außerhalb aller menschlichen Entwicklungsgesetze steht. Er soll merken, daß diese Überlieferung geschichtlich geworden und gewachsen ist, daß sie vielfältig ist, daß das "Wort Gottes" in menschlichen Worten verhüllt und in geschichtliche Situationen eingebunden ist. An exemplarischen Fällen können gelegentlich Erkenntnisse der Forschungsgeschichte nachvollzogen werden. Die Ergebnisse der historisch-kritischen Forschung bei den didaktischen Entscheidungen ignorieren zu wollen, würde in letzter Konsequenz bedeuten, die Schüler "ans Messer marxistischer Ideologiekritik zu liefern"[41].

Methode der linguistisch-strukturalistischen Semantik

Eine weitere Methode ist die sog. linguistisch-strukturalistische Semantik, um deren praktische Konsequenzen sich insbesondere katholische Religionspädagogen bemühen[42]. Sie geht davon aus, daß die uns heute vorliegenden Texte der biblischen Überlieferung relativ in sich geschlossene Bedeutungs"gesamtheiten" sind, in denen kein Element bedeutungslos ist. Es gibt verschiedene Verfahren, um von der Struktur der Texte her die Inhalte zu erschließen[43].

Verfahren A beispielsweise geht aus vom Textanfang, dem häufig eine hohe Bedeutung zukommt, und fragt von da aus nach vergleichbaren sprachlichen Elementen. Beginnt ein Text z.B. mit einem Satz, in dem ein Verbum im Imperativ eine bestimmte Rolle spielt,

41 Vgl. A.Stock 1974, S.44.
42 So z.B. A.Grabner-Haider 1973 und A.Stock 1974.
43 A.Stock 1974, S.31ff.

dann wird der übrige Text daraufhin überprüft, ob die Textfolge weitere Imperative enthält und in welchem Verhältnis die folgenden Verben zum Ausgangsverbum stehen.

Verfahren B wiederum fragt nach den im Text Handelnden (den sog. Aktanten), ihrer Stellung zueinander (Subjekt – Objekt) und ihren Funktionen (handelnd, leidend, gebend, nehmend, empfangend). Im Verlauf einer Textfolge können die Aktanten ihre Stellung und ihre Funktionen wechseln, ein Objekt kann zum Subjekt werden, ein Leidender zum Handelnden usw. Das hat dann in der Regel ganz bestimmte Bedeutungsgehalte.

Verfahren C geht nicht von Einzelelementen im Text aus, sondern versucht, den Textkomplex in Segmente zu gliedern aufgrund von bestimmten Gliederungssignalen. Dies können bestimmte Orts- und Zeitangaben oder sich wiederholende Partikel wie "und dann" . . . "und dann" . . . oder "nämlich" usw. sein.

Welches Verfahren sich im Rahmen dieser Methode als sinnvoll erweist, muß zunächst getestet werden. Im übrigen handelt es sich um Verfahren, die in elementarisierter Form im Religionsunterricht Anwendung finden können. Durch vorab im Textbild strukturierte Texte, durch Leitfragen, durch farbige Unterstreichungen, durch Herausschreiben der entscheidenden Textelemente, durch einfache grafische Zeichnungen kann dem Schüler die Textstruktur und von da aus weitergehend der Inhalt durchschaubar gemacht werden. Die Bewältigung der "fernen und fremden" Sprache verhilft ihm zu erhöhter Sprachkompetenz und letztlich auch zu erhöhter Fragekompetenz[44]. Gerade das Fragenkönnen fördert die Aufgeschlossenheit für eine Sache.

4.25
Die Vermittlung von Informationen und der Erwerb von Kenntnissen

Während einer Trainingstagung für Fachberater (evangelische Religionslehre) wurden den Teilnehmern die Fragen vorgelegt, die Sie zu Beginn des Abschnittes 4.2 finden. Fast alle Teilnehmer waren zunächst der Meinung, die Ziele, die mit dem biblischen Unterrichtsansatz zu verfolgen seien, bestünden in der Vermittlung von Kenntnissen auf dem Gebiet der biblischen Realienkunde.

[44] Dieser Teil des Bibelunterrichts erscheint W. Langer besonders wichtig. "Die vielfältigen Sprachformen der Bibel . . . sind ein unersetzliches Feld für die allgemeine Spracherziehung des Kindes, wenn es darauf ankommt, über die verdürftigte Umgangssprache hinauszuführen und Möglichkeiten zu eröffnen, anderes als die bloß alltägliche Oberfläche der Wirklichkeit zur Sprache zu bringen. Der Vorgang ist also wechselseitig: die Einführung in die Sprache der Bibel wird zum Propädeutikum für Sprachfähigkeit überhaupt" (1975, S. 39).

Die Erschließung der biblischen Überlieferung erfordert auch die Vermittlung bestimmter Informationen. Sie sind unerläßlich zum Verstehen bestimmter Inhalte[45].

> Dazu gehören Kenntnisse aus der geschichtlichen, religiösen und sozialen Umwelt des Alten und Neuen Testaments.

Auf seiten des Schülers entsteht ein ständig wachsender Pool von Kenntnissen, auf die in immer neuen Zusammenhängen zurückgegriffen werden kann.
Vermittlung von Informationen und Erwerb von Kenntnissen dürfen aber nicht so dominieren, daß der Erschließungsvorgang zu kurz kommt. Dadurch würde der Unterricht in biblischer Überlieferung einseitig auf die rein kognitive Ebene abgleiten und auf Dauer die Motivation der Schüler abtöten.
Der Unterrichtsansatz in biblischer Überlieferung kann mehr leisten als seine Kritiker wahrhaben wollen. Biblischer und "problemorientierter" Unterrichtsansatz passen nicht zueinander wie der Schlüssel zum Schloß. Das ist nicht der Sinn einer fortlaufenden Verschränkung beider Ansätze. Beide können sich jedoch gegenseitig vorantreiben zu einem Prozeß des Fragens und Antwortens.

Zusammenfassung

Zu Beginn dieses Kapitels wurde im Zusammenhang mit den Begründungen des biblischen Unterrichtsansatzes die Bedeutung der geisteswissenschaftlichen Hermeneutik für das Verständnis der geschichtlich bedingten Wirklichkeit und den Umgang mit der Tradition herausgestellt. Mehrfach wurde angedeutet, daß mit dieser Theorie Probleme verbunden sind. Auf sie soll zum Abschluß dieses Kapitels eingegangen werden.

Erstes Problem

In der Überlieferung selbst und im Umgang mit ihr können ideologische Momente auftauchen. Dies gilt auch für die christlich-biblische Tradition und den Umgang mit ihr im kirchlichen Raum. Die Überlieferung wird zur Rechtfertigung von Sachverhalten herangezogen, die der Unwahrheit und Unterdrückung dienen und damit entgegengesetzten Intentionen der Überlieferung widersprechen.

> Der amerikanischen Bürgerrechtsbewegung unter Martin Luther King wurde im gegnerischen Lager nicht selten mit sog. biblischen Argumenten entgegengetreten nach dem Motto: "Gott will nicht,

[45] G. Röckel 1973, S. 83, weist darauf hin, daß zum Umgang mit Texten einige Grundkenntnisse erforderlich sind, die in folgendem Lernzielzusammenhang stehen: Wiedererkennen von früheren Kenntnissen – Verstehen der Kenntnisse – Anwendung der Kenntnisse – Analyse aufgrund bestimmter Kenntnisse – Synthese von Kenntnissen in neue Systeme – Beurteilung der Sachverhalte und Methoden.

daß Schwarze und Weiße gleichberechtigt nebeneinander leben!" Damit wurden bestehende Zustände unter Berufung auf Tradition legitimiert. Solche "falsche Legitimation" brachte und bringt gleichzeitig eine Entartung der Sprache mit sich, die sich mit Gehässigkeit und Fanatismus anreichert. Selbst innerkirchliche theologische Auseinandersetzungen können sich so von einem Streit um die Wahrheit entfernen und zum ideologischen Schlagabtausch werden.

Die geisteswissenschaftliche Hermeneutik hat keine Kriterien, um solche ideologischen Momente aufzudecken. Sie geht davon aus, daß in der Überlieferung auf jeden Fall "ein überlegener Sinn" vorliegt[46]. Rein formal treten alle Positionen, die sich auf Überlieferung berufen, in den Überlieferungszusammenhang ein.

Zweites Problem

In bezug auf die Überlieferung kann es zu einem Bedeutungsverlust oder Bedeutungsgewinn kommen. In bezug auf die biblische Überlieferung ist es im Vergleich zu früheren Zeiten zu einem Bedeutungsverlust gekommen u.a. durch den wachsenden Pluralismus in unserer Gesellschaft.

Den Bedeutungsverlust kann man sich an der für Luther und seine Zeit bedeutsamen Frage "Wie bekomme ich einen gnädigen Gott?" deutlich machen.
Sie war zu seiner Zeit so bedeutsam, daß sie Alternativvorstellungen provozierte (z.B. durch das Tridentinische Konzil). Heute wird diese Frage z.T. nicht mehr verstanden und muß erst mühsam "herangerückt" werden.

Die geisteswissenschaftliche Hermeneutik kann keine Erklärung für diese Vorgänge von Bedeutungsgewinn und -verlust geben. Sie fragt auch nicht danach, welche Folgen solche tradierten "Sprachspiele" für das Verhalten der Sprachteilnehmer haben.

Drittes Problem

In bezug auf die Überlieferung kann es zu Störungen in der Übereinstimmung mit ihr kommen: entweder, weil es sich um eine nur äußerliche "Scheinkommunikation" handelt oder, weil der Konsens im Verlauf der Geschichte durch bestimmte Machtverhältnisse erzwungen wurde.

[46] H.G.Gadamer, Replik, in: Hermeneutik und Ideologiekritik, Frankfurt 1971, S.283–317, 301f.

Rein statistisch gehört die überwältigende Mehrheit der Bevölkerung in der Bundesrepublik einer der beiden christlichen Kirchen an. In bezug auf die Inhalte der christlich-biblischen Überlieferung besteht jedoch keineswegs Übereinstimmung.

Die geisteswissenschaftliche Hermeneutik hat keine Mittel, um derartige Störungen festzustellen. Sie geht davon aus, daß sich der Konsens der Überlieferung frei eingespielt hat[47].
Die aufgezeigten Probleme bedeuten, daß das Denkmodell der geisteswissenschaftlichen Hermeneutik durch andere, analytische Untersuchungsmethoden wie z.B. sprachanalytische, psychoanalytische und sozioanalytische ergänzt werden muß, um die genannten Phänomene zu erfassen[48].

S. 25f.

Ein ähnlicher Vorgang wurde bereits in Kapitel 1 beschrieben, als es um die Ergänzung der geisteswissenschaftlichen Pädagogik durch analytische Didaktikmodelle (z.B. der Berliner Schule) ging. Solche Ergänzungen sind nötig, um Bedingungsfelder sorgfältiger zu analysieren.

Die aufgezeigten Probleme haben auch Konsequenzen in bezug auf den biblischen Unterrichtsansatz.

These Der Unterricht in biblischer Überlieferung muß so offen sein, daß er dem Schüler sowohl die Annahme als auch die Distanz zu Teilen der Überlieferung ermöglicht, und zwar in der Weise, daß die Distanznahme zum Ausgangspunkt eines neuen Dialogs wird.

Unter Bezugnahme auf P. Ricœur[49] hat A. Stock den Umgang mit der Überlieferung mit einer Wette verglichen, bei der man gewinnen und verlieren kann. “Aber wetten und gewinnen ist zweierlei. Der Text kann die konkreten Erwartungen, die ich in ihn setze, enttäuschen; ich breche das Gespräch ab, lege den Text weg, weil ich mir nichts mehr von ihm verspreche; ich merke, daß ich nicht gewinne, sondern nur verliere: meine Zeit. Und noch etwas ist bei dieser Wette denkbar, daß nämlich der realisierte Gewinn anders ist als der erwartete . . . Zur Hermeneutik gehört eben auch das ‘Verstehen der Überlieferung gegen die

[47] Auf die unzureichenden Kriterien der geisteswissenschaftlichen Hermeneutik hat bekanntlich J. Habermas aufmerksam gemacht, insbesondere in: Hermeneutik und Ideologiekritik, Tübingen ²1965.
[48] Eine Auseinandersetzung mit der Gesamtproblematik auch in bezug auf die Religionspädagogik finden Sie u.a. bei A. Grabner-Haider 1973, S. 34ff., bei A. Stock 1974, S. 50ff., und bei W. Wink, Bibelauslegung als Interaktion.
Über die Grenzen historisch-kritischer Methode, 1973.
[49] P. Ricœur 1971, S. 403.

Überlieferung', Kritik an der Überlieferung, Emanzipation aus der Bevormundung der Überlieferung"[50]. Ähnlich sieht K. Wegenast die Dinge, wenn er den polnischen Philosophen L. Kolakowski zitiert: "Hätten nicht die neuen Generationen unaufhörlich gegen die ererbte Tradition revoltiert, würden wir noch heute in Höhlen leben; wenn die Revolte gegen die ererbte Tradition einmal universell würde, werden wir uns wieder in Höhlen befinden"[51].

[50] A.Stock 1974, S.52, z.T. in Anlehnung an E.Schillebeeckx, Glaubensinterpretation 1971.
[51] K.Wegenast 1972, S.149.

5
Unterrichtsansatz: Wirkungsgeschichte
Die sogenannte Kirchengeschichte im Religionsunterricht

Im zweiten Kapitel dieses Buches wurde auf die Schwierigkeiten hingewiesen, welche die Verbindung von theologischen Elementen und Problemen der gegenwärtigen Wirklichkeit mit sich bringt. Durch die Wahl eines geeigneten theologischen Instrumentariums – der systematischen Theologie – ist jedoch erst ein Teil der entstehenden Probleme beseitigt. Im dritten Kapitel wurde die Ergänzung durch einen hinzutretenden biblischen Unterrichtsansatz gefordert. Als erstrebenswert wurde die Horizontveränderung und -erweiterung des Schülers durch die Erschließung der biblischen Überlieferung bezeichnet. Auch dies ist eine Forderung, die sich durch eine gründliche exegetisch-sprachliche Schulung des Religionslehrers und das Insspielbringen aller nur möglichen Unterrichtsmethoden allein nicht einlösen läßt.
Zwischen der biblischen Überlieferung und unserer Gegenwart klafft eine riesige Lücke: der zeitliche und räumliche Abstand. Diese Zeitspanne, die uns vom Ursprung der biblischen Bücher trennt, ist nicht leer. In der Zwischenzeit haben die in ihr geschilderten Ereignisse, Gedanken, Handlungen, Fragen und Antworten ihr Wirkungsvermögen gezeigt[1]. Unser Umgang mit ihnen läßt sich nicht trennen von dem, was daraus geworden ist. Das Pochen auf Unmittelbarkeit des Umgangs hat sich immer schon selbst widerlegt, weil es selber kein unmittelbares, sondern aufgrund vieler Umstände geprägtes reflektierendes Tun ist[2]. Wenn wir die Schüler nicht betrügen wollen, bedarf es eines weiteren Unterrichtsansatzes, der sich der "riesigen Lücke" annimmt. Wir nennen ihn den wirkungsgeschichtlichen Unterrichtsansatz.

5.1
Hinweise auf die Wirkungsgeschichte in der gegenwärtigen Religionspädagogik

Die Vorherrschaft des sog. problemorientierten Religionsunterrichts in den letzten Jahren hat bewirkt, daß sich der Gesichtspunkt der Wirkungsgeschichte noch nicht durchgesetzt und allgemeine Anerkennung gefunden hat. Das hat mannigfache und schwerwiegende Ursachen, auf die noch ausführlich eingegangen werden muß.

1 Vgl. dazu H.-I. Marrou 1973, S. 54f.
2 Vgl. dazu H.G. Gadamer ^{2}1965, S. 326f.

S. 140ff.

Sie betreffen sowohl das schwindende Geschichtsbewußtsein in unserer Gesellschaft als auch die Krise des Faches Geschichte bzw. Kirchengeschichte.

Nichtsdestoweniger gibt es bei einzelnen Religionspädagogen Hinweise, die das angesprochene Defizit im gegenwärtigen Religionsunterricht sichtbar werden lassen.

> H.K. Berg:
> "Mit diesen Schwierigkeiten (sc. bezüglich der Integration biblischer Überlieferung in den Religionsunterricht) werden wir noch schwer fertig. Gute Erfahrungen sind bisher mit dem Vorschlag gemacht worden, die biblische Tradition in thematische Unterrichtseinheiten mit Hilfe der '*wirkungsgeschichtlichen* Fragestellung' einzuführen. Damit ist gemeint, daß wir im thematischen Unterricht von den gegenwärtigen Ausprägungen und Wirkungen des Glaubens in konkreten Situationen ausgehen: Wie kommen christliche Gruppen dazu, für Minderheiten und Unterdrückte Partei zu ergreifen . . . ? Wo gibt es Einzelne und Gruppen, die ihre Gewissensentscheidung aus dem Glauben begründen . . . ? Nichts scheint für den biblischen Unterricht nötiger zu sein als glaubwürdige Exempel eines biblisch begründeten und im Geiste Jesu tätigen Glaubens in unserer Zeit . . . So können wir uns mit Hilfe der *wirkungsgeschichtlichen* Methode durchfragen zur geistigen Ursprungssituation, welche diese Wirkungen auslöste . . ."[3]

> P. Biehl und H.-B. Kaufmann:
> "'Bibelorientierte Projekte' in Form fachspezifischer Kurse mit linearer Struktur, die den problemorientierten Projekten (mit thematisch-konzentrischer Struktur) zugeordnet werden, bieten ferner die Möglichkeit, daß die *Wirkungsgeschichte* der biblischen Überlieferung (etwa die Auslegungsgeschichte der Bergpredigt) mit berücksichtigt wird. Setzt die Kritik ohne eine solche Berücksichtigung der *Wirkungsgeschichte* 'zum Sprung in vergangene Jetztzeiten' an (Habermas), gelingt ihr nachträglich kaum eine Vermittlung mit der gesellschaftlichen und kirchlichen Praxis. Es entsteht der Eindruck, als stünden die überlieferte Wirklichkeit des Glaubens und die gegenwärtige Lebenswelt des Christentums nicht in demselben geschichtlichen Zusammenhang."[4]

3 H.K. Berg 1972, S. 9f.

4 P. Biehl/H.-B. Kaufmann 1974, S. 338f.

M. Stallmann:
"Der Mangel an theologischen Kriterien für das, was als Religion oder als Angebot der *Geschichte* dem Unterricht vorgegeben ist, müßte offenbar von Religionspädagogen als Herausforderung angenommen werden und ihr theologisches Engagement verstärken. Wo sie dieser Notwendigkeit zu entsprechen suchen, zeigt es sich in der Regel bald, daß ihnen dabei der Anschluß an ein modernes theologisches Programm nur sehr bedingt weiterhelfen kann. Ihre Interpretation *geschichtlicher* Überlieferung darf die religionspädagogische Motivation nicht außer acht lassen. Um für den Unterricht hilfreich zu sein, darf sie nicht einen Traditionsbestand erhalten wollen, sondern muß ihn auf sein *Gewordensein*, seine *Wandlungen* und seine etwaige sinnerschließende Gegenwartsbedeutung hin kritisch befragen, um *künftige Geschichte* für die Heranwachsenden möglich und zugleich bedenkenswert zu machen. Kurz, nur eine aufgeklärte Interpretation *geschichtlicher* Überlieferung könnte dazu beitragen, den empfindlichen Mangel an Wertungskriterien zu überwinden. Aufgegeben zur Interpretation ist dabei nicht etwa nur die 'biblische Tradition', sondern das *historische Christentum*, gerade weil es immer konfessionellen, kultur- und gesellschaftsgeschichtlichen Abwandlungen unterworfen war und in langfristigen Prozessen säkularisiert oder subjektiviert wurde oder auf eine sonstwie eingeengte *Wirksamkeit* hin sich entwickelt hat."[5]

K.-H. Gesell:
"Gemeint ist damit (sc. mit dem biblischen Unterricht) der gesamte Umgang mit biblischen Traditionen im Rahmen des RU unter stärkerer Berücksichtigung ihrer *Wirkungsgeschichte.* Die Entdekkung und Aufarbeitung *weiterwirkender* Traditionen in der Gegenwart und deren Rückkoppelung auf Ursprungstexte kann in verschiedenen didaktischen Konzepten geleistet werden . . . Die Möglichkeiten und Grenzen eines biblischen Unterrichts im RU werden dagegen bestimmt von drei Eckdaten: die biblische Tradition mit ihrer *Wirkungsgeschichte,* die Erfahrungs- und Lebenswirklichkeit der Schüler und der gesellschaftliche Auftrag der Schule . . . In jedem Fall aber geht es um die zentrale Bedeutung der *weitergehenden Wirkungsgeschichte* dieser Texte in der Gegenwart . . . "[6]

A. Stock:
"Um das christliche Selbstverständnis eines Autors oder einer Zeit zu charakterisieren, wäre das jeweils herrschende *wirkungsgeschicht-*

[5] M. Stallmann 1976, S. 23.
[6] K.-H. Gesell 1975, S. 23f.

> *liche* Profil der Bibel (Welche Texte oder Textstücke dominieren? Welche sind unbekannt und wirkungslos? usw.) ein interessantes Kriterium . . . Aber wenn gilt: 'Wer wissen will, was ein Buch ist, muß zuerst wissen, wie es gelesen worden ist' und H. Weinrich als bewährte wissenschaftliche Methode empfiehlt, 'den Text nicht vom Sprecher, sondern vom Hörer zu betrachten', dann ist daraus vielleicht der Schluß zu ziehen, daß dem Ausbau rezeptionsgeschichtlicher Methoden und Untersuchungen der Verfeinerung der entstehungsgeschichtlichen gegenüber der Vorzug zu geben ist. . . . In den kirchengeschichtlichen Darstellungen dominiert die (kirchen-) politische Thematik; daneben läuft, zumeist unvermittelt, die Darstellung der Dogmen und religiösen Texte, abgelöst von aller soziokulturellen Basis . . . Interessant wäre es, christliche, halb-, nicht- und unchristliche Positionen in einem konkreten Situationskontext kennenzulernen, d.h. aber Texte so zu lesen, wie sie passiv und aktiv in soziokulturelle Kommunikationsprozesse eingebettet sind"[7].

Auch von diesen "Kronzeugen" gilt, wie schon von den in Kapitel 3 zitierten Befürwortern der systematischen Theologie in bezug auf den problemorientierten Unterrichtsansatz, daß sie in ihrer religionspädagogischen Gesamtkonzeption nicht unbedingt übereinstimmen, ja in den zitierten Sätzen nicht in jedem Fall genau das gleiche meinen. Gemeinsam ist allen Autoren, daß sie in der Wirkungsgeschichte eine Brücke sehen, die von der biblischen Überlieferung bis in unsere Gegenwart reicht; eine Brücke, die der Schüler betreten kann und muß, wenn die beiden Ufer nicht hoffnungslos voneinander getrennt bleiben sollen. H.K Berg, P. Biehl/H.-B. Kaufmann und K.-H. Gesell haben vorwiegend die Auslegungsgeschichte biblischer Texte im Auge und erhoffen sich von ihrem Einbringen in den Religionsunterricht eine größere Effektivität sowohl der biblischen als auch der sog. problemorientierten Lehrgänge im Blick auf den Schüler. M. Stallmann und A. Stock haben noch weitergehende Gesichtspunkte im Auge: Die Auslegungsgeschichte biblischer Traditionen ist eingebettet in den größeren Zusammenhang der "Geschichte des Christentums", der "Kirchen- und Dogmengeschichte" einschließlich der "soziokulturellen Kommunikationsprozesse".

S. 141 ff.

In dem Aufsatz von M. Stallmann, aus dem das o.g. Zitat stammt, wird insbesondere die "geschichtslose Theorie" des gegenwärtigen Religionsunterrichts gerügt. Diese Kritik muß noch ausführlich aufgegriffen werden, weil sie nicht nur ein Defizit des Religionsunterrichts, sondern auch ein Dilemma unseres gegenwärtigen gesellschaftlichen Bewußtseins anspricht.

[7] A.Stock 1974, S.38, 39, 41, 42.

Zu dem Hinweis auf den "wirkungsgeschichtlichen Aspekt" des Religionsunterrichts muß unbedingt eine Auseinandersetzung mit dem herkömmlichen Kirchengeschichtsunterricht treten. Erst dann wird die Entfaltung einer – auch theologisch zu verantwortenden – Struktur einer Wirkungsgeschichte und daraus sich ergebender Zielsetzungen für den Unterricht möglich sein. Zuvor aber eine weiterführende Klärung des Begriffs "Wirkungsgeschichte" . . .

5.2
Zum Begriff "Wirkungsgeschichte"

Während eines Fernstudiendirektseminars für zukünftige Grund- und Hauptschullehrer wird der wirkungsgeschichtliche Unterrichtsansatz erläutert.

Lehrer H (ca. 30 Jahre, tätig an der Hauptschule, Diasporasituation, unterrichtete bisher Religion ohne Lehrbefähigung):
"Ich bin der Meinung, daß wir im Religionsunterricht zu wenig Kirchengeschichte betreiben. Unseren Schülern fehlen wichtige Kenntnisse auf diesem Gebiet. Sie verstehen keine Zusammenhänge. Wir haben gehört, daß das jetzt Wirkungsgeschichte heißt. Es ist ja egal, wie man das nennt . . . Ich meine jedenfalls Kirchengeschichte, wie wir sie gelernt haben."

Die etwas saloppe Äußerung von Herrn H zeigt, daß in bezug auf den derzeitigen Religionsunterricht ein Mangel gespürt wird, der die geschichtliche Dimension betrifft. Der Unterschied zwischen der herkömmlichen "Kirchengeschichte" und der "Wirkungsgeschichte" konnte zu diesem Zeitpunkt Herrn H nicht deutlich gemacht werden. Das nötige Hintergrundwissen mußte noch erarbeitet werden.

Geisteswissenschaftliche Hermeneutik: Das Verstehen überlieferter Texte

H.-G. Gadamer hat im II. Teil seines Werkes "Wahrheit und Methode" das zweite Kapitel überschrieben mit "Grundzüge einer Theorie der hermeneutischen Erfahrungen" und in drei Unterabschnitten den wirkungsgeschichtlichen Aspekt entfaltet[8]. Er geht dort der Frage nach, wie sich das Verstehen von Überlieferung vollzieht. Ein überlieferter Text, um dessen Verständnis wir uns bemühen, und wir selbst, stehen einander nicht gegenüber wie Objekt und Subjekt. Die dazwischenliegende Zeit ist nicht ein gähnender Abgrund, der über-

[8] Zum Ganzen vergleiche H.-G. Gadamer ^{2}1965, S. 250 ff und S. 324 ff.

brückt werden muß, weil er trennt und fernhält[9], sondern er ist angefüllt mit der Kontinuität des Herkommens und der Tradition, in deren Licht sich uns die Überlieferung zeigt. Die Wirklichkeit der vergangenen Geschichte und die Wirklichkeit heutigen Verstehens von Geschichte bilden eine Einheit. Ein überlieferter Text beispielsweise und der, der ihn verstehen will, haben das Moment der Geschichtlichkeit gemeinsam. Es bestimmt sie seinsmäßig. Der Verstehensvorgang ist deshalb ein *wirkungsgeschichtlicher* Vorgang. In allen Verstehensvorgängen ist die Wirkungsgeschichte am Werk, ob wir uns dessen bewußt sind oder nicht.

S. 119

H.-G. Gadamer hat diesen Vorgang mit der Metapher "Horizont" zu verdeutlichen versucht. Es gibt nicht einen geschlossenen Horizont der Vergangenheit und einen geschlossenen Horizont der Gegenwart. Der Horizont ist etwas, das mit uns wandert und in das wir hineinwandern. Im Verstehen vollzieht sich eine Verschmelzung solcher für sich seiender Horizonte[10].
Im Zusammenhang mit dem biblischen Unterrichtsansatz wurde bereits auf die Horizontverschmelzung hingewiesen.

Durch die *Anerkennung* der Kontinuität, durch die die Geschichte Macht über uns hat[11], durch die *Anerkennung* jenes verbindenden Moments – daß das Damals und Heute durch die Erfahrung der Geschichtlichkeit und Zeitlichkeit miteinander verbunden sind – haben wir *wirkungsgeschichtliches Bewußtsein.*
Von der Beschreibung des Verstehensvorgangs ist die Erforschung der Wirkungsgeschichte, die ein Werk hat, zu unterscheiden[12]. Sie kann auch als Rezeptionsgeschichte bezeichnet werden. Sie untersucht gleichsam die Spur, die ein Werk hinter sich herzieht[13]. Das Verfolgen der Wirkungsgeschichte ist wichtig, weil sie im konkreten Einzelfall die historische Kontinuität aufzeigt.

Das verbindende Glied zwischen dem Autor eines Werkes und dem Forscher, der die Geschichte dieses Werkes untersucht, ist das wirkungsgeschichtliche Bewußtsein, aufgrund dessen beide die geschichtliche Kontinuität und die gemeinsame Erfahrung der Geschichtlichkeit teilen.

Von der Erforschung der Wirkungsgeschichte ist wiederum die sog. Problemgeschichte zu unterscheiden. Sie verfolgt angeblich gleiche Probleme in der Ge-

9 Die Vorstellung vom Abgrund der Geschichte bezeichnet Gadamer als die naive Vorstellung des Historismus, ebd. S. 281.
10 Vgl. ebd. S. 287.
11 Ähnlich argumentiert R. Wittram 1969, S. 100: "Die Vergangenheit hört nicht auf mitzuwirken, wenn wir ihr den Rücken kehren".
12 Vgl. Gadamer ^{2}1965, S. 284 und 324.
13 Vgl. das Zitat von A. Stock auf S. 133 f. dieses Buches.

schichte. In Wahrheit ist kein Problem der Vergangenheit, in dem wir ein Problem der Gegenwart wiederzuerkennen meinen, mit diesem identisch. Ein Problem umgreift eine bestimmte Fragestellung und eine (oder mehrere) entsprechende Antworten. Die Fragestellung wird aber von den jeweiligen geschichtlichen Umständen bestimmt.

Die dogmengeschichtliche Untersuchung der Christologie kann nicht eigentlich als Problemgeschichte bezeichnet werden. Die Fragestellungen der Alten Kirche in bezug auf den Christus waren andere als die der Reformationszeit und infolgedessen wieder andere als heute.
Den veränderten Fragestellungen entsprechen veränderte Antworten. Infolgedessen ist das christologische Problem des 2. und 3. Jahrhunderts nicht identisch mit dem des 20. Jahrhunderts.

Geschichtsphilosophie: Erkenntnis der Geschichte

Was Gadamer in bezug auf den Verstehensprozeß von überlieferten Texten entwickelt hat, fand Bestätigung und Ergänzung bei jenen Historikern, die sich nicht darauf beschränkten, "festzustellen, wie es eigentlich gewesen ist" (Ranke), sondern sich philosophisch um die Deutung der historischen Arbeit bemüht haben. Für sie ist vorrangig die Frage, wie Erkenntnis menschlicher Vergangenheit zustande kommt und was diese Erkenntnis für die Gegenwart und Zukunft bedeutet. Erkenntnis ist hier – das sei nur noch einmal betont – philosophisch und nicht im Sinne von Kenntnisnahme und Wiedergabe (Reproduktion) verstanden. Dieses Erkennen bemüht sich um Vergangenes, um "das, was nicht zweimal geschehen wird"[14], zugleich aber vollzieht es sich in einer "Art unendlichen Dialogs zwischen Gegenwart und Vergangenheit"[15]. Erst durch bestimmte Fragestellungen wird die Geschichte "erweckt"[16]. Es ist deshalb folgerichtig, wenn führende Geschichtswissenschaftler erklären, daß es eine sog. objektive Geschichtsbetrachtung nicht gibt[17]. Was ein Historiker entdeckt, ist in jedem Fall seine, ist unsere Vergangenheit, die ihn und uns mitbestimmt[18]. Kraft ihrer Wirkung bestimmt sie auch den Erkenntnisvorgang.

[14] H.-I. Marrou 1973, S. 130.
[15] E.H. Carr, ^{4}1974.
[16] Zum Problem der Frage vgl. sowohl H.-I. Marrou 1973, S. 74ff. als auch H.-G. Gadamer, ^{2}1965, S. 344ff. (Abschnitt c. "Der hermeneutische Vorrang der Frage").
[17] H.-I. Marrou lehnt es – im Gegensatz zu früheren Historikern – ab, die Erkenntnis, daß es "Objektivität" in der Geschichtsbetrachtung nicht gibt, zu bedauern, vgl. H.-I. Marrou 1973, S. 63f.
[18] Auf den existentiellen Charakter der Geschichtsbetrachtung hat u.a. C. Mönnich hingewiesen, 1970, S. 475.

Um diese Wirkung der Geschichte zu verdeutlichen, greifen wir ein Beispiel von H.-I. Marrou auf und führen es weiter[19]:
Filme im Kino beginnen in der Regel abrupt und enden abrupt. In Sekunden wird die Leinwand zu Beginn des Films hell, um ebenso rasch am Ende wieder in Dunkelheit zu versinken. Es gab lange Zeit Filme, die auch inhaltlich ähnlich verfuhren: Sie begannen mit einer spannenden Szene, so daß man sich unwillkürlich fragte: Und wie kommt es dazu? Und sie endeten, wenn es am spannendsten war, so daß des Zuschauers Phantasie unwillkürlich damit beschäftigt war: Und wie geht es weiter? So ist es mit der Geschichte *nicht.* Vergangenes taucht nicht plötzlich auf, um ebenso schnell wieder zu verschwinden. Es gleicht eher jenen modernen Filmen, die einen Vorspann bringen, bevor Titel und Mitwirkende genannt werden. Erst dann beginnt der eigentliche Film und rahmt diese Szene des Vorspanns ein, zeigt, wie es dazu gekommen ist und wie es nach der bewußten Szene weitergeht.

H.I.Marrou meint daher zu Recht, daß jede historische Untersuchung ihren Prolog und ihren Epilog erfordert, weil jedes geschichtliche Ereignis seine Ursachen und Wirkungen hat. Natürlich haben die geschichtsphilosophischen Überlegungen zunächst den Erkenntnisvorgang beim Historiker im Auge. Sie lassen sich jedoch auf den Umgang mit der Geschichte überhaupt ausdehnen, denn "in logischer Hinsicht enthält das Verstehen der Vergangenheit nichts Spezifisches; es ist der gleiche Prozeß, den das Verstehen des anderen in der Gegenwart und insbesondere . . . das Verstehen der artikulierten Sprache auslöst"[20].

Deutschdidaktik: Produktive Rezeption von literarischen Texten

Weitere Einsichten zum Begriff und zum Vorgang der Wirkungsgeschichte erhalten wir aus dem Bereich der Literaturwissenschaft bzw. Deutschdidaktik, in der die wirkungsgeschichtliche Betrachtungsweise eine immer größere Rolle spielt. Exemplarisch sollen hier die Untersuchungen von W. Barner u.a. zur Wirkungsgeschichte des Werkes Lessings herangezogen werden[21]. Es ist das Ziel dieser wirkungsgeschichtlichen Betrachtungsweise, die Werke verschiedener Autoren an die Wirklichkeit des Schülers heranzubringen. Aus diesem Grund dürften die grundsätzlichen Überlegungen Barners auch für den wirkungsgeschichtlichen Unterrichtsansatz innerhalb des Religionsunterrichts von Interesse sein.
Nach der Untersuchung von Lessings Epoche, seinem Werk und seiner Wirkung führt W. Barner zunächst aus, wie Wirkungsgeschichte *nicht* geschrieben werden sollte:

[19] H.-I. Marrou 1973, S. 58.
[20] ebd. , S. 104.
[21] W. Barner 1973 und W. Barner/G. Grimm/H. Kiesel/M. Kramer, [2]1976.

Nicht historisch-positivistisch[22]

Hier werden den Fakten über das Leben eines Dichters Zeugnisse über dessen Nachruhm angefügt, wobei beides oft zum Mythos ausartet.

Nicht geistes- oder ideengeschichtlich[23]

Hier wird nach dem angeblich zeitlos gültigen Urbild des Dichters im Niederschlag der Wirkung gesucht, dieses Urbild aber häufig für gegenwärtige Interessen eingespannt.

S. 144ff.

Auf Formen normativer Geschichtsbetrachtung bzw. ideologischer Vereinnahmung der Geschichte durch die Gegenwart muß insbesondere bei der Auseinandersetzung mit der herkömmlichen Kirchengeschichtsbetrachtung eingegangen werden.

Wer Wirkungsgeschichte schreibt, vollzieht einen Deuteprozeß, bei dem der betrachtete Gegenstand und der Betrachter aufs engste miteinander verbunden sind. Die Weise der Betrachtung bzw. die Art der Deutung sind abhängig vom Standort des Betrachters. Im Falle Lessings gibt es deshalb die unterschiedlichsten Deutungen und Wirkungen.
In seiner abschließenden Wertung kommt W. Barner zu dem Ergebnis, daß die vielfältige und umfangreiche Deutungs- und Wirkungsgeschichte des Lessingschen Werkes gegenüber den ursprünglichen Intentionen des Dichters immer irgendwo und irgendwie inadäquat bleibt. Es bleibt eine Differenz zwischen der intendierten und der tatsächlichen Wirkung. Manchmal muß sogar gefragt werden, ob sich nicht ein "Abgrund an Wirkungslosigkeit" auftut. Daraus wird die Folgerung gezogen, daß zwar jede Generation in ihrer Deutung abhängig ist von den vorausgegangenen Interpreten, aber auch wiederum versuchen muß, einen eigenen Zugang von ihrem je gegenwärtigen Standpunkt aus zu finden. Das muß so geschehen, daß sich der Wahrheitsgehalt des Werkes für die jeweilige Generation als solcher erweist[24].

Zusammenfassung

Wir haben Herkunft und Gebrauch des Begriffes "Wirkungsgeschichte" verfolgt, ohne daß diese Überlegungen Anspruch auf Vollständigkeit erheben. Es zeichnen sich dabei folgende Gesichtspunkte ab, die ihre Bedeutung für den Bereich von Theologie und Religionsunterricht haben werden:

[22] W. Barner u.a. ^{2}1976, S. 306. In der Abwehr des positivistischen Historismus ist sich Barner mit vielen Geschichtswissenschaftlern einig, vgl. u.a. J. Cobb 1970, S. 468ff.
[23] Zur Ideologisierung der Geschichte, vgl. u.a. A. Weiler 1970, S. 459–467.
[24] W. Barner u.a. ^{2}1976, S. 388. In diesem Zusammenhang wird auf W. Adorno verwiesen: "Wiederzukehren vermag Tradition einzig in dem, was unerbittlich sich ihr versagt".

1. "Wirkungsgeschichte" ist ein weiter Begriff. Er kann auf die verschiedensten Gebiete angewandt und unter verschiedenen Perspektiven und Fragestellungen verwendet werden, z.B. auch unter Perspektiven aus dem theologischen bzw. religiösen Bereich. Er macht auf die Kontinuität von Geschichte und ihre die Gegenwart bestimmende Macht aufmerksam.
2. Mit dem Begriff der Wirkungsgeschichte ist aufs engste die Struktur des Erkenntnisvorgangs bzw. Verstehensprozesses gekoppelt. Es geht darum, "die Gegenwart im Lichte der Vergangenheit besser zu verstehen und über die Vergangenheit etwas im Lichte der Gegenwart zu erfahren"[25].
3. Der Begriff der Wirkungsgeschichte enthält ein existentielles Moment, weil wir durch die Anerkennung der Wirkungsmacht der Geschichte (wirkungsgeschichtliches Bewußtsein) ein Stück unseres eigenen Seins erkennen.
4. Der Begriff der Wirkungsgeschichte fordert uns dazu auf, nicht nur nach dem zu suchen, was *war,* sondern – und das in erster Linie – was *wahr* ist. Die Beschäftigung mit der Wirkungsgeschichte verlangt nicht, daß wir uns auf Traditionen einfach verlassen, sie leitet vielmehr dazu an, zu den Ursprüngen zurückzufragen.

Jeder der genannten Gesichtspunkte läßt sich auch auf jene Wirkungsgeschichte anwenden, die von der biblischen Überlieferung ausgeht.

5.3 Widerstände gegen einen wirkungsgeschichtlichen Unterrichtsansatz

Geisteswissenschaftliche Hermeneutik, Geschichtsphilosophie und Literaturwissenschaft bzw. Deutschdidaktik liefern wichtige Erkenntnisse für einen wirkungsgeschichtlichen Unterrichtsansatz innerhalb des Religionsunterrichts. Es wäre jedoch unredlich, schon Konsequenzen aus diesen Erkenntnissen zu ziehen, ohne einem Phänomen nachzugehen, das diese Absicht ernsthaft bedroht. Dieses Phänomen wird seit geraumer Zeit analysiert, fast allgemein als Krise erkannt und beklagt. Von ihm sind neben dem Fach Religion nicht nur andere Fächer der Schule – insbesondere das Fach Geschichte – sondern das gesamte Bewußtsein in unserer Gesellschaft betroffen.

25 E.H. Carr ^{4}1974, S. 66.

Krise des Geschichtsbewußtseins

Stellvertretend für viele sollen zur Beschreibung der Krise die Äußerungen zweier Geschichtswissenschaftler stehen[26]:

> H.-I. Marrou:
> "Die Vernachlässigung der historischen Wahrheit hat sich überall breit gemacht . . .
> Der Rückgang des Vertrauens in die Geschichte erscheint als eine der Manifestationen der Krise, in die die Wahrheit geraten ist, eines der ernstesten Symptome unseres Übels, weit ernster sogar als der 'Verfall der Freiheit' (D. Halévy); denn hier handelt es sich um eine Wunde, die den tiefsten Grund des Seins berührt"[27].

> R. Wittram:
> "Unser Verhältnis zur Geschichte ist von Grund auf in Frage gestellt . . . Die Distanzierung des Menschen von der historischen Sphäre hat nicht nur quantitativ zugenommen, sondern sich qualitativ verändert"[28].

Aufgrund einer Vielzahl von Untersuchungen und Überlegungen kristallisieren sich im wesentlichen folgende Ursachen für dieses "antihistorische Drängen" (R. Wittram) heraus:

– Nach 1945 hat – diese Erfahrung betrifft zunächst vorwiegend deutsche Verhältnisse – eine Zeit des Verdrängens und Vergessens der jüngsten Vergangenheit begonnen, "als ob wir unhistorische Wesen wären" (A. Heuß)[29]. Hier werden die psychologischen Mechanismen wirksam, die peinliche und unangenehme Erinnerungen abwehren und das Eingeständnis von Schuld unterdrücken. Gleichzeitig sieht man sich in Übereinstimmung mit dem "Zeitgeist", durch den Erinnerung, Zeit, Gedächtnis als eine Art irrationaler Rest liquidiert werden. Verräterisch für diesen Zug "operationeller Rationalität"[30] sind die Ausbildung und das Überhandnehmen einer funktionalen Sprache, einer Sprache der

[26] Zitate der beiden genannten Autoren, H.-I. Marrou und R. Wittram, sowie Hinweise ähnlicher Art ziehen sich wie ein roter Faden durch die Veröffentlichungen all jener, die sich mit der Krise der Geschichte und der Kirchengeschichte beschäftigen. Vgl. sämtliche Aufsätze zu diesem Thema in Concilium 1970; in Religionsunterricht unterwegs, Festgabe für H. Ramsauer, hg. von K. Wegenast und H. Grosch, Herbert Reich Evangelischer Verlag, Hamburg 1970; in Evangelischer Erzieher 1974 und 1976; in rhs (Religionsunterricht an Höheren Schulen) 1973, 1974, 1975; in Katechetische Blätter 1972 und 1974.

[27] H.-I. Marrou 1973, S. 20f. H.-I. Marrou weist ausdrücklich darauf hin, daß er diesen Satz zum ersten Mal bereits 1938 ausgesprochen hat.

[28] R. Wittram 1969, S. 8.

[29] R. Wittram entfaltet diese Gedanken sowohl unter Hinweis auf A. Heuß als auch auf Th. Adorno, ebd., S. 8.

[30] Der Zerfall der Überlieferungen begann schon mit der Aufklärung. Als Legitimationsinstanz wird die Tradition abgelöst durch die Vernunft, vgl. P. Biehl u.a. 1973, S. 8.

total verwalteten Welt, die zugleich radikal antihistorisch ist. Ganze Wortfelder können nicht mehr betreten werden, weil sie vergangenen Denkweisen und deren gesellschaftlichen und politischen Voraussetzungen zugeordnet sind. Ihr Besuch würde eine weite Reise verlangen, zu der niemand Zeit hat oder sich Zeit nimmt. Gegenstände, Einrichtungen und Erfahrungen der Gegenwart erfüllen den Zeitgenossen, verzehren und blockieren ihn und schneiden ihn ab von der Vergangenheit. Dadurch gehen viele Möglichkeiten, Widersprüche, Alternativen verloren. "Dieser Zug der Zeit" ist allerdings nicht auf Deutschland beschränkt. H. Marcuse findet ihn samt seiner so doktrinären Sprache in demokratischen und nichtdemokratischen, in kapitalistischen und nichtkapitalistischen Ländern[31].

– Dieser Prozeß der schwindenden Bereitschaft, sich mit der Vergangenheit auseinanderzusetzen, wird durch die nachfolgende Generation nicht unterbrochen oder aufgehalten, sondern fortgesetzt, wenn auch aufgrund anderer Motive und Umstände. Für sie ist die Zeit des Vergessens und Verdrängens vorbei, weil die Kenntnisse schwinden und der unmittelbare Zugang erschwert ist. Zugleich greift die Forderung nach Befreiung von der falschen hin zur wahren Vergangenheit um sich[32]. Endgültig abgetan ist damit der alles relativierende Historismus des vergangenen Jahrhunderts, der sich in seine Quellen vergrub ohne Bezug zur Gegenwart und ohne nennenswerte Versuche einer Interpretation des vergangenen Geschehens, nur daran interessiert, "wie es eigentlich gewesen ist"; ein Historismus, der sich angesichts der Katastrophe des Zweiten Weltkrieges als nutzlos erwiesen hatte, ja vielmehr den Weg frei machte für die "politischen Dompteure der Zwangsideologien der kommenden nationalen Erhebung"[33]. Das Vordringen unhistorisch denkender und arbeitender Wissenschaftsdisziplinen wie der Soziologie, der Kybernetik, der Linguistik, des Strukturalismus[34] lassen die Geschichte immer mehr zum Potential für Lösungen von Gegenwartsfragen werden. Schon F. Nietzsche hat bekanntlich einen vergleichbaren Standpunkt eingenommen: "Nur soweit die Historie dem Leben dient, wollen wir ihr dienen"[35]. Die Geschichtswissenschaft findet sich plötzlich im Status der Hilfs- und Ergänzungswissenschaft[36].

– Zur Abkehr von der "toten" Vergangenheit und der Zuwendung zur Gegenwart tritt die unverkennbare Tendenz zum Entwurf von Utopien. Es geht eine

[31] R. Wittram ebd. S. 8 sowie A. Weiler 1970, S. 459.

[32] Diese Forderung wurde schon öfter erhoben. R. Wittram verweist auf die Rede von K. Eisner 1918: "... aber ich bitte um ihre Hilfe, daß dieses Parlament völlig rein werde von der Vergangenheit", ebd. S. 13.

[33] Vgl. A. Weiler, im Anschluß an K. Kupisch, 1970, S. 465.

[34] Zur Charakterisierung dieser Wissenschaftszweige vgl. C. Mönnich 1970, S. 473ff.; P. Biehl u.a. 1973, S. 8 und M. Widmann 1974, S. 309.

[35] F. Nietzsche, Unzeitgemäße Betrachtungen, 2. Stück: Vom Nutzen und Nachteil der Historie, Zitat nach M. Widmann, ebd. S. 309.

[36] P. Biehl 1973, S. 7.

große Faszination von der Zukunfts"planung", der Friedens"planung" usw. aus nach dem Motto "Laßt die Toten ihre Toten begraben"[37].

Wir brechen ab: Die Sichtung der mannigfachen Äußerungen und Analysen bezüglich des gegenwärtigen Verhältnisses zur Geschichte ließe sich noch vervollständigen, andere Schwerpunktsetzungen sind denkbar. Zwei Tendenzen – von allen mehr oder weniger unbestritten – zeichnen sich ab: Die Abwendung von der Vergangenheit auf der einen und der rein interessenbezogene Umgang mit der Geschichte auf der anderen Seite, der danach trachtet, sich Gegenwartstendenzen aus der Geschichte bestätigen zu lassen.

Bekannt ist das Beispiel von dem Wanderer auf dem schmalen Berggrat. Nur die Konzentration auf seinen Weg bewahrt ihn vor dem Absturz in den Abgrund zur Rechten und zur Linken. Die Verleugnung der Geschichte und die Ideologisierung der Geschichte sind Extreme, die einen standortgebundenen Umgang mit der Geschichte nicht ausschließen.

Krise des Geschichtsunterrichts

Angesichts dieser Lage ist es nicht verwunderlich, wenn "dem Fach Geschichte der Wind kräftig ins Gesicht bläst"[38]. Die Herausforderungen erfolgen durch die Fächer Gemeinschaftskunde und politische Bildung. Im letzten Abschnitt seiner Geschichtsdidaktik hat J. Rohlfes[39] unter Hinweis auf die Lehrpläne in Hessen, Niedersachsen und Nordrhein-Westfalen die Kritik der Historiker an der Entwicklung zusammengefaßt. "Die Indienststellung der Geschichte für eine auf gegenwärtige Handlungsfähigkeit zielende Gesellschaftskunde denaturiert die Geschichte und beschränkt sich auf eine 'Demonstrationsfunktion', bei der sie lediglich bestätigen kann, was dank einer bestimmten gegenwartspolitischen Perspektive vorher in sie hineingelegt wird", und er fährt fort: "Die geschichtlichen Themen haben in den genannten Lehrplänen ihre Eigenständigkeit und Offenheit weitgehend eingebüßt, sie leisten nur noch schlichte Zubringerdienste für gegenwärtige gesellschaftskritische Fragestellungen", um abschließend festzustellen: "Die 'Vollintegration' der historisch-politischen Unterrichtsfächer dient als willkommener Anlaß für die Deformation, wenn nicht gar den Abbau der Historie, zu der man sich zwar verbal bekennt, die man aber de facto nur noch als Beispielsammlung oder heuristische Hinführung zum Problem gelten läßt"[40].

[37] Vgl. B. Plongeron 1970, S. 478 und P. Biehl unter Berufung auf A. Heuß 1973, S. 7.
[38] J. Rohlfes 1976, S. 112.
[39] ebd. S. 114ff.
[40] ebd. S. 114.

An dieser Stelle ist bereits zu fragen, ob mit geschichtlichen Themen im Religionsunterricht genauso verfahren wird: Sie haben entweder gegenwartsorientierte Problemstellungen unterstützend zu bestätigen oder – und das ist ein Spezifikum dieses Faches – die Verwirklichung biblischer Aussagen zu demonstrieren?[41]

Zu den angedeuteten Herausforderungen treten die Gefahren einer Curriculumrevision, die oft zu eng angelegt ist und zu vordergründig arbeitet. Die gesellschaftliche Relevanz des Faches Geschichte erschöpft sich dann in seiner unmittelbaren Anwendbarkeit und Verfügbarkeit für gerade anstehende gesellschaftspolitische Aufgaben[42].

S. 31f.

Selbstverständlich gilt diese Kritik nicht dem gesamten Unternehmen der Curriculumrevision, sondern jenen Kräften, die sich dieses Verfahrens bedienen, um normative Forderungen durchzusetzen. Die Frage ist, ob nicht auch der Religionsunterricht immer wieder der Versuchung erliegt, auf vordergründig-überprüfbare Lernziele zuzusteuern, so daß er auch von daher erhebliche Schwierigkeiten hat, überlieferte Inhalte zu integrieren. Auf diese Gefahr wurde bereits bei der Darstellung der religionspädagogischen Konzeptionen hingewiesen.

Nicht zu übersehen sind die gesellschaftlichen Tendenzen, die jedem Fach der Schule ein gewisses Maß an Anpassung abnötigen – dem Fach Geschichte ebenso wie dem Fach Religion und anderen Fächern.

Sie kennen die banale Frage: Wer war zuerst: die Henne oder das Ei? Wir sind inzwischen in einem Entwicklungsstadium angelangt, in dem man fragen könnte: Ist es das gesellschaftliche Bewußtsein, das zu dem Geschichtsverlust oder zu dem pervertierten Umgang mit der Geschichte nötigt, oder sind es die vorhandenen Lehrpläne, Lehrbücher, Materialien und geforderten Curricula, die diese Bewußtseinslage samt seinem Fehlverhalten mit hervorbringen? Diese Frage läßt sich – genau wie die nach der Henne und dem Ei – nicht mehr entscheiden!

Krise des Kirchengeschichtsunterrichts

Von der Krise des gesellschaftlichen Bewußtseins und von der Krise des Geschichtsunterrichts ist der Teil des Religionsunterrichts, der herkömmlicher-

41 Eine sehr temperamentvolle Auseinandersetzung mit den Hessischen Rahmenrichtlinien in bezug auf den Kirchengeschichtsunterricht hat B. Jendorff geführt, vgl. ders. 1974, S. 401ff.

42 J. Rohlfes 1976, S. 113.

weise als Kirchengeschichtsunterricht bezeichnet wird, mitbetroffen. Analysen von Kirchengeschichtsbüchern und Unterrichtsmodellen, Befragungen von Lehrerstudenten und Schülern zeigen es[43]. Die Krise wird verschärft – genau wie im Fach Geschichte – durch bisherige Formen der Geschichtsbetrachtung und die Art, wie Stoffe ausgewählt und vermittelt wurden. Aufgrund verschiedener Analysen ergibt sich folgende kritische Sicht der bisherigen Kirchengeschichtsbetrachtung und des Kirchengeschichtsunterrichts:

1. Bevorzugt werden die Tendenzen der Mehrheit, die sich gegenüber denen der Minderheiten durchsetzen konnten. Dies gilt sowohl für die unterschiedliche Behandlung von rechtgläubigen und abweichenden Meinungen als auch für bestimmte Tendenzen innerhalb der Orthodoxie[44].
   Selbstverständlich wird der Rechtgläubigkeit ein Vorrecht zuerkannt gegenüber dem, was von der Kirche eines betreffenden Zeitpunkts jeweils nicht als rechtgläubig anerkannt wurde. Orthodoxie ist oft Vorbedingung dafür, daß Ereignisse vom (Kirchen)-Historiker in Betracht gezogen werden[45].
   Mit einer gewissen Folgerichtigkeit kann man eine gewisse Vorliebe für die "Einheit(lichkeit)" der Kirche feststellen gegenüber dem Pluralismus. G. Alberigo geht sogar so weit, von einer Bevorzugung der konformistischen Haltung gegenüber der Betätigung besonderer Charismen zu sprechen[46].
2. Die Kirchen und kirchlichen Gruppen betrachten Geschichte jeweils aus ihrer Sicht. Sie bevorzugen diejenigen Strömungen, die ihre eigene Konfessionalität zu bestätigen scheinen. So gibt es eine "romozentrische", eine "lutherische", eine "freikirchliche" Retrospektive. Es fehlt die ökumenische Weite.
   Kontroverse Epochen, z.B. die Zeit der Reformation, werden rechthaberisch und polemisch beschrieben, die Schuld nur auf einer Seite gesucht. Die Verzeichnung geht bis zur Legendenbildung im positiven und negativen Sinn. Von den einen werden die Vorgänge des 16. Jahrhunderts als Beginn einer umfassenden Bewegung der Glaubensspaltung und des Abfalls von der ursprünglichen Einheit interpretiert, von anderen als Entdeckung des Prinzips der für die Kirche ständig notwendigen Erneuerung.
   Neben die Verzeichnung treten Versuche, die Phänomene der Vergangenheit einem "geistlich gedeuteten" Geschichtsbild einzupassen. Das kann im Sinne G. Arnolds geschehen, der 1699 seine "Unparteiische Kirchen- und Ketzerhistorie" vollendete und in ihr die Geschichte der Kirche als Geschichte des Abfalls von der alten Unschuld und Wahrheit des Urchristentums der aposto-

[43] Vgl. K. Wegenast, Kirchengeschichte 1974, S. 319ff. und H. Hammerich 1976, S. 375ff.; B. Jendorff 1972, S. 344ff. und B. Jendorff 1974, S. 397ff. sowie H. Gutschera/J. Thierfelder 1972, S. 357ff. und E. Linnemann 1970, S. 65ff.

[44] Vgl. G. Alberigo 1970, S. 488.

[45] Vgl. ebd. S. 487.

[46] ebd.

lischen Schriften beschrieb[47]. Es kann aber auch im Sinne der Aufklärungstheologen des 18. Jahrhunderts geschehen, die die Kirchengeschichte als eine Geschichte des zu immer höherer Vollkommenheit fortschreitenden Christentums mit immer helleren Einsichten und würdigeren Überzeugungen in der Gottesvorstellung verstanden[48].

3. Im katholischen wie im evangelischen Bereich fällt die Bevorzugung von Autoritäten und die Konzentration auf idealisierte Lebensbilder auf. Im katholischen Bereich liegt dabei mehr der Schwerpunkt auf Klerikern und kanonisierten Heiligen[49], im evangelischen Bereich auf den Heldengestalten der urchristlichen Märtyrer und der Reformationszeit sowie anderen Geistträgern[50].
4. Lehrpläne und Lehrbücher vergröbern und vereinfachen noch mehr als Kirchenhistoriker. E. Linnemann hat nach einer kritischen Sichtung von Lehrplänen hinsichtlich der kirchengeschichtlichen Inhalte eine Tendenz – von Ausnahmen natürlich abgesehen – zur Glorifizierung der Kirche feststellen müssen[51]. Hand in Hand damit geht jene andere Tendenz, die die unerfreulichen Seiten der sog. Kirchengeschichte übergeht oder beschönigt. Es ist in der Tat "ein Skandal, wenn Stoffe, die das Christentum belasten, den Jugendlichen nicht im Unterricht, sondern erst in der antichristlichen Tendenzliteratur präsentiert werden"[52].

Diese Übersicht krankt daran, daß verhältnismäßig pauschal dargestellt und im einzelnen auf notwendige Differenzierungen verzichtet werden muß. Einen Dienst kann sie jedoch insoweit leisten, als sie vielleicht zeigt, daß die mit den kirchengeschichtlichen Stoffen vermittelte Wirklichkeit sich himmelweit von der Wirklichkeit des Schülers unterscheidet. Im außerschulischen Erfahrungsfeld begegnen Kirche nicht als siegreich voranschreitende Macht, Christen nicht als hervorragende Glaubensbeispiele. Was wird geschehen, wenn dem Schüler diese Diskrepanz bewußt wird?

Zuvor noch einige Fragen zur Selbstüberprüfung . . .

47 Genaueres dazu vgl. K. Bornkamm 1976, S. 190f.
48 Weitere Ausführungen ebd. S. 198f.
49 Vgl. dazu G. Alberigo 1970, S. 488; er beleuchtet den katholischen Aspekt. Ferner E. Linnemann 1970, S. 67f.; sie zeigt die evangelischen Konsequenzen.
50 Zum Ganzen vergleiche die ausgezeichnete Analyse evangelischer und katholischer Kirchengeschichtsbücher von H. Gutschera/J. Thierfelder 1972, ab S. 362ff.
51 E. Linnemann 1970, S. 67f.
52 K. Bornkamm 1976, S. 197.

Zur Selbstüberprüfung

1. Vorausgesetzt, Sie haben einen einigermaßen geregelten Religionsunterricht gehabt –

   An welche Kirchengeschichtsstoffe erinnern Sie sich?

   Welcher Gesamteindruck hat sich in Ihnen festgesetzt?

2. Vorausgesetzt, Sie haben Ihr theologisches bzw. Ihr religionspädagogisches Studium schon hinter sich –

   Haben Sie kirchengeschichtliche Vorlesungen oder Seminare besucht?

   Konnten Sie einen Überblick über die Kirchengeschichte gewinnen?

   Haben Sie sich mit kirchengeschichtlichen Darstellungen der anderen Konfession (als der Ihren) beschäftigt?

3. Vorausgesetzt, Sie erteilen bereits seit einiger Zeit Religionsunterricht –

   Behandeln Sie geschichtliche Stoffe (gelegentlich oder regelmäßig)?

   Nach welchen Gesichtspunkten nehmen Sie geschichtliche Fragestellungen auf?

5.4
Mögliche Struktur einer Wirkungsgeschichte im Religionsunterricht

Wir greifen die Argumentation des vorhergehenden Abschnitts noch einmal auf: Der dauernde Verlust der geschichtlichen Dimension in unserem Bewußtsein und dem der kommenden Generationen bedeutet einen nicht wieder gutzumachenden Schaden. Was wir nichtwissend und -erkennend bewältigen, wird uns unversehens vom Rücken her überfallen in Form von neuen Mythen oder Ideologien[53]. Selbst am Verlust dieser Dimension mitzuwirken, ist ein unsinniges, ja unrealistisches Unterfangen und erkenntnistheoretisch eine Fehlhaltung. Wenn wir weiterhin ein wesentliches Element unseres Menschseins verleugnen und verdrängen, dann muß das auf Dauer zu Störungen führen. Unser Umgang mit der biblischen Überlieferung bleibt kurzschlüssig. Die in ihr unter dem Aspekt eines bestimmten Gottesverhältnisses gedeutete Wirklichkeit unterscheidet sich von anderen religiösen Überlieferungen vornehmlich durch die dauernde Einbeziehung des geschichtlichen Moments[54].

Im Verlauf der Dogmengeschichte gab es immer wieder Versuche, den christlichen Glauben mit Hilfe philosophischer Kategorien zu verdeutlichen, die im Grunde ungeschichtlich waren. In der Alten Kirche geschah dies beispielsweise durch die Übertragung der Seinsvorstellungen des Mittleren Platonismus und des Neuplatonismus auf die Christologie. Diese Kategorien konnten den geschichtlich orientierten christlichen Glauben nicht überwältigen. Teilweise wurden sie so verändert, daß sie nicht mehr das waren, was der Mittlere Platonismus und der Neuplatonismus darunter verstanden. Teilweise wurden sie auf christlicher Seite als so fremdartig empfunden, daß sie im Verlauf der dogmengeschichtlichen Entwicklung wieder zurückgedrängt und durch andere Kategorien ersetzt wurden.

Gleichzeitig gilt aber auch, daß die bisherige Form, in der die geschichtliche Dimension im Religionsunterricht erarbeitet wurde, überprüft werden muß.

Eine solche Forderung kann nicht als Kritik am einzelnen Lehrer verstanden werden, der nach bestem Wissen und Gewissen, vielleicht gegen große Widerstände versucht hat, der "Kirchengeschichte" gerecht zu werden. Es geht hier um eine Überprüfung der Tendenzen, die in Lehrplänen und Religionsbüchern sichtbar werden.

[53] So könnte man in Weiterführung eines Gedankens von R.Wittram sagen, vgl. 1969, S. 100.

[54] Vgl. Y. Congar 1970, S. 496.

Welcher Art müssen die Geschichtsbetrachtung und das Geschichtsverständnis sein, die für den Religionsunterricht der Schule relevant sind? Sind Strukturen erkennbar, die fruchtbare Fragestellungen und Erkenntnisse für Menschen unserer Zeit, insbesondere für die Heranwachsenden hervorbringen können?

Phänomenologischer Denkansatz

In seiner Enzyklika "Mater et Magistra" aus dem Jahre 1961[55] hat Papst Johannes XXIII im vierten und letzten Teil dargelegt, wie bei der Entwicklung einer kirchlichen Soziallehre vorzugehen sei[56]: "Zunächst muß man den wahren Sachverhalt richtig durchschauen. Dann muß man diesen Sachverhalt nach diesen Grundsätzen gewissenhaft bewerten. Schließlich muß man feststellen, was man tun kann und muß, um diese Grundsätze auf die vorliegende Situation anzuwenden. Diese drei Schritte lassen sich in den drei Worten ausdrücken: Sehen, urteilen, handeln". In den drei Schritten wird ein *phänomenologischer* Denkansatz formuliert. Johannes XXIII geht von vorhandenen Zuständen und Erscheinungen aus, kommt aufgrund bestimmter Kriterien zur Urteilsbildung und zieht daraus praktische Konsequenzen. Dieses Vorgehen unterscheidet sich von einem *normativen* Denkansatz, der von Prinzipien und gesetzten Normen ausgeht und Anweisungen gibt, wie die Wirklichkeit mit diesen Grundsätzen in Einklang zu bringen sei[57]. Die Grundsätze Johannes XXIII lassen sich auf das Gewinnen einer angemessenen Geschichtsbetrachtung anwenden. Es könnte dann formuliert werden: Überlieferungen

- erfassen und sichten
- interpretieren und bewerten
- Folgerungen für die Gegenwart und Zukunft ziehen.

Wirkungsgeschichte der alt- und neutestamentlichen Überlieferungen

Für die Theologie und damit auch für den Religionsunterricht sind ganz bestimmte Phänomene von Interesse: diejenigen, die in einem wirkungsgeschichtlichen Zusammenhang mit den Überlieferungen des Alten *und* Neuen Testaments stehen[58]. Damit ist zunächst ein weites Feld abgesteckt, das mit Hilfe eines bestimmten Denkansatzes durchleuchtet werden soll. Es ist der gleiche, der auch in der allgemeinen Geschichtswissenschaft Anwendung findet – oder finden sollte! – und das abgesteckte Feld ist ein Teilbereich der allgemeinen Geschichte. Überlegungen geschichtsphilosophischer Art können, die Methoden der Erforschung müssen auf ihn angewandt werden.

[55] Lat.-deutsche Ausgabe im Rex Verlag, Luzern–München, 1963.
[56] Mater et Magistra Nr. 236.
[57] Ein normativer Denkansatz liegt z.B. in der Sozialenzyklika Leo XIII "Rerum Novarum" aus dem Jahre 1891 vor.
[58] Ein wirkungsgeschichtlicher Zusammenhang, der sich nur am Alten Testament orientiert, ist für die jüdische Theologie interessant.

> Daß die sog. Kirchengeschichte ein Teilbereich der allgemeinen Geschichte und eine Unterscheidung in Profan- und Kirchengeschichte nicht möglich ist, hat G. Ebeling mit Nachdruck gefordert[59]. Er hat darauf aufmerksam gemacht, daß diese herkömmliche Unterscheidung ein Produkt des fortschreitenden abendländischen Säkularisationsprozesses ist, in dessen Verlauf die Profangeschichte sich von der Kirchengeschichte trennte und zu einem autonomen Bereich entwickelte. Erst in der weiteren Folge drangen profane Methoden in die Kirchengeschichtsschreibung ein[60]. Auch katholische (Kirchen-)Historiker haben sich der Auffassung Ebelings angeschlossen und anstelle eines dogmatischen einen phänomenologischen Denkansatz gefordert, den Begriff "Kirchen"geschichte aber wie Ebeling beibehalten[61].

Dieser Denkansatz wird erhebliche didaktische Konsequenzen haben – wie noch zu zeigen sein wird. Der Hinweis auf das noch sehr weite Feld der Wirkungsgeschichte des Alten und Neuen Testaments und den sehr allgemein formulierten phänomenologischen Denkansatz bedarf noch weiterer Verdeutlichungen und Unterscheidungen.

Wechselseitige Wirkung gegensätzlicher Positionen

Eine Auseinandersetzung mit der Wirkungsgeschichte der alt- und neutestamentlichen Überlieferungen wird sich zunächst auf jene Wirkungen konzentrieren, die in bestimmten Gruppen auftraten, die sich als Kirchen verstanden oder als Christen bezeichneten. Es ist dabei gleichgültig, ob sich diese Gruppen in der Mehrheit oder in der Minderheit befanden, ob ihnen Anerkennung zuteil wurde oder nicht[62]. Je nach Status werden bestimmte Denk- und Verhaltensweisen sichtbar werden[63]. Ein Blick über die christlichen Gruppierungen hinaus wird zeigen, daß sich die Wirkung der alt- und neutestamentlichen Überliefe-

59 G. Ebeling ^{2}1966, S. 13ff. Vgl. ferner C. Mönnich 1970, S. 474.

60 Vgl. dazu A. Weiler: "Die Kirchengeschichte als wissenschaftliche Tätigkeit muß betrieben werden wie irgendein Zweig der Profangeschichte, und dies bedeutet, daß auch die Kirchengeschichte nicht zurückbleiben darf, wenn die profane Geschichtswissenschaft neue methodische Wege einschlägt", 1970, S. 460.

61 Dazu z.B. G. Alberigo: "Gegenstand der Kirchengeschichte muß die Kirche sein und somit die christlichen Kirchen – ich verstehe hier diesen Begriff nicht dogmatisch, sondern phänomenologisch –, d.h. alle Äußerungen des Lebens, Denkens, Organisierens, die im Christentum ihren Ausdruck gefunden haben, dessen geschichtlicher Status ein kirchlicher Status ist, wenn auch in den verschiedenen Perioden und von seiten der verschiedenen Tendenzen in sehr verschiedenem Sinn", 1970, S. 489.

62 Hier ist sowohl an sog. häretische Gruppen gedacht, die aufgrund ihrer Lehre verurteilt wurden, als auch an die großen Konfessionskirchen und an Sonderentwicklungen innerhalb einer Gruppe aufgrund sozialer, politischer und geografischer Gegebenheiten.

63 Solche Zusammenhänge können durch die analytischen Methoden anderer Wissenschaften, wie z.B. der Soziologie, aufgedeckt werden.

rungen auch auf solche Gruppen und Personen erstreckt, die durch Geburt oder durch ausdrückliche Entscheidung eine andere als die christliche Position einnehmen[64]. Die Position des einen wird durch die gegnerische Position des anderen beeinflußt und verändert.

Besonders interessant ist in diesem Zusammenhang das Beziehungsgeflecht zwischen Christentum und Marxismus. Obwohl Marx seine Position im Gegensatz zum Christentum entwickelte, kann er den Einfluß biblisch-jüdischer Traditionen nicht verleugnen. Beide Positionen haben sich im Verlauf der Entwicklung verändert bis dahin, daß die Analysen und Methoden, teilweise sogar die geschichtsphilosophischen Überlegungen des Marxismus, von der Theologie übernommen wurden und dort Schwerpunktverlagerungen in den Aussagen, insbesondere auf dem Gebiet der Eschatologie, hervorgerufen haben.

Wechselseitige Verflechtung der Bereiche

Die Auseinandersetzung mit der Wirkungsgeschichte zeigt aber nicht nur vielfältige Verflechtungen der Gruppen und ihrer Denk- und Verhaltensweisen, sondern auch eine vielfältige Verflechtung der Bereiche. Die religiös-christlich-biblische Komponente ist in komplexer Weise mit anderen Faktoren und Umständen aus den Bereichen der Politik, Sprache, Soziologie und Philosophie verquickt. Wer sich auf die Wirkungen konzentriert, die im Zusammenhang mit den biblischen Überlieferungen stehen und sich in Gruppen mit christlichem Selbstverständnis manifestieren, kann diese Bezüge auf keinen Fall außer acht lassen. Auch hier lassen sich aus den sog. Humanwissenschaften und den Geisteswissenschaften wichtige Aspekte zur Sichtung der Phänomene gewinnen[65]. Die Erklärung eines Phänomens aus nur einer Ursache (monokausale Betrachtungsweise) ist aufgrund der vielfältigen Verzahnungen und wechselseitigen Verschränkungen der Wirkungen nicht möglich. Eine einseitige Betrachtungsweise führt notwendigerweise zu Verkürzungen und Verzerrungen der Sachverhalte. Einseitig bleibt die – wenn auch im Vergleich zu anderen Kirchengeschichtsbetrachtungen sehr fruchtbare – These Ebelings "Kirchengeschichte ist Geschichte der Auslegung der Heiligen Schrift". Sie ist vorwiegend geisteswissenschaftlich-hermeneutisch orientiert und bleibt zu sehr der Sicht des Theo-

[64] Sowohl die Antike wie die Neuzeit sind hier ergiebig, beides Epochen, in denen die Kirche keine unumstrittene Position innehatte.

[65] Auf die notwendige Ergänzung der Geschichtswissenschaft durch die Humanwissenschaften weist mit Nachdruck C. Mönnich hin. Er bemerkt u.a.: "Wie müssen wir die Kirchengeschichte im Rahmen der anthropologischen Wissenschaften sehen? Jeder heutige Kirchenhistoriker hat von ihnen seinen Gewinn. In seinem Fachbereich zeigen sich menschliche Phänomene, die ihm durch Soziologie und Psychologie, Wirtschaftslehre und politische Wissenschaft, Linguistik und Stilistik klarer werden". (1970, S. 473)

logen verhaftet, der hauptberuflich das Auslegungsgeschäft betreibt[66]. Einseitig ist auch die vulgärmarxistische Betrachtungsweise, die alle Phänomene aus dem Bereich der Religion und Philosophie als Widerspiegelung ökonomischer Verhältnisse betrachtet. R. Wittram bezeichnet es als einen analytischen Fehler, religiösen Glauben als mögliche Primärkraft ausschließen zu wollen; dieser Fehler kann ein völlig falsches Geschichtsbild zur Folge haben[67].

Erste Zwischenbilanz

Die Auseinandersetzung mit der Wirkungsgeschichte der biblischen Überlieferungen des Alten und Neuen Testaments erfordert eine ganzheitliche Betrachtungsweise, die möglichst viele Wirkungszusammenhänge berücksichtigt und die Anwendung sowohl hermeneutischer wie analytischer Methoden. Sie kann den Betrachter zur Weite des Verstehens und zur Offenheit für viele Fragestellungen und Betrachtungsweisen anregen.

Wechselseitige Verflechtung von Ereignissen und Deutung

Die vorgenommenen Verdeutlichungen dessen, was die Wirkungsgeschichte umfaßt, müssen durch eine Unterscheidung ergänzt werden, die den Begriff "Phänomen" betrifft. Phänomene der Geschichte bestehen aus Ereignissen und aus der Deutung dieser Ereignisse. Die deutende Bewältigung von Ereignissen vollzieht sich in Aufnahme, Weiterführung, Veränderung und Vernachlässigung vorgefundener Überlieferungen[67].

S. 104ff. und S. 135ff.

Erinnern Sie sich? Im Zusammenhang mit der Darstellung des wirkungsgeschichtlichen Bewußtseins wurde auf diesen Vorgang beim Verstehens- und Interpretationsprozeß hingewiesen, in den Abschnitten 4.11 und 5.2!

[66] Vgl. G. Ebeling ^{2}1966, S. 24. Obwohl Ebeling den Begriff "Auslegung" sehr weit faßt und zugesteht, daß auch ganz profane politische Phänomene zu kirchengeschichtlichen Phänomenen werden können, muß diese Feststellung getroffen werden. Ergebnisse der humanwissenschaftlichen Betrachtungsweise konnten bei E. noch nicht angemessen berücksichtigt werden, da sein Aufsatz erstmalig bereits 1946 als Habilitationsvorlesung erschienen war!

[67] Vgl. R. Wittram 1969, S. 90. Welche Vorstellungen in den Köpfen der Schüler in bezug auf kirchengeschichtliche Sachverhalte aufgrund einseitiger Betrachtungsweise herumspuken, hat M. Widmann 1974, S. 316, gezeigt: "Wie viele haben nie einen ordentlichen Unterricht über Calvin und die Genfer Reformation erhalten, aber um so zäher hat sich in diesem Vakuum die sog. Calvinismus-Kapitalismus-Theorie von M. Weber festgekrallt, meist sogar noch in der groben Form, Calvin habe gelehrt, jeder könne am geschäftlichen Erfolg ablesen, ob er ein Erwählter sei, und das habe die kapitalistische Erwerbssucht aufs höchste angereizt".

Sowohl die Ereignisse als auch die Deutevorgänge verändern sich. Sie stehen in einem reziproken Verhältnis zueinander. Die Beschäftigung mit der Wirkungsgeschichte der biblischen Überlieferungen fördert viele Verstehensweisen von Kirche, vom Menschen usw. zutage[68].

In einem Fernstudienseminar, das Lehrer der Grund- und Hauptschule im Fach Theologie auf die Realschullehrerprüfung vorbereitet, werden verschiedene eschatologische Konzeptionen sowohl aus der Vergangenheit als auch aus der Gegenwart erarbeitet.

Lehrer L (ca. 35 Jahre, Hauptschullehrer, aus fundamentalistisch-biblizistischen Kreisen kommend, in großer Verzweiflung):
"Ja, woran kann ich mich angesichts dieser vielen Eschatologien noch halten? Ich durchschaue dieses Vielerlei nicht mehr! In der Christologie war es doch das gleiche! . . .

Der Ausbruch von Herrn L zeigt, daß einer rein phänomenologischen Betrachtungsweise, bei der Ereignisse und Deutungen ohne Wertung nebeneinandergestellt werden, Grenzen gesetzt sind.
Wir greifen zurück auf das Zitat Johannes XXIII, in dem er seine Grundsätze bei der Entwicklung einer kirchlichen Soziallehre nennt. Der zweite Schritt hieß: " . . . Dann muß man diesen Sachverhalt nach diesen Grundsätzen gewissenhaft bewerten . . ." Mit den Phänomenen und Problemen der Vergangenheit ist es nicht anders als mit denen der Gegenwart. Sie benötigen Kriterien zur angemessenen Bewertung. Es liegt nahe, auch an die Wirkungsgeschichte die fünf fundamentalen Grundsymbole als Frage- und Bewertungsraster anzulegen.

S. 91 ff.

Dieser Raster wurde im Zusammenhang mit dem problemorientierten Unterrichtsansatz von der systematischen Theologie her entwickelt.

Die fundamentalen Grundsymbole als Bewertungsmaßstab der Phänomene

Aus den fünf fundamentalen Grundsymbolen könnten sich im Blick auf vergangene Phänomene, insbesondere hinsichtlich der theologischen Deuteprozesse, folgende Fragen ergeben:

[68] Die theologischen Deutungen bzw. Glaubensüberzeugungen der Vergangenheit lassen sich allerdings deutlich erkennen und beschreiben (vorausgesetzt die Quellen geben ausreichende Auskünfte). Hier ist A. Philipps zu widersprechen, der eine kompromißlose Unterscheidung zwischen historisch begründeten Wissensaussagen und durch den Glauben begründeten "Faktenaussagen" fordert (A.Philipps 1974, S. 145). Diese Unterscheidung kann und muß zwischen *gegenwärtigen* Deutungen und vergangenen Phänomenen vollzogen werden, vgl. S. 156 f. dieses Buches!

Erstes Grundsymbol – "Gottebenbildlichkeit":
Welche Anthropologie liegt vor und welche Impulse zur Weltbewältigung gingen von ihr aus? Es liegt auf der Hand, daß sich in den Glaubensüberzeugungen der Antike, der Renaissance, der Reformation oder der Neuzeit unterschiedliche Schwerpunktsetzungen finden.

Zweites Grundsymbol – "Entfremdung":
Wurde "Sünde" vorwiegend in den "Sünden", beispielsweise im Sexualbereich, gesehen? Oder als grundverkehrte Haltung des Menschen gegenüber Gott? Oder als Gleichgültigkeit und Teilnahmslosigkeit gegenüber den Mitmenschen?

Drittes Grundsymbol – "Erlösung/Versöhnung":
Wurde Versöhnung vorwiegend als Tat des Menschen bewertet, die einen "zornigen Gott" zu besänftigen hatte, oder als Tat, die von Gott ausging und dem Menschen zugesprochen wurde (Rechtfertigung als Gerecht-Sprechen des Menschen durch Gott)? Hat das Evangelium den Vorrang vor dem fordernden Gesetz? Wurde Erlösung in erster Linie individuell oder kollektiv gesehen?

Viertes Grundsymbol – "Hoffnung":
In welchem Verhältnis sah man "Reich Gottes" und Kirche? War es eine auf das Jenseits gerichtete oder auf innerweltliche Erfüllung gerichtete Hoffnung? Steht die Hoffnung des einzelnen oder die des gesamten Gottesvolkes im Vordergrund?

Fünftes Grundsymbol – "Nachfolge":
Sah man Nachfolge durch Distanzierung von der Welt verwirklicht? Unterschied man zwischen dem Weg des Normalchristen und einem vollkommneren Weg (Mönchtum)? Bestand Nachfolge in der Erfüllung eines bestimmten Berufsethos?
Wie verstand sich in diesem Zusammenhang die Kirche? Als Gruppe der "aus der Welt Herausgerufenen"? Als triumphierende Kirche? Oder als Kirche unter dem Kreuz, die sich im Leiden verwirklicht?

Bei allen Grundsymbolen ist dann noch einmal zu fragen, wie die geschichtliche und wie die christologische Dimension zur Geltung kommt oder zurücktritt. Im Blick auf die christlichen bzw. kirchlichen Gruppen könnte schließlich untersucht werden, wie sich ihre *"martyria"* (Zeugnis), ihre *"leitourgia"* (Gottesdienst/Anbetung) und ihre *"diakonia"* (tätige Liebe) äußerten und welche beabsichtigten und unbeabsichtigten Wirkungen sie hatten.
Erst das Gesamtgefüge des Symbolrasters ergibt ein angemessenes Netz von Fragestellungen und bewahrt vor ideologischen Verzerrungen.

Zweite Zwischenbilanz

Der Umgang mit der Wirkungsgeschichte der biblischen Überlieferungen des Alten und Neuen Testaments zeigt einen großen Pluralismus des theologischen Verstehens und Deutens, der mit Hilfe eines systematisch-theologischen Kriterienrasters gesichtet werden muß. Der Horizont des Betrachters wird erweitert durch viele Möglichkeiten des Denkens und Handelns. Das relativiert den eigenen Standort und kann zu alternativem Denken anleiten.

Ambivalenz der Wirkungsgeschichte – Kontroverse Legitimationsversuche

Die Unterscheidung von Ereignissen und deren Deutung im Zusammenhang mit dem Begriff "Phänomene" in der Wirkungsgeschichte bedarf noch einer zusätzlichen Verdeutlichung. Es ist keineswegs so, daß sich die Veränderung der Ereignisse und deren Deutung sozusagen wie von selbst aufgrund eines wie auch immer gearteten Entwicklungsgesetzes vollzogen hat und vollzieht. Fragestellungen und entsprechende Antworten waren fast immer umstritten. Auch die Antwort einer Epoche war nie eindeutig. Alternativen gab es fast immer, weil es verschiedene Weisen gab, sich auf biblische Traditionen zu berufen und den eigenen Standpunkt zu legitimieren. Mit dem Vorgang der Legitimation konnte ein unterschiedlicher Grad von Anpassung oder Widerstand gegenüber bestehenden Verhältnissen verbunden sein[69].

Dieser Vorgang läßt sich u.a. verdeutlichen an den Vorgängen zu Beginn des Dritten Reiches. Sowohl die Deutschen Christen als auch die Bekennende Kirche haben ihren Standpunkt theologisch legitimiert. Mit *diesem* Legitimationsvorgang vollzog sich eine unterschiedliche Legitimation der damals bestehenden Verhältnisse. Während für uns heute mehr oder weniger klar zu sein scheint, wer "recht hatte", war dies für die Zeitgenossen keineswegs eindeutig. Die heute übliche Verurteilung der Position der Deutschen Christen bewahrt uns keineswegs davor, in ähnliche Argumentationsweisen zurückzufallen, wenn wir in einer strittigen Frage und in einer bestimmten Konstellation der Verhältnisse gefordert sind.

Es versteht sich von selbst, daß die Mehrheitsverhältnisse in bezug auf die eine oder andere Position höchst unterschiedlich gewichtet sein können.

69 K.-H. Gesell hat in sehr überzeugender Weise und in Fortführung seiner Gedanken zum wirkungsgeschichtlichen Aspekt an einem Beispiel aufgezeigt, wie *ambivalent* das Problem "Rechtfertigung und Leistung" im Verlauf der Wirkungsgeschichte gesehen worden ist. Entsprechend zeigen alle theologischen Neuansätze in dieser Frage ein "verschiedenes Profil". Vgl. K.-H. Gesell 1975, S. 31ff.

Wenn wir aufgrund der jeweiligen Quellenlage zugestehen, daß im Verlauf der Wirkungsgeschichte viele Probleme umstritten waren, so kommt durch die soziologische Betrachtungsweise ein weiterer Gesichtspunkt hinzu. Zu ein und derselben Fragestellung kann es eine Sichtweise "von oben" und eine "von unten" geben, eine Sicht der führenden und eine der benachteiligten Schichten bzw. derer, die sich mit den Benachteiligten identifizieren.

O Besonders deutlich wird dieser Sachverhalt bei der Beurteilung der sozialen Frage im 19. und zu Beginn des 20. Jahrhunderts. Die Sicht Papst Leos XIII. und großer Teile der kirchlichen Hierarchie ist eine andere als die einer Arbeitergemeinde bzw. der Priester, die in diesen Gemeinden tätig sind (oder auch die katholischer Sozialwissenschaftler); erst recht ist die Sicht der entkirchlichten Arbeiterschaft eine andere. Papst Pius XI., der vierzig Jahre nach Erscheinen von Rerum Novarum seine Sozialenzyklika Quadragesimo Anno erscheinen läßt, gibt zu erkennen, daß es in dieser Frage zu innerkatholischen Auseinandersetzungen gekommen war[70]. Das gleiche gilt für die evangelische Seite. Stellungnahmen des Evangelischen Oberkirchenrats in Berlin oder der Synoden unterscheiden sich deutlich von den christlichen Sozialisten, die die Probleme der Arbeiterschaft häufig aus ihren Gemeinden kannten.

Die Sicht "von unten" konnte sich keineswegs immer durchsetzen.

Dritte Zwischenbilanz

Die Auseinandersetzung mit der Wirkungsgeschichte zeigt, daß keine Generation zu eindeutigen Antworten gefunden hat. Die Suche nach Wahrheit vollzieht sich in der Auseinandersetzung. Sie ist jeder Generation und jedem Individuum als eigenständige Frage gestellt. Die Berufung auf die biblischen Überlieferungen sichert noch nicht die richtige Entscheidung.

Phänomene der Vergangenheit und gegenwärtiger theologischer Standort

Der Umgang mit der Wirkungsgeschichte und der Einsatz des phänomenologischen Denkansatzes macht noch eine letzte Unterscheidung erforderlich: die zwischen den Phänomenen der Vergangenheit (die aus Ereignissen und Deutungen bestehen!) und unserem heutigen theologischen Standort (der ebenfalls in

[70] Pius XI., Quadragesimo Anno 1931, deutsche Ausgabe, Rex Verlag, Luzern [6]1961. Vgl. z.B. QA Nr. 14.

vielfältige Wirkungszusammenhänge eingebettet ist!). Seine Perspektiven (die sich nach den fünf fundamentalen Grundsymbolen sichten lassen) stehen zwar mit denen der Vergangenheit in wirkungsgeschichtlichem Zusammenhang, sind aber nicht mit ihnen identisch[71]. Mit unserem derzeitigen theologischen Erkenntnisstand können wir die Geschichte nicht einfach erobern und sie uns unterwerfen. Angemessen ist nur ein Dialog zwischen anthropologischen, ekklesiologischen, eschatologischen, christologischen usw. Einsichten damals und heute. Wir nähern uns der Geschichte mit unseren Fragen, wir müssen aber auch bereit sein, uns von der "eigenständigen Fremdheit des Vergangenen gefangennehmen und modifizieren zu lassen"[72].

Diesen vergleichenden und dialogischen Umgang mit der Geschichte hat H.-I. Marrou mit den beiden Windungen einer Spirale verglichen. Wenn wir unsere Fragen an die Vergangenheit stellen, treffen wir auf Phänomene, die zu ihr passen; ihre Antworten sind mühelos zu verstehen. Wir treffen aber auch auf solche, die uns überraschen und befremden. Das zwingt uns, u.U. unsere Fragestellungen zu verändern, um weiterzukommen, bis der beschriebene Vorgang wiederholt werden kann[73].

Phänomene der Wirkungsgeschichte und ihr Ursprung

Wir können aber auch einen Vergleich zwischen den Phänomenen der Wirkungsgeschichte und ihrem Ursprung, der alt- und neutestamentlichen Überlieferung, anstellen[74].

S. 138f.

Ein derartiger Vergleich zwischen dem ursprünglichen Werk eines Autors und seiner Wirkung wurde auch in bezug auf die Rezeptionsgeschichte Lessings durchgeführt. Vergleichen Sie noch einmal die Schlußfolgerungen W. Barners!

Wir werden nicht umhinkommen, in jeder Epoche eine Differenz, einen Rest von Unangemessenheit zwischen Ursprung und Nachwirkung festzustellen. Die

[71] Zum Problem der Verschiedenheit zwischen Gegenwart und Vergangenheit vgl. H.-I. Marrou 1973, S. 57, wo er anschaulich seine Kontroverse mit dem Patristiker E.J. Goodspeed schildert, der der Meinung war, man könne den paulinischen Gruß "freut euch" (chairete) mit "Good morning" oder "Good bye" übersetzen.

[72] In Erläuterung dieses Zusammenhangs hat R. Wittram 1969, S. 16 gezeigt, wie wichtig es ist, darauf zu achten, daß die der Gegenwart entspringenden Fragen nicht zu einem interessanten ideologiebestimmten Katalog zusammenschießen, daß nicht die eine oder andere in der Gegenwart zeitweilig dominierende Willensrichtung einen Vorentwurf der Vergangenheit erzwingt, der nur das kanonisiert, was der einen oder anderen Bestrebung die gewünschte Zeittiefe vermittelt".

[73] Vgl. H.-I. Marrou 1973, S. 107f.

[74] Vgl. M. Widmann 1974, S. 314.

Menschen jeder Generation teilen miteinander ihre begrenzte Erkenntnisfähigkeit.
Die Differenz geht jedoch noch tiefer. Wie bereits ausgeführt wurde, begegnet uns in der alt- und neutestamentlichen Überlieferung trotz aller Vielfalt ein gleichbleibender Zuspruch und Anspruch[75]. Ihm gegenüber stellen wir nicht ein teilweises "Nichterkennenkönnen" fest – dies wäre, da wir es mit allen Menschen teilen, noch entschuldbar – sondern auch ein "Nichtwollen" derer, die sich als Christen bzw. Kirchen verstehen. So zeigt die Wirkungsgeschichte ein doppeltes Gesicht, "Licht und Schatten"[76]. Um es zu konkretisieren: Nachfolge vollzieht sich in Hingabe und Gehorsam. Daneben finden sich – oft bei ein und demselben Individuum, in ein und derselben christlichen Gruppe, in ein und derselben Epoche – Verweigerung der Nachfolge, schuldhaftes Versagen bei Gelegenheiten, wo Christsein sich hätte bewähren können, Verkehrung der Intentionen des Evangeliums in ihr Gegenteil[77].

Zwiespalt zwischen dem "sowohl als auch"

Hier handelt es sich um einen im Menschen angelegten Zwiespalt, den der Apostel Paulus mit dem Satz beschrieben hat: "... denn nicht, was ich will, das führe ich aus, sondern, was ich hasse, das tue ich" (1 Kor 7,15 b). Luther hat diese Erfahrung in Beziehung zur Erfahrung des gnädigen Gottes gesetzt, also gedeutet: Der Mensch ist vor Gott Gerechter und zugleich Sünder (simul iustus et peccator).

Zwiespalt zwischen dem "schon und noch nicht"

Das "sowohl als auch" wird durchkreuzt von einer anderen Gesetzmäßigkeit, die im Zusammenhang mit dem Symbol der Hoffnung steht. Hoffnung richtet sich auf Zukunft, auf Erfüllung und Vollendung, einen Zustand also, der noch nicht da ist. Schon da ist ein Bild von der Zukunft, eine Verwirklichung, die in Jesus Christus geschehen ist. Der letzte Hinweis zeigt, daß nicht nur eine Differenz zwischen der Wirkungsgeschichte und ihrem Ursprung, sondern auch zwischen der Wirkungsgeschichte und ihrem angestrebten Ziel besteht.
Mit allen Menschen teilen wir das Moment der Geschichtlichkeit, der Zeitlichkeit und der Begrenztheit (unserer Erkenntnis). Mit denen, die sich vor uns Christen nannten, teilen wir das Angenommensein und Schuldigwerden, die Hoffnung auf Vollendung und das Sein in der Nichtvollendung. Unsere "Theologien" unterscheiden sich, nicht aber gewisse Strukturen des Menschseins und – im Blick auf Angebot und Forderung – des Christseins. Diese Feststellung soll nicht bedeuten, daß durch diesen Umstand "alles verstanden und verziehen" werden kann. Das liefe auf eine zwar notwendige, aber nicht ausreichende

[75] Vgl. S. 119 dieses Buches.
[76] Vgl. G. Ruhbach im Fernstudienbrief für Evangelische Religionslehrer Nr. 15, 1974, S. 71, K. Bornkamm 1976, S. 195ff. und M. Widmann 1974, S. 312.
[77] Vgl. die Kirchengeschichtsdarstellung von Kh. Deschner 1972 und H. Kühner ^{2}1965.

Relativierung alles dessen hinaus, was war und ist. Ein solches Erkennen aufgrund von Vergangenem wird zur echten Erkenntnis erst, wenn sie auch zur Erkenntnis unser selbst und unserer gegenwärtigen Situation führt.

Vierte Zwischenbilanz

Die Wirkungsgeschichte der alt- und neutestamentlichen Überlieferungen zeigt eine Vielzahl von ihr ausgehender Deutungen, u.a. eine Vielzahl von anthropologischen Betrachtungsweisen, aber eine Identität des Mensch- und Christseins gegenüber ihrem Anspruch und Zuspruch. Das kann den Betrachter zur Erkenntnis seiner eigenen Situation anleiten und davor bewahren, sich zum Richter über Menschen der Vergangenheit zu machen.

Gemessen an ihrem Ursprung zeigt die Wirkungsgeschichte der alt- und neutestamentlichen Überlieferungen weder eine ausschließliche Tendenz zum fortschreitenden Abfall noch eine Entwicklung zu fortschreitender Vollkommenheit, sondern eine Verschränkung beider Elemente. Dies läßt sich schon im Kanon der Schriften des Alten und Neuen Testaments ablesen; denn die Wirkungsgeschichte beginnt bereits dort.

Dieser längst erkannte Umstand hängt mit dem teilweise erheblichen zeitlichen Abstand zwischen den einzelnen Schriften und der veränderten Situation der jeweiligen Adressaten zusammen.

Die bisherigen Zwischenbilanzen zeigen auch, wie der Umgang mit der Wirkungsgeschichte *nicht* erfolgen sollte sowohl aus erkenntnistheoretischen als auch aus unterrichtspraktischen Erwägungen. Es ist *nicht* zulässig, idealtypische theologische Aussagen (aus dem Bereich der fünf fundamentalen Grundsymbole), die entweder einen paradiesischen Ursprungszustand oder einen in der Zukunft liegenden Vollendungszustand umschreiben, an die Geschichte anzulegen, ganz abgesehen davon, daß hier Deutungen einer bestimmten Gegenwart zum Maßstab der Vergangenheit gemacht werden. Es kann nicht erwartet werden, daß sich bei sorgfältigem Umgang mit allen Überlieferungen derartige Glaubensüberzeugungen und -hoffnungen beweisen lassen, es sei denn durch erhebliche Verzeichnung der vergangenen Wirklichkeit, ganz zu schweigen von der Unterschlagung nicht ins Bild passender Züge.
Um zu verdeutlichen, was gemeint ist, sollen einige Definitionen von Kirchengeschichte ausgeführt werden:

J.A. Möhler:
Die Kirchengeschichte ist der Ort der fortgesetzten Menschwerdung Christi.

A. Philipps:
Die Kirchengeschichte ist die Geschichte des Volkes Gottes in der Welt.

H. Storz:
Die Kirchengeschichte ist eine Darstellung der Verherrlichung Gottes in der Zeit durch die Kirche.

H. Bornkamm:
Die Kirchengeschichte ist die Geschichte des Evangeliums und seiner Wirkungen in der Welt[78].

Zu Möhler:
Die Wirkungen des Christus sind nicht immer offenkundig, sie sind oft verborgen – es sei denn, man versteht diese Menschwerdung sakramental. Die Vergegenwärtigung Christi läßt sich aber sehr wohl sakramental vollziehen, im Handeln aber verleugnen.

Zu Philipps:
Die christlichen Gemeinschaften sind kein einheitliches Gottesvolk. In ihrer Nachfolge sind sie Volk Gottes und "Nicht-mein-Volk" (spricht Gott).

Zu Storz:
Die Herrlichkeit Gottes ist genausowenig wie die Menschwerdung Christi offenkundig und ablesbar. Wo der eine sie sieht, ist sie dem anderen verborgen.

Zu Bornkamm:
In der Geschichte wird nicht nur "Evangelium", sondern auch "Gesetz" und Gesetzlichkeit sichtbar.

Diese, von den genannten Autoren "geglaubten Sätze" sind nicht geeignet, um Phänomene der Geschichte zu erfassen. Sie sind darüber hinaus theologisch fragwürdig und aus der biblischen Überlieferung selbst so nicht ableitbar.
Wir vergleichen damit zwei weitere Definitionen:

G. Ebeling:
Kirchengeschichte ist Profangeschichte unter Berücksichtigung ihres wirkungsgeschichtlichen Bezugs zur Heiligen Schrift.

W. Dignath:
Kirchengeschichte ist (im Blick auf Unterricht) Wirkungsgeschichte biblischer Texte, welche diese Texte mit ihrer Vorgeschichte kritisch in den Kontext ihrer Nachgeschichte stellt[79].

[78] Vgl. zu den Zitaten H. Gutschera/J. Thierfelder 1972, S. 364ff. und G. Ruhbach/E. Sturm 1974, S. 49.
[79] Vgl. H. Gutschera/J. Thierfelder 1972, S. 367 und 371.

Beide sind in ihrer Meinung sehr ähnlich. Während Ebeling an anderer Stelle und in anderem Zusammenhang schon kritisiert wurde[80], soll in bezug auf beide festgestellt werden, daß sie zu sehr an "Texten" orientiert sind; eine fragwürdige Ausrichtung, wenn man bedenkt, daß die Kenntnisse vieler Christen, etwa des Mittelalters, sich auf einige theologische Topoi beschränkte, die durch die Predigt vermittelt wurden, auf bildliche Darstellungen von biblischen Geschichten und auf Zusammenfassungen wie die Zehn Gebote, das Vaterunser und das Glaubensbekenntnis.
Idealtypische Sätze haben in der Regel einen Hang zu einer normativen Sicht. Wir fügen noch eine letzte Definition hinzu:

> P. Biehl:
> Kirchengeschichte ist die Geschichte des durch Jesus von Nazaret autorisierten Evangeliums der Befreiungen und seiner Wirkungen in der (neuzeitlichen) Welt des Christentums[81].

Formal unterscheidet sich diese Definition wenig von den vier zuerst genannten Versuchen einer Definition. Inhaltlich wird sie nicht besser und richtiger dadurch, daß ein vermeintlicher theologischer Maßstab durch einen anderen ersetzt wird; auch nicht dadurch, daß K. Marx und die politische Theologie herangezogen werden[82]. Sie ist ebenso normativ[83] und unrealistisch. Geradezu tödlich ist die Methode, mit der hier Geschichte auf ihren nachweisbaren Nutzwert hin befragt wird: "Hat die Libertas Christiana diese Prozesse (sc. Emanzipationsprozesse) gefördert oder behindert?", ineffektiv die Art, wie hier Ereignisse nach einem simplen Schema gewissermaßen durchgecheckt werden[84]. Die Frage ist so gestellt, daß sie nur ein undifferenziertes Ja oder Nein zuläßt. Wer ja sagt, steht unter dem Zwang, den Nutzwert des Christentums beweisen zu müssen. Wer nein sagt, wird mit leichter Hand eine horror sightseeing tour[85] durch die Geschichte veranstalten, um vorzuführen, was er immer schon gewußt hat. Können eine solche Definition und ein solcher Umgang mit Geschichte Schüler zu problemlösendem Denken und eigenständigem Verstehen anleiten oder blockieren sie vielmehr?
Der Umgang mit der Wirkungsgeschichte zeigt gewissermaßen auch "Ausnahmen". Das ist in zweifacher Hinsicht gemeint. Normalerweise gehen wir davon aus, daß Wirkungen Ursachen haben. Es ist abschätzbar, welche Wirkungen bestimmte Konstellationen und Situationen zeitigen werden. Der Umgang mit der

80 Vgl. S. 151 f. dieses Buches.
81 P. Biehl, Kirchengeschichte 1973, S. 12.
82 ebd. S. 12.
83 Statt "normativ" könnte man noch Schlimmeres sagen. Vgl. die Kritik von E. Sturm an Biehl, in: G. Ruhbach/E. Sturm 1974, S. 49: "Biehl versteht Geschichtswissenschaft als historisch-kritische Sozialwissenschaft".
84 Vgl. P. Biehl, Kirchengeschichte 1973, S. 12.
85 Vgl. dazu K. Bornkamm 1976, S. 196.

Wirkungsgeschichte zeigt unvorhersehbare Wirkungen, die aus den erkennbaren Ursachen nicht ableitbar sind. Nach menschlichem Ermessen hätte es anders laufen müssen. Das zeigt, daß es zwingende Gesetzmäßigkeiten in der Geschichte nicht gibt.

O Allein das unvorhersehbare Verhalten eines einzelnen Menschen kann Prozesse verändern. Diktaturen z.B. kalkulieren mit bestimmten Gesetzmäßigkeiten und zu erwartenden menschlichen Reaktionen. Immer wieder zeigt sich, daß der Mensch sich auf Dauer so nicht zwingen läßt.

Normalerweise gehen wir davon aus, daß Wirkungen bereits vorhandene und beschreibbare Wirkungen sind. Der Umgang mit der Geschichte zeigt uns aber auch noch ausstehende Verwirklichungen, solche, die bisher nicht zur Geltung gekommen sind oder unterdrückt wurden. Sie kennt nicht nur Sieger, sondern auch Unterlegene. In der Wirkungsgeschichte der alt- und neutestamentlichen Überlieferungen sind gerade das scheinbare Scheitern, das Nichtanerkanntwerden von den Menschen immer wieder in besonderer Weise Gegenstand des Nachdenkens gewesen.

O Zahllos sind die Beispiele: Sie reichen vom Leiden des Gottesknechtes in Deuterojesaja bis zum Kreuzestod Jesu und dem Scheitern derer, die sich als seine Nachfolger verstanden und ihr Leben hingaben (oder hingeben mußten) für eine bestimmte Sache.

Gerade in dem, was scheinbar im Verlauf der Geschichte zum Scheitern gebracht wurde, liegen ungeahnte Möglichkeiten. Sie warten gewissermaßen darauf, noch ergriffen zu werden.

Fünfte Zwischenbilanz

Der Umgang mit der Wirkungsgeschichte der alt- und neutestamentlichen Überlieferung zeigt unerwartete, aus erkennbaren Ursachen nicht ableitbare Wirkungen, aber auch noch ausstehende Möglichkeiten der Verwirklichung. Sie zeigt dem Beobachter die Dynamik der Geschichte und kann ihn zu einer eigenständigen Verhaltensweise herausfordern.

Zu Beginn des 5. Kapitels wurde festgestellt, daß "Kirchen"geschichte nicht das gleiche wie die Wirkungsgeschichte der alt- und neutestamentlichen Überlieferungen ist. Die Frage, wie das Verhältnis *dieser* Wirkungsgeschichte zur allgemeinen Geschichte auf der einen und zur Theologie auf der anderen Seite ist, muß noch abschließend beantwortet werden.

Abschließende Bilanz

Die Wirkungsgeschichte der alt- und neutestamentlichen Überlieferungen ist ein Teilbereich der allgemeinen Menschheitsgeschichte. Sie vollzieht sich in der Welt und ist in ihre Wirkungszusammenhänge verflochten. Die Art und Weise des Umgangs mit ihr ist Teil der allgemeinen Geschichtswissenschaft. Die erschließenden Fragestellungen können ohne Theologie nicht erschöpfend gestellt werden. Für die Theologie ist diese Wirkungsgeschichte unverzichtbar, weil ihr durch sie die Geschichtlichkeit der Offenbarung und die Geschichtlichkeit aller Erkenntnis dieser Offenbarung, die Geschichtlichkeit des Ursprungs und des Seins von Kirche, bewußt wird.

Die Wirkungsgeschichte stellt im Blick auf die Theologie eine eigenständige und fundamental wichtige Frage. Sie ist alles andere als eine Hilfsdisziplin[86]. Wer im Umgang mit der Wirkungsgeschichte die vielfältigen Deutungen und ihre Veränderungen kennengelernt hat, kann nicht von der Hand weisen, daß die Ekklesiologie, die Eschatologie, die Christologie und die Anthropologie noch nicht zu Ende gekommen sind. Am jeweils vorläufigen Ende der Wirkungsgeschichte stehen erneut die Fragen: Wann und wo ist Kirche? Wer ist der Christus? Was ist der Mensch? Der Durchgang durch die Wirkungsgeschichte klingt wieder aus in systematisch-theologische Fragestellungen. Wir haben damit eine Kreisbewegung vollzogen: Die Phänomene der Wirkungsgeschichte wurden gesichtet und bewertet mit Hilfe eines Kriterienrasters aus der systematischen Theologie, und wir kommen an beim gleichen Kriterienraster, um mit seiner Hilfe Phänomene bzw. Probleme der Gegenwart zu sichten und zu bewerten. Der Ausflug war nötig, um neu und besser sehen und urteilen zu können.

5.5 Zielperspektiven des wirkungsgeschichtlichen Unterrichtsansatzes

Wir greifen noch ein letztes Mal auf das schon mehrfach herangezogene Zitat Papst Johannes XXIII zurück, das seinen phänomenologischen Denkansatz zum Ausdruck bringt. "Handeln" war der dritte Schritt, der nach dem "Sehen" und nach dem "Urteilen" erfolgen sollte. Übertragen auf den hier verhandelten Sachverhalt muß der abschließende Schritt lauten: Folgerungen ziehen in bezug

[86] So hat K. Barth die Kirchengeschichte definiert, Kirchliche Dogmatik BD I/1, Evangelischer Verlag Zollikon, Zürich 1932, S. 2f.

auf den wirkungsgeschichtlichen Unterrichtsansatz. Das kann nur auf der Grundlage der Zwischenbilanzen des vorhergehenden Abschnittes geschehen.

"Ehrlichkeit"

Diese Zwischenbilanzen verstehen sich als Schritte auf dem Weg zu einer "ehrlichen" Geschichtsbetrachtung im Rahmen des Religionsunterrichts. Der Erwartung des Heranwachsenden in dieser Richtung kann zunächst dadurch Rechnung getragen werden, daß die Wirkungsgeschichte der alt- und neutestamentlichen Überlieferungen nach Kriterien der allgemeinen Geschichtswissenschaft und der Theologie betrieben wird.

S. 158ff.

Mit diesem Hinweis soll nicht einer Vermischung von Geschichtswissenschaft und Theologie das Wort geredet werden. Da die Kriterien der Geschichtswissenschaft schon im vorhergehenden Abschnitt entfaltet wurden, ist hier nur noch ein zusätzliches Wort zur Theologie nötig. Die in Abschnitt 5.3 auswahlweise zitierten und bisher im Schwang befindlichen Definitionen von Kirchengeschichte zeigen, daß man sich auch theologisch etwas "vormachen", d.h. in schönfärberischer Weise Wirklichkeit deuten kann. Das geschieht dadurch, daß man die dialektische Spannung von theologischen Aussagen aufhebt. Erinnern Sie sich an den Hinweis auf die Spannung in dem "sowohl als auch" und in dem "schon und noch nicht"?[87]

Verheerend sind die Folgen, wenn der Schüler die Diskrepanz zwischen seiner Wirklichkeit und der einer konstruierten Wirklichkeit der Geschichte entdeckt. Sein Verhältnis zu Religiosität, zu Christentum, zu Kirche und zur biblischen Überlieferung wird gestört.

Orientierung

Der Heranwachsende benötigt nichts dringender als Orientierung. Orientieren ist ein "Sichzurechtfinden" inmitten von positiven und negativen Möglichkeiten und Verwirklichungen dieser Möglichkeiten.

[87] Es liegen bereits mehrere Versuche für Zielformulierungen zum Kirchengeschichtsunterricht vor. Vgl. E. Linnemann 1970, S. 72ff., A. Läpple 1973, S. 108ff. und A. Philipps 1974, S. 143. Der Aufsatz von Philipps versteht sich als kritische Auseinandersetzung mit dem Lernzielkatalog Läpples, dem er vorwirft, er vermenge Betrachtungsobjekt (sc. die Geschichte) und Betrachtungsweise (sc. Glaubensüberzeugung). Beides liegt nicht auf der gleichen Lernzielebene. Gegen Philipps wurde auf S. 153 Fn 68 eingewandt, daß hier zwischen Überzeugungen der Vergangenheit und denen der Gegenwart zu unterscheiden ist. Vergangene sind beschreibbar und historisch verifizierbar, gegenwärtige aber lassen sich durch die Geschichte nicht beweisen! In den obigen Ausführungen zu einer "ehrlichen" Theologie wird eine weitere Differenzierung vorgenommen. Theologische Deutungen der Gegenwart und der Vergangenheit können unsachgemäß sein, weil sie die anthropologischen Grundgegebenheiten falsch einschätzen.

> Einbahnstraßen lassen nach unseren Verkehrsregeln die Benutzung der Straße nur in einer Richtung zu. Normale Straßen könen vor- und rückwärts befahren werden. Man kann auf ihnen wenden. Je weniger Einbahnstraßen eine Stadt hat, umsomehr Möglichkeiten gibt es, sich in ihr zu orientieren. Die Winkelgassen mit Kopfsteinpflaster und die modernen Umgehungsstraßen geben Einblick in romantische Winkel und nüchterne Technik. Alles zusammen ergibt den Lebensraum derer, die dort wohnen. Ein normierendes und ideologisiertes Geschichtsbild (auch wenn es mit der Forderung ideologiekritischer Betrachtungsweise auftritt) engt das Orientierungsspektrum ein. Wohl aber ist es möglich, von einem bestimmten Standort aus mit der Orientierung zu beginnen.

W. Hartmann hat in seinem Buch “Menschen in sprachloser Zeit” den passiven Aspekt des Orientierungsvorgangs betont. “Kinder müssen orientiert *werden*”[88]. Damit ist alles andere als autoritärer Unterricht gemeint. Es geht um einen Vorgang, den Kinder nicht selbst bewerkstelligen können. W. Hartmann sieht hier eine Parallele zu einem theologischen Sachverhalt: Kinder sind ebensowenig in der Lage, sich selbst zu orientieren wie ein notorischer Sünder, sich selbst zu rechtfertigen. Es muß ihm gesagt *werden*, daß Gott ihn rechtfertigt. Menschen müssen erfahren, wie andere sich vor ihnen orientiert haben.
Wenn jene immer weniger werden, welche die nächste Generation orientieren, wenn die Überlieferungen ausgehen, die Erinnerungen verblassen, wird ein Vakuum entstehen. An die Stelle der geschichtlichen Erinnerungen werden Beschwörungen aller Art treten. Es scheint jedoch so zu sein, daß auch die Nachkommen revolutionärer Bewegungen nicht ohne Überlieferungen leben können. Erhellend, wenn auch nicht zu verallgemeinern, ist ein Bericht D. Sölles aus Hanoi, den W. Hartmann heranzieht. Minister u.a. leiten ihre Informationen und Begründungen mit dem Satz ein: Ho Tschi Minh lehrte uns . . . Diese Worte werden als Tendenzen für ein Verhalten angesehen, die schöpferische Anwendung wird den kommenden Generationen überlassen. Der Rückgriff auf die Geschichte scheint in Vietnam aber weit über Ho Tschi Minh zurückzugehen auf die vorrevolutionäre Geschichte Vietnams. Die Geschichte dient nicht der Entlarvung, sondern der Ermutigung[89].

Sozialisation

Mit anderen Menschen verbinden uns ontologisch bedingte Gemeinsamkeiten und geschichtlich bedingte Gemeinsamkeiten. Über diese vorgefundenen Gemeinsamkeiten müssen wir orientiert werden. Die Orientierung erfolgt durch Sprache. In Sprache gefaßte und durch Sprache weitergegebene Überlieferungen verbinden und können Gemeinschaft stiften.

[88] W. Hartmann 1973, S. 19, und 1978.
[89] Vgl. W. Hartmann 1973, S. 32ff.

Die gemeinschaftsstiftende Funktion des Umgangs mit Geschichte läßt sich am besten am Volk Israel und seiner Art, mit Traditionen umzugehen, zeigen. Seine Feste sind Erinnerungen an bestimmte Ereignisse. In der theologischen Deutung werden sie zu Heilsereignissen. An diese Heilsereignisse knüpfen sich Erwartungen für die Gegenwart und die Zukunft – insbesondere in Verfolgungszeiten. Der Gott Israels ist der "Gott der Väter"; er ist der, der gewirkt hat, wirkt und wirken wird (Ex 3,20). Dies ist eine total andere als die griechische Gottesvorstellung, die das ewig unveränderlich Seiende kennt. Im Christentum wurde die Tradition Israels fortgesetzt. Nur aufgrund dessen, was geschehen ist, kann etwas werden oder sich verändern.

Gemeinschaft und Individuum müssen unterschieden werden, sie lassen sich aber nicht trennen, weil sie von Anfang an in einem wechselseitigen Verhältnis stehen[90]. Nicht außerhalb und nicht gegen eine Gemeinschaft, sondern in der Gemeinschaft wird der Heranwachsende zur Personalität erweckt[91]. Der Prozeß der Sozialisation vollzieht sich zwangsläufig in der Wiederanerkennung von Erfahrungen (auch religiösen), Werten und Normen. Ist sie geglückt, dann wird auch immer ein Schritt über das Überlieferte hinaus gewagt werden. Wer nur Überliefertes reproduziert, bleibt alt, ohne je jung gewesen zu sein; wer nur rebelliert, bleibt ein ewig Pubertierender. Die Frage ist: Was aber, wenn die Orientierung nicht stattfindet? Auch in religiöser Hinsicht nicht stattfindet? Oder wenn sich der Umgang mit der Geschichte darin erschöpft, sie zu entlarven? Ein solches Tun endet in rechthaberischer Gesetzlichkeit. Sie tötet das Evangelium, das auf Ermutigung aus ist. Wenn wir nichts "zu vererben haben", geht theologisches Reden auf Dauer ins Leere.

Man kann sich diesen Vorgang beispielhaft an einer physikalischen Gesetzmäßigkeit verdeutlichen. Töne erzeugen Schwingungen in der Luft. Eine Welt ohne Geschichtsbewußtsein und ohne Überlieferungen gleicht einem sterilen Raum. Was auch immer wir theologisch reden und fordern, erzeugt keine Schwingungen mehr. Beispiele aus der Geschichte bewirken keine Assoziationen mehr.

Identitätsfindung

Irgendwann kommt für jeden Heranwachsenden der Zeitpunkt, wo er sich von seinen biologischen Erzeugern löst und Schritte in Richtung auf seine eigene Identitätsfindung tun muß – auch in religiöser Hinsicht, gleichgültig, wie sein

[90] E.H. Carr [4]1974, S. 54: "... die Vorstellung vom Gegensatz zwischen Gesellschaft und Individuum ist also nichts weiter als ein Zerrbild, das man uns vorspiegelt, um uns irre zu machen ..."

[91] Vgl. den Exkurs zum Sozialisationsproblem bei W. Hartmann 1973, S. 52ff.

Elternhaus eingestellt ist. Das Suchen nach Identität ist ein sehr komplexer Prozeß. Er besteht in der Anerkennung der Wirkungsgeschichte und der den Heranwachsenden sozialisierenden Kräfte. Er muß sie als seine Geschichte und seine Gemeinschaft erkennen, für die er Verantwortung übernimmt, obwohl er sie im einzelnen oft nicht zu verantworten und ihr Sosein nicht verursacht hat. "Wer 'von nichts weiß' und sich an nichts erinnert, kann ja auch für nichts verantwortlich gemacht werden"[92] – auch nicht für die Zukunft. Kennzeichnend für die Geschichtsfeindlichkeit und den Traditionsausfall ist die oft bleibende neurotische Fixierung auf das Elternhaus im doppelten Sinn, entweder es kopierend oder sich lossagend, aber nicht loskommend, ohne daß die Gemeinschaftsfähigkeit gewonnen wird. Emanzipation kann aber auch nicht Anklammerung an moderne Ideologien bedeuten, die ihre Ersatzbefriedigung darin sieht, Vergangenes anzuprangern und halbgebildete Besserwisserei zur Schau zu stellen, die das, was war, grundsätzlich als hoffnungslos überholt einstuft. Wer sich selbst finden will, muß auch gegenüber solchen Tendenzen widerstandsfähig gemacht werden, damit er sich in Freiheit entscheiden kann[93]. Der Umgang mit der Wirkungsgeschichte der alt- und neutestamentlichen Überlieferungen ist vergeblich, wenn sie nicht auch zur Erkenntnis der eigenen Situation führt, zur Erkenntnis der positiven und negativen Möglichkeiten, die jeder in sich trägt, zur Erkenntnis, daß man sich selbst verfehlen kann. Biblisch gesprochen ist nicht entscheidend das Zugerichtsitzen über andere – die sich z.T. nicht mehr dagegen wehren können! – sondern die eigene Umkehr! Ohne sie gibt es keine Offenheit zur eigenen Veränderung, keine ernsthafte Dynamik, kein Hinausschreiten über das Vorgegebene.

Zusammenfassung

Es scheint dringend wichtig, im Religionsunterricht ein Bewußtsein für die Wirkungsgeschichte der alt- und neutestamentlichen Überlieferungen aufzubauen. Diese Aufgabe kann weder so geschehen, daß wirkungsgeschichtliche Teile in sog. problemorientierte Einheiten noch dadurch, daß sie in biblischen Einhei-

92 W. Hartmann 1973, S. 117.

93 H.-I. Marrou hat deutlich gemacht, daß ein entscheidender Unterschied zwischen der biologischen Entwicklung und der geschichtlichen Entwicklung der Menschheit besteht. Wenn sich z.B. ein Pferd seine Wandlungen gegenüber seinen entfernten Vorfahren bewußt machen könnte, würde sich nichts an seinem Knochenbau usw. ändern. "Die Entwicklung der Menschheit hat uns ebenfalls ein Erbe übermittelt, das sich zunächst mit der gleichen 'natürlichen' und tyrannischen Notwendigkeit auferlegt. Aber von dem Augenblick an, wo diese Entwicklung Geschichte wird, wo ich mir dieses Erbes bewußt werde, wo ich weiß, was ich bin, warum und wie ich so geworden bin, macht mich diese Erkenntnis frei im Hinblick auf dieses Erbe . . . : Ich kann es annehmen oder ausschlagen . . . Die historische Bewußtwerdung bewirkt eine regelrechte Katharsis, eine *Befreiung* unseres soziologischen Unbewußten etwa analog derjenigen, die auf der psychologischen Ebene die Psychoanalyse zu erreichen sucht . . . In beiden Fällen beobachten wir den auf den ersten Blick überraschenden Mechanismus, durch den 'die Erkenntnis der vergangenen Ursachen die gegenwärtige Wirkung verändert'" (1973, S. 318ff.).

ten integriert werden. In einem Fall wird sie zum "Problemlösungspotential" mißbraucht[94], im anderen Fall erhält sie Demonstrationsfunktion für bestimmte biblische Aussagen[95]. Die Wirkungsgeschichte kann nur in eigenständigen Unterrichtseinheiten bewältigt werden, die aber in fortlaufender Verschränkung zu biblischen sog. problemorientierten Einheiten stehen sollten. Auch der wirkungsgeschichtliche Unterrichtsansatz unterliegt der Kategorie der Problemorientiertheit. Umgang mit der Wirkungsgeschichte ist nicht: Augustin, Luther, soziale Frage usw., sondern Auslegung bestimmter Überlieferungen, strittige Berufung auf die Überlieferung, Verflechtung von theologischen und politischen Aussagen usw. Gemäß dem Prinzip der exemplarischen Erschließung wird der Schwerpunkt wandern, um einmal mehr diesen oder jenen Aspekt zu erarbeiten.

O "Exemplarisch" ist nicht zu verwechseln mit sporadisch. Gelegentliches Zurückgreifen auf geschichtliche Zusammenhänge reicht nicht aus. Durch die kontinuierliche Einbeziehung des wirkungsgeschichtlichen Ansatzes kann ein Geschichtszusammenhang aufgebaut werden.

94 Dieses Verständnis scheint dem Ansatz von P. Biehl, Kirchengeschichte 1973, S. 15f. letztlich zugrunde zu liegen.

95 H. Kittel hatte gefordert, kirchengeschichtlicher Unterricht müsse "exempla fidei" bieten, vgl. H. Gutschera/J. Thierfelder 1972, S. 370. Das Verständnis von H.-K. Berg scheint trotz veränderter theologischer Voraussetzungen nicht weit entfernt von Kittel zu sein, vgl. S. 132 dieses Buches.

THEORIE LOHNT SICH!!!

Ein Blick voraus

Schülerorientiertheit und Schülerorientierung

Es ist heute oft die Rede vom schülerorientierten Unterricht, auch vom schülerorientierten Religionsunterricht. Gemeint ist damit ein Unterricht, der nicht an den Konflikten und Problemen, überhaupt an der Welt des Schülers vorbei erfolgt. Diese Forderung ist ein bleibend wichtiges Korrektiv gegenüber einer reinen Inhaltsorientiertheit oder einer normativen Zielsetzung. Ebenso wichtig scheint aber auch ein den Schüler kontinuierlich orientierender Religionsunterricht zu sein. "Die paradoxe Wahrheit unserer Existenz als einer wesenhaft geschichtlichen besteht vielmehr darin, daß wir in Wirklichkeit keine anderen Möglichkeiten haben als die, deren Entdeckung und Verwirklichung schon vor uns begonnen hat"[1]. Vielleicht haben wir verlernt, danach zu fragen, was wir in einem solchen Unterricht aufbauen können, und zu schnell danach gesucht, "kritische Distanz" zu vermitteln. Distanz *wovon*? Distanz braucht ein Gegenüber. Die Distanzierung ist eingebettet in den Vorgang der Anerkennung, Auseinandersetzung, Weiterführung, Auswahl und Entwicklung neuer Überlieferung. Sie ist nur ein Teilschritt.

Schülerbedürfnisse und Schülerbedarf

Schülerprobleme und -bedürfnisse müssen übersetzt werden in die Gesamtzusammenhänge der gegenwärtigen Wirklichkeit, in die der größeren Gemeinschaft. Sie müssen im Lichte des "Bedarfs" gesehen werden. Der Bedarf muß von der älteren Generation mitverantwortet werden. "Vaterschaft ist das Neudenken der Welt im Lichte unserer Kinder" (Rosenstock-Huessy). Wo sich eine ältere Generation dieser Aufgabe entzieht, wird in der Tat das Gespräch zwischen den Generationen ins Stocken geraten[2]. Diese Verantwortung bezieht sich auch auf den Bereich der religiösen Überlieferung. Ihn umgehen bedeutet, der nächsten Generation etwas vorenthalten.

Widerstand – nicht Anpassung

Die nächste Generation in die Freiheit zu entlassen, ihr die Möglichkeit der Selbstfindung zu geben, erfordert auch ein gewisses Maß an Widerstandsfähigkeit von seiten derer, die den Religionsunterrricht zu vertreten haben. Es war ein heilsamer Zwang, daß sich dieses Fach nach der Krise der Evangelischen Unterweisung bzw. der kirchlichen Katechetik rechtfertigen mußte. Antwort auf kritische Nachfragen in veränderten Situationen sind wir immer schuldig. Antwort, aber nicht Anpassung! Wenn wir der nächsten Generation Kräfte vermit-

[1] W. Hartmann 1973, S. 148.
[2] ebd. S. 55.

teln wollen, die sie widerstandsfähig machen sollen, dann genügt nicht nur die Information, das Anstreben allgemein gültiger Bildungsziele. Vermittlung und Orientierung geschieht personal, verbunden mit einer bestimmten Haltung. Auch daran orientieren sich Heranwachsende.

Herausforderung

Und noch etwas: Die Krisensituation des Religionsunterrichts hat uns lange Zeit begreiflicherweise verunsichert, resignieren lassen. Das Überleben des Faches – mit allen Zugeständnissen – schien das Wichtigste. Eine nachwachsende Generation wird das auf Dauer nicht honorieren, so wenig sie liberale Eltern ohne echte Autorität honoriert. An ihnen kann sie ihre Kräfte nicht erproben. Ein Religionsunterricht, der Schüler nicht herausfordert, ist auf Dauer "nicht lohnend".

> Eine solche Herausforderung sollte nicht verwechselt werden mit Ausüben von formalem Leistungsdruck, der auf Schüler ausgeübt wird, oder mit Bekennertum von seiten des Lehrers, das sich auf keine Auseinandersetzung einläßt.

In bezug auf die Möglichkeiten eines sog. Kirchengeschichtsunterrichts in der Hauptschule hat E. Linnemann erklärt: "Überdies sind die Möglichkeiten des Verstehens abhängig von der geistigen Herausforderung. Ob mit bestimmten Schülern bestimmte Ziele auf bestimmten Wegen erreicht werden können, läßt sich nicht vorher entscheiden aufgrund von Untersuchungen an Schülern, die durch einen Unterricht geprägt sind, welcher ganz andere Ziele ansteuerte und andere Wege beschritt"[3]. Diese Aussage läßt sich auf den gesamten Religionsunterricht anwenden. Es genügt nicht nur zu fragen, was "ankommt" nach dem Motto "mehr steckt ja doch nicht in diesem Schülermaterial"! Wer so denkt, nimmt seine Schüler nicht ernst. Religionslehrer sollten sich als Gehilfen zur Entdeckung der Möglichkeiten und der Bestimmung der ihnen Anvertrauten verstehen.

Einheit in der Vielfalt

Die religionspädagogische Landschaft hat sich in den vergangenen zehn bis fünfzehn Jahren verändert – Gott sei Dank! Religionspädagogen haben eine Fülle von Ideen, Vorschlägen und Verwirklichungen hervorgebracht. Es ist jetzt an der Zeit, in der Veränderung auch nach Kontinuität, in der Vielheit auch nach Einheit zu suchen – um des Schülers willen, damit er die Orientierung nicht verliert. Der Vorschlag eines dreifachen Unterrichtsansatzes in fortlaufender Verschränkung, der in diesem Buch gemacht worden ist, kann vielleicht den verschiedenen Interessen und Veranlagungen gerecht werden, er zielt aber auch auf Zusammenhang, durchgehende Strukturen und Gemeinsamkeit.

[3] E. Linnemann 1970, S. 73, Fn 17.

Literaturübersicht

Alberigo Giuseppe, Neue Grenzen der Kirchengeschichte, in: Concilium, 1970, Zürich–Köln/Mainz, S.486ff.

Angermeyer Helmut, Der thematisch-problemorientierte Religionsunterricht, Gütersloh 1973

Angermeyer Helmut, Taschentutor Religionspädagogik, Göttingen 1976

Baldermann Ingo, Der biblische Unterricht – Ein Handbuch für den evangelischen Religionsunterricht, in: Grundthemen der Pädagogischen Praxis, hg. von J. Muth und K. Schaller, Braunschweig 1969

Baldermann Ingo, Der Vorsprung der Bibel, in: Die Sache des Religionsunterrichts, hg. von I. Baldermann und G. Kittel, Göttingen 1975, S. 69ff.

Baldermann Ingo, Lernziele im Religionsunterricht, in: Die Sache des Religionsunterrichts, hg. von I. Baldermann und G. Kittel, Göttingen 1975, S. 80ff.

Baldermann Ingo, Zum Verhältnis von problemorientiertem und biblischem Unterricht, in: Die Sache des Religionsunterrichts, hg. von I. Baldermann und G. Kittel, Göttingen 1975, S. 138ff.

Baldermann Ingo, Die Bibel – Buch des Lernens, Göttingen 1980.

Bantle Franz Xaver, Plädoyer für einen dogmatischen Religionsunterricht, in: Katechetische Blätter, 1970, München, S.239ff.

Barner Wilfried, Produktive Rezeption (Lessing und die Tragödien Senecas), München 1973

Barner Wilfried, Grimm Gunter, Kiesel Helmut, Kramer Martin, Lessing, Epoche–Werk–Wirkung, München ²1976

Bartholomäus Wolfgang, Zur Didaktik der Bibel im Religionsunterricht, in: Katechetische Blätter, 1976, München, S. 146ff.

Baudler Georg, Wie sollen Lebenssituation und Glaubensinhalt miteinander verbunden werden? in: Katechetische Blätter, 1973, München, S. 365ff.

Baudler Georg, Schulischer Religionsunterricht und kirchliche Katechese, Düsseldorf 1973

Baudler Georg, Religionspädagogik im Primarbereich – Vorschläge zu einer religiösen Propädeutik, in: Religionspädagogik – Theorie und Praxis 24, hg. von G. Stachel, E. Feifel, E. Paul, Zürich–Köln 1973

Baudler Georg, Das Sprachproblem in der Religionspädagogik, in: Handbuch der Religionspädagogik, Band 1, hg. von E. Feifel, R. Leuenberger, G. Stachel, K. Wegenast, Gütersloh/Zürich–Köln 1973, S. 155ff.

Baudler Georg, "Rückkehr" zur Bibel im Religionsunterricht – Überlegungen zur Didaktik eines erfahrungs- und problemorientierten Bibelunterrichts – Das 'bibeldidaktische Viereck', in: Katechetische Blätter, 1975, München, S. 331ff.

Baudler Georg, Religion und Glaube oder das Problem einer mehrperspektivischen Theologie, in: Katechetische Blätter, 1975, München, S. 26ff.

Baudler Georg, Sind biblische Texte 'ersetzbar'?, in: Katechetische Blätter, 1975, München, S.468ff.

Baumgartner Hans Michael, Kontinuität und Geschichte, Frankfurt 1972

Berg Horst Klaus, Plädoyer für den biblischen Unterricht, in: ru, Stuttgart/München 1972, S. 6ff.

Berg Horst Klaus, Doedens Folkert, Gesichtspunkte zur Didaktik des problemorientierten Religionsunterrichts, in: Unterrichtsmodelle im Religionsunterricht – Zur Theorie und Praxis –, hg. von H.K. Berg/Folkert Doedens, Frankfurt/München 1974, S. 73ff.

Berg Horst Klaus, Doedens Folkert (Hg.), Unterrichtsplanung als didaktische Analyse (Ein Arbeitsbuch für die Praxis des Religionsunterrichts), in: Religionspädagogische Praxis Nr. 18, Stuttgart/München 1976

Biehl Peter, Kirchengeschichte im Religionsunterricht (Konzeptionen und Entwürfe), in: Religionspädagogische Praxis Nr. 13, Stuttgart/München 1973

Biehl Peter, Zur Funktion der Theologie in einem themenorientierten Religionsunterricht, in: Streit um den problemorientierten Unterricht, hg. von H.-B. Kaufmann, Frankfurt 1973, S. 64ff.

Biehl Peter, Kaufmann H.-B., Die Bedeutung der biblischen Überlieferung und ihrer Wirkungsgeschichte für den Religionsunterricht, in: Umstrittener Religionsunterricht, Evangelische Theologie Nr. 4, 1974, S. 330ff.

Biehl Peter, Vorbereitende Bemerkungen zu einer Didaktik des themenorientierten Religionsunterrichts, in: Unterrichtsmodelle im Religionsunterricht – Zur Theorie und Praxis – hg. von H.K. Berg/Folkert Doedens, Frankfurt/München 1974, Seite 106ff.

Biemer Günter, Das Methodenproblem, in: Handbuch der Religionspädagogik, Band 2, hg. von E. Feifel, R. Leuenberger, G. Stachel, K. Wegenast, Gütersloh/Zürich–Köln, 1974, S. 287ff.

Birkenbeil Edward J., Curriculum-Theorie und Religionspädagogik – Rückblick und Ausblick als Innovation für einen zukünftigen Dialog, in: Katechetische Blätter, 1972, München, S. 531ff.

Bizer Christoph, Der Bibeltext im politischen Streit – Eine Diskussionsgrundlage, in: ru, 1973, S. 153ff.

Blättner Fritz, Geschichte der Pädagogik, Heidelberg 1953

Blankertz Herwig, Theorien und Modelle der Didaktik, in: Grundfragen der Erziehungswissenschaft, Band 6, hg. von K. Mollenhauer, München [3]1970

Bleistein Roman, Kurzformeln des Glaubens I – Prinzip einer modernen Religionspädagogik, Würzburg [2]1971

Bornkamm Karin, Das Gewicht der Kirchengeschichte, Theologische Erwägungen in religionspädagogischer Absicht, in: Der evangelische Erzieher, 1976, S. 189ff.

Buß Hinrich, Die Bedeutung und Funktion der biblischen Überlieferung, in: Unterrichtsmodelle im Religionsunterricht – Zur Theorie und Praxis –, hg. von H.K. Berg/Folkert Doedens, Frankfurt/München 1974, S. 123ff.

Carr Edward Hallett, Was ist Geschichte? Urban Taschenbücher Nr. 67, Stuttgart/Berlin/Mainz [4]1974

Cobb John, Auf dem Weg zur Ablösung des Historismus und Positivismus, in: Concilium, 1970, Zürich–Köln/Mainz, S. 468ff.

Congar Yves, Die Geschichte der Kirche als "locus theologicus", in: Concilium, 1970, Zürich–Köln/Mainz, S. 496ff.

Copei Friedrich, Der fruchtbare Moment im Bildungsprozeß, Heidelberg [9]1969

Daecke Sigurd, Religionspädagogische Unterrichtsmodelle und ihre theologische und didaktische Konzeption, 1974, unveröffentlichtes Manuskript, erhältlich beim Pädagogischen Institut der EKvW Villigst (5840 Schwerte 5)

Deschner Karlheinz, abermals krähte der hahn, rororo Taschenbuch 6788, Hamburg 1972

Dienst Karl, Die lehrbare Religion, Theologie und Pädagogik: Eine Zwischenbilanz, Gütersloh 1976

Dörger Hans Joachim, Religionsunterricht in der Schule. Analyse – Konzepte, Urban-Taschenbücher Nr. 623, Stuttgart/Berlin/Köln/Mainz 1976

Dreher Bruno, Induktion als Weg der Verkündigung, in: Zum Religionsunterricht morgen, Band I, hg. von Wolfgang G. Esser, München/Wuppertal 1970, S. 349ff.

Ebeling Gerhard, Kirchengeschichte als Geschichte der Auslegung der Heiligen Schrift, in: Wort Gottes und Tradition (Studien zu einer Hermeneutik der Konfessionen), Göttingen [2]1966

Ebeling Gerhard, Wort und Glaube, Band 3 (Beiträge zur Fundamentaltheologie, Soteriologie und Ekklesiologie), darin: Leitsätze zu Wissenschaftlichkeit der Theologie, S. 137ff., Tübingen 1975

Ebeling Hans, Didaktik und Methodik des Geschichtsunterrichts, Hannover/Berlin/Darmstadt/Dortmund ³1968

Esser Wolfgang G., Religionsunterricht = Traditionsunterricht? Daseinsunterricht in Korrelation, in: Zum Religionsunterricht morgen, Band I, hg. von Wolfgang G. Esser, München/Wuppertal 1970, S. 212ff.

Esser Wolfgang G. (Hg.), Religionsdidaktik (Elemente einer integrativen Theorie der Praxis des Religionsunterrichts), in: Studien zur Praktischen Theologie Nr. 13, hg. von Erich Feifel, Eugen Paul, Günter Stachel, Zürich–Köln 1977

Exeler Adolf, Inhalte des Religionsunterrichts, in: Handbuch der Religionspädagogik, Band 2, hg. von Erich Feifel, Robert Leuenberger, Günter Stachel, Klaus Wegenast, Gütersloh/Zürich–Köln 1974, S. 90ff.

Exeler Adolf, Umstrittenes Lehrfach Religion – Mit Beiträgen von J. Dikow, A. Exeler, E. Feifel, Chr. Link und F. Pöggeler, in: Schriften der Katholischen Akademie in Bayern, Band 73, hg. von F. Henrich, Düsseldorf 1976

Faber Karl-Georg, Theorie der Geschichtswissenschaft, Beck'sche Schwarze Reihe, Band 78, München ³1974

Feldmann Erich, Die Bedeutung der Kirchengeschichte für das Lernen am Beispiel, in: rhs, 1975, S. 230ff.

Feifel Erich, Grundlegung der Religionspädagogik im Religionsbegriff, in: Handbuch der Religionspädagogik, Band 1, hg. von Erich Feifel, Robert Leuenberger, Günter Stachel, Klaus Wegenast, Gütersloh/Zürich–Köln 1973, S. 34ff.

Fiege Hartwig, Geschichte, in: Didaktik, Schriftenreihe für den Unterricht an der Grund- und Hauptschule, hg. von W. Faber und S. Oppholzer, Düsseldorf 1969

Fina Kurt, Vom Sinn historischer Bildung (Eine Ortsbestimmung des Geschichtsunterrichts) in der Reihe Unterricht, Erziehung, Wissenschaft und Praxis, Band 20, München 1970

Frör Kurt, Grundriß der Religionspädagogik im Umfeld der modernen Erziehungswissenschaft, Konstanz 1975

Gadamer Hans-Georg, Wahrheit und Methode, Tübingen ²1965

Gesell Karl-Heinz, Rechtfertigung und Leistung. Theologische Perspektiven, in: forum religion, Stuttgart/Berlin, 2/3'75, S. 31ff.

Gesell Karl-Heinz, Biblischer Unterricht in der Revision, in: forum religion, Stuttgart/Berlin, 4'75, S. 23ff.

Goldmann Christoph, Ursprungssituation des Glaubens (Eine Einführung in das Alte Testament für die religionspädagogische Praxis), Göttingen/Zürich–Köln ²1976

Grabner-Haider Anton, Sprachanalyse und Religionspädagogik. Wissenschaftstheoretische und didaktische Überlegungen, Zürich-Köln 1973

Grosch Heinz, Die Bibel – ein Buch, das man hinter sich hat? In: ZRP 6, 1979

Gutschera Herbert/Thierfelder Jörg, Kirchengeschichte im Religionsunterricht, in: Katechetische Blätter, 1972, S. 357ff.

Hammerich Holger, Kirchengeschichte – neu entdeckt? Neue Schulbücher zum Thema, in: Zeitschrift für Religionspädagogik, 1976, S. 375ff.

Hartmann Walter, Menschen in sprachloser Zeit (Zur Orientierung zwischen den Generationen), in: Maßstäbe des Menschlichen, Band 3, Stuttgart 1973

Hartmann Walter, Dein Gott ist mein Gott – Auf welche Fragen muß der biblische Unterricht antworten? In: ZRP 6, 1978

Heimann P., Otto G., Schulz W., Unterricht – Analyse und Planung, Hannover/Berlin/Darmstadt/Dortmund ⁶1972

Hesse Hans-Albrecht, Manz Wolfgang, Einführung in die Curriculumforschung, Urban-Taschenbücher Nr. 150, Stuttgart/Berlin/Köln/Mainz 1972

Hilger Georg, Religionsunterricht als offener Lernprozeß, München 1975

Höffe Dietmar, Problemorientierter Religionsunterricht und Systematik – Überlegungen zur Sinn- und Gottesfrage mit Unterrichtsskizzen für die Primarstufe und Sekundarstufe I – Ratingen, Kastellaun 1975

Hufnagel Erwin, Einführung in die Hermeneutik, Urban-Taschenbücher Nr. 233, Stuttgart/Berlin/Köln/Mainz 1976

Jansen Peter, Erfahrung und Glaube, Zürich–Köln/Hannover 1971

Jansen Peter (Hg.), RU. Primarstufe, Zürich–Köln/Hannover 1974

Jansen Peter (Hg.), Orientierungen. Religionsunterricht im 5. und 6. Schuljahr, Zürich–Köln/Hannover 1974

Jendorff Bernhard, Kirchengeschichtlich orientierter Religionsunterricht im Spiegel der Schülermeinungen, in: Katechetische Blätter, 1972, S. 344ff.

Jendorff Bernhard, Kirchengeschichte – ein religionspädagogisches Hobby?, in: Katechetische Blätter, 1974, S. 397ff.

Jendorff Bernhard, Ein altes Problem: Kirchengeschichtsunterricht – Anmerkungen zu einigen Büchern, in: rhs, 1975, S. 257ff.

Kampmann Theoderich, Erziehung und Glaube – Zum Aufbau einer christlichen Pädagogik, München 1960

Kaufmann Hans-Bernhard, Der problemorientierte Unterricht und sein Kontext, in: H.-B. Kaufmann (Hg.), streit um den problemorientierten unterricht, Frankfurt 1973, S. 9ff.

Kaufmann Hans-Bernhard, Muß die Bibel im Mittelpunkt des Religionsunterrichts stehen?, in: H.-B. Kaufmann (Hg.), streit um den problemorientierten unterricht, Frankfurt 1973, S. 23ff.

Kaufmann Hans-Bernhard, Thesen zum thematisch-problemorientierten Religionsunterricht, in: H.-B. Kaufmann (Hg.), streit um den problemorientierten unterricht, Frankfurt 1973, S. 36ff.

Kaufmann Hans-Bernhard, Streit um den problemorientierten Religionsunterricht, in: H.-B. Kaufmann (Hg.), streit um den problemorientierten unterricht, Frankfurt 1973, S. 40ff.

Kittel Gisela, Lernzielorientierter Religionsunterricht? in: Umstrittener Religionsunterricht, Evangelische Theologie Nr. 4, 1974, S. 357ff.

Kittel Gisela, Muß der Religionsunterricht von der Schule her begründet werden? in: Die Sache des Religionsunterrichts zwischen Curriculum und Biblizismus, Göttingen 1975, S. 9ff.

Kittel Gisela, Die Wiederentdeckung der Religion in der gegenwärtigen Religionspädagogik, in: Die Sache des Religionsunterrichts zwischen Curriculum und Biblizismus, Göttingen 1975, S. 43ff.

Kittel Gisela, Die Freiheit des Kindes und das Recht der Sache, in: Die Sache des Religionsunterrichts zwischen Curriculum und Biblizismus, Göttingen 1975, S. 94ff.

Kittel Gisela, Elementarisierung als Aufgabe der biblischen Didaktik, in: Die Sache des Religionsunterrichts zwischen Curriculum und Biblizismus, Göttingen 1975, S. 122ff.

Klafki Wolfgang, Studien zur Bildungstheorie und Didaktik, Weinheim $^{8/9}$1967

Koch Günter, Rezension zu Martin Widmann, Geschichte der Alten Kirche im Unterricht (in der Reihe: Handbücherei für den Religionsunterricht, Band 7, Gütersloh 1970) in: Zeitschrift für Religionspädagogik, 1970, S. 21ff.

Koch Günter, Rezension zu Raymund Kottje (Hg.), Kirchengeschichte heute. Geschichtswissenschaft oder Theologie?, Trier 1970, in: Zeitschrift für Religionspädagogik, 1970, S. 219

Kottje Raymund (Hg.), Kirchengeschichte heute. Geschichtswissenschaft oder Theologie?, Trier 1970

Kühner Hans, Tabus der Kirchengeschichte, Heroldsberg [3]1976

Langer Wolfgang, Tradition und Dogma im Religionsunterricht, in: Zum Religionsunterricht morgen, Band I, hg. von Wolfgang G.Esser, München/Wuppertal 1970, Seite 163ff.

Langer Wolfgang, Praxis des Bibelunterrichts, Stuttgart/München 1975

Läpple Alfred, Entwurf kirchengeschichtlicher Lernziele, in: rhs, 1973, S.108ff.

Läpple Alfred, Rezension von E.Paul/ F.P.Sonntag, Kirchengeschichtsunterricht, in: rhs, 1973, S.159

Läpple Alfred, Rezension von A.Philipps, Fach: Kirchengeschichte, in: rhs, 1973, S.159f.

Lehnen Alfred, Moderne Unterrichtsgestaltung – Stundenvorbereitung Katholische Religion für die Sekundarstufe I, Dornburg–Frickhofen 1975

Linnemann Eta, Die Funktion der Kirchengeschichte im Religionsunterricht. Didaktische Überlegungen und methodische Konsequenzen, in: Religionsunterricht unterwegs, hg. von K.Wegenast und H.Grosch (Festgabe für Helene Ramsauer), Hamburg 1970, S.65ff.

Lohff Wenzel, Der Begriff der Überlieferung im Problemfeld der Beziehungen von Theologie und Pädagogik, in: Theologia Practica, Schule und Kirche vor den Aufgaben der Erziehung/Sonderheft, hg. von G.Otto und H.Stock, Hamburg 1968

Lohff Wenzel, Glaubenslehre und Erziehung, Kleine Vandenhoeck Reihe 1392, Göttingen 1974

Mager Robert F., Lernziele und Programmierter Unterricht, Weinheim 1972

Marrou Henri-Irénée, Über die historische Erkenntnis (Welches ist der richtige Gebrauch der Vernunft, wenn sie sich historisch betätigt?), Freiburg/München 1973; Originaltitel: De la Connaissance Historique, Paris 1954

Metz Johann Baptist, Zur Theologie der Welt, Mainz 1968

Mönnich Conrad, Die Kirchengeschichte im Rahmen der anthropologischen Wissenschaften, in: Concilium, 1970, Zürich–Köln/Mainz, S.473ff.

Moltmann Jürgen, Theologie der Hoffnung, München [8]1969

Nastainczyk Wolfgang, Die Bibel als Ziel und Aufgabe des katholischen Religionsunterrichts, in: Katechetische Blätter, 1976, S.155ff.

Niehl Franz W., Bibelunterricht als Textarbeit – Thesen zur Bibeldidaktik, in: Katechetische Blätter, 1976, S.133ff.

Nipkow Karl Ernst, Curriculumforschung und Religionsunterricht, in: Zum Religionsunterricht morgen, Band I, hg. von Wolfgang G.Esser, München/Wuppertal 1970, S.254ff.

Nipkow Karl Ernst, Problemorientierter Religionsunterricht nach dem 'Kontexttypus' oder Welche 'Themen' und 'Stoffe' sollen außer der Hl.Schrift in der Katechese verwendet werden? in: Zum Religionsunterricht morgen, Band II, hg. von Wolfgang G.Esser, München/Wuppertal 1971, S.38ff.

Nipkow Karl Ernst, Lernzielorientierter Religionsunterricht? in: Umstrittener Religionsunterricht, Evangelische Theologie Nr.4, 1974, S.366ff.

Nipkow Karl Ernst, Grundfragen der Religionspädagogik, Band I und II, Gütersloher Taschenbücher Nr.105 und 106, Gütersloh 1975

Otto Gert / Rauschenberger Hans, Mainzer Thesen zum Religionsunterricht in der Grundschule, in: Zum Religionsunterricht morgen, Band III, hg. von Wolfgang G.Esser, München/Wuppertal 1972, S.217ff.

Otto Gert, Schule und Religion – Eine Zwischenbilanz in weiterführender Absicht, Hamburg 1972

Paul Eugen / Sonntag Franz Peter, Kirchengeschichtsunterricht, in: Unterweisen und Verkünden Nr. 14, hg. von Günter Stachel, Zürich–Köln 1971

Philipps Ansgar, Fach: Kirchengeschichte, Düsseldorf, 1971

Philipps Ansgar, Voraussetzungen und Probleme der Lernzielbestimmung des kirchengeschichtlichen Unterrichts, in: rhs, 1974, S. 143ff.

Plongeron Bernard, Kirchengeschichte am Kreuzungspunkt der theologischen Wissenschaften, in: Concilium, 1970, Zürich–Köln S. 478ff.

Preul Reiner, Kategoriale Bildung im Religionsunterricht, in: Pädagogische Forschungen, Veröffentlichungen des Comenius-Institutes, Reihe: Erziehungswissenschaftliche Studien Nr. 52, Heidelberg 1973

Reents Christine, Kritisch – produktives Denken im Religionsunterricht, in: Handbücherei für den Religionsunterricht, Bd. 18, Gütersloh 1974

Ricoeur Paul, Symbolik des Bösen, Freiburg 1971

Robinson Saul B. (Hg.), Curriculumentwicklung in der Diskussion, Stuttgart/Düsseldorf ^{2}1974

Röckel Gerhard, Die Arbeit mit Texten im Religionsunterricht, Stuttgart/München 1973

Röhrs Hermann, Forschungsmethoden in der Erziehungswissenschaft, Urban-Taschenbuch 111, Stuttgart/Berlin/Köln/Mainz ^{2}1971

Rohlfes Joachim, Umrisse einer Didaktik der Geschichte, Kleine Vandenhoeck Reihe 1338, Göttingen ^{4}1971

Roth Heinrich, Pädagogische Anthropologie, Band I: Bildsamkeit und Bestimmung, Hannover/Berlin/Darmstadt/Dortmund 1966 und Band II: Entwicklung und Erziehung 1971

Ruhbach Gerhard, Kirchengeschichte, in der Reihe: Studienbücher Theologie, Gütersloh 1974

Ruhbach Gerhard / Sturm Erdmann, Umgang mit der Kirchengeschichte, Studienbrief Nr. 15 des Fernstudienlehrganges für Evangelische Religionslehrer (Deutsches Institut für Fernstudien, Tübingen), Weinheim 1974

Schäfer Walter, Geschichte in der Schule mit Beiträgen von Hartmut Alphei, Karl Büchsenschütz, Gerd-Ekkehard Lorenz, Ilse Miscoll, Veröffentlichungen der Forschungsgruppe Modellschulen, Band 5, hg. von Wolfgang Edelstein, Gisela Freudenberg und Walter Schäfer, Stuttgart 1976

Schiffers Martin, Zur religiösen Wertstellungnahme im Unterricht, in: Katechetische Blätter, 1975, S. 534ff.

Schillebeeckx Edward, Gott – die Zukunft des Menschen, Mainz 1969

Schillebeeckx Edward, Glaubensinterpretation – Beiträge zu einer hermeneutischen und kritischen Theologie, Mainz 1971

Schilling Hans, Grundlagen der Religionspädagogik, Düsseldorf 1970

Schilling Klaus, Die Bibel verstehen lernen – Unterrichtsentwürfe und Materialien für den Religionsunterricht der Sekundarstufe I zum Verständnis biblischer Gattungen, Limburg 1974

Schilling Klaus, Narrative Theologie und Religionsunterricht, in: Katechetische Blätter, 1975, S. 257ff.

Schladoth Paul, Eine bleibende Aufgabe des Religionsunterrichts: Neuinterpretation christlicher Überlieferung für die Gegenwart, in: Zum Religionsunterricht morgen, Band II, hg. von W. Esser, Verlag J. Pfeiffer, München/Wuppertal 1971

Schladoth Paul, Gotteserfahrung und Gottesvorstellung des Volkes Israel – Überlegungen zur Integration der biblischen Überlieferung in den Religionsunterricht, in: Katechetische Blätter, 1972, S. 513ff.

Schladoth Paul, Überlegungen zur didaktischen Struktur des Religionsunterrichts, in: Katechetische Blätter, 1973, S. 477ff.

Schmidt Günter R., Grundgedanken und Modelle der Curriculumtheorie, in: Klaus Wegenast (Hg.), Curriculumtheorie und Religionsunterricht, Handbücherei für den Religionsunterricht, Band 12/13, Gütersloh 1972, S. 9ff.

Schmidt Günter R., Zur Zielproblematik des Religionsunterricht, in: Klaus Wegenast (Hg.), Curriculumtheorie und Religionsunterricht, Handbücherei für den Religionsunterricht, Band 12/13, Gütersloh 1972, S. 64ff.

Schmidt Heinz, Unterricht über Glauben und Leben, Stuttgart/München 1975

Schmidt Heinz, Religionspädagogische Rekonstruktionen, Stuttgart 1977

Schneider Boris, Einführung in die neuere Geschichte, Urban-Taschenbuch Nr. 178, Stuttgart/Berlin/Köln/Mainz 1974

Stachel Günter, Der curriculare Ansatz religionspädagogischer Bemühungen, in: Religionspädagogisches Werkbuch, hg. von D. Zilleßen, Frankfurt 1972, S. 72ff.

Stachel Günter, Lernziele und Religionsunterricht, in: Klaus Wegenast (Hg.), Curriculumtheorie und Religionsunterricht, Handbücherei für den Religionsunterricht, Band 12/13, Gütersloh 1972, S. 77ff.

Stachel Günter, Religionsunterricht – kognitiv und/oder affektiv? in: Klaus Wegenast (Hg.), Curriculumtheorie und Religionsunterricht, Handbücherei für den Religionsunterricht, Band 13/13, Gütersloh 1972, S. 96ff.

Stachel Günter (Hg.), Bibelunterricht – dokumentiert und analysiert – Eine Untersuchung zur Praxis des Bibelunterrichts – in der Reihe Studien zur praktischen Theologie Nr. 11, hg. von E. Feifel, E. Paul und G. Stachel, Zürich–Köln 1976

Stachel Günter, Die Religionsstunde – beobachtet und analysiert, in der Reihe Religionspädagogik – Theorie und Praxis Nr. 31, hg. von G. Stachel, E. Feifel und E. Paul, Zürich–Köln 1976

Stallmann Martin, Evangelischer Religionsunterricht, in: Didaktik, Schriftenreihe für den Unterricht an der Grund- und Hauptschule, hg. von W. Faber und S. Oppholzer, Düsseldorf, 1968

Stallmann Martin, Die Bibel im Religionsunterricht, in: informationen zum religionsunterricht, 3/75, S. 25ff.

Stallmann Martin, Katholische Religionspädagogik – der Weg zum Dialog, in: Theologia Practica, 1968, S. 43ff.

Stallmann Martin, Wozu Religionsunterricht? in: forum religion, 1'76, S. 21ff.

Stock Alex, Umgang mit theologischen Texten, Zürich–Köln 1974

Stoodt Dieter, Die gesellschaftliche Funktion des Religionsunterrichts, in: Der Evangelische Erzieher, 1969, S. 1ff.

Stoodt Dieter, Die Praxis der Interaktion im Religionsunterricht, in: Der Evangelische Erzieher, 1971, S. 1ff.

Stoodt Dieter, Umstrittene Therapie, in: Der Evangelische Erzieher, 1973, S. 215ff.

Stoodt Dieter, Religionsunterricht als Interaktion – Grundsätze und Materialien zum evangelischen RU der Sekundarstufe I, Düsseldorf 1975

Sturm Erdmann, Geschichte der Reformation im Unterricht, in: Handbücherei für den Religionsunterricht Nr. 19, Gütersloh 1975

Sturm Wilhelm, Religionsunterricht–gestern–heute–morgen in der Reihe Arbeiten zur Pädagogik Nr. 15, hg. von Otto Dürr und Theodor Schlatter, Stuttgart 1971

Tillich Paul, Systematische Theologie, 3 Bände, Stuttgart 1956 ff.

Vandré Rudolf, Wundergeschichten im Religionsunterricht – Analysen und Projekte zum Religionsunterricht, Heft 6, hg. von Reimar Kakuschke, Göttingen 1975

Veit Bärbel und Reinhard, Religion im ersten Schuljahr, Zürich–Köln/Lahr 1976

Veit Bärbel und Reinhard, Religion im dritten Schuljahr, Zürich–Köln/Lahr 1977

Vierzig Siegfried, Zur Revision des Lehrplans für den Religionsunterricht, in: Klaus Wegenast, Curriculumtheorie und Religionsunterricht, Handbücherei für den Religionsunterricht, Band 12/13, Gütersloh 1972, S. 43 ff.

Vierzig Siegfried, Lernziele des Religionsunterrichts, in: Klaus Wegenast, Curriculumtheorie und Religionsunterricht, Handbücherei für den Religionsunterricht, Band 12/13, Gütersloh 1972, S. 138 ff.

Vierzig Siegfried, Zehn Jahre danach: Curriculum-Theorie: Anspruch und Wirklichkeit, in: Informationen zum Religionsunterricht 3, 1977, S. 18ff.

Wegenast Klaus, Die empirische Wende in der Religionspädagogik, in: Zum Religionsunterricht morgen, Band I, hg. von Wolfgang G. Esser, München/Wuppertal 1970, S. 281 ff.

Wegenast Klaus, Bibel, in: Dietrich Zilleßen (Hg.), Religionspädagogisches Werkbuch, Frankfurt/Berlin/München 1972, S. 143 ff.

Wegenast Klaus, Tradition, in: Dietrich Zilleßen (Hg.), Religionspädagogisches Werkbuch, Frankfurt / Berlin / München 1972, S. 149 ff.

Wegenast Klaus, Curriculumforschung und Religionsunterricht, in: Klaus Wegenast (Hg.), Curriculumtheorie und Religionsunterricht, Handbücherei für den Religionsunterricht, Band 12/13, Gütersloh 1972, S. 53 ff.

Wegenast Klaus, Die Theorie des Religionsunterrichts, in: Handbuch der Religionspädagogik, Band 1, hg. von Erich Feifel, Robert Leuenberger, Günter Stachel, Klaus Wegenast, Gütersloh, Zürich–Köln 1973, S. 260 ff.

Wegenast Klaus, Kirchengeschichte im Religionsunterricht, Eine Literaturübersicht, in: Der Evangelische Erzieher, 1974, S. 319 ff.

Wegenast Klaus, Die Bedeutung biblischer Texte für den Religionsunterricht, in: Umstrittener Religionsunterricht, Evangelische Theologie Nr. 4, 1974, S. 317 ff.

Wegenast Klaus, Orientierungsrahmen Religionsunterricht, in: Studienhefte des Pädagogischen Instituts Villigst Nr. 10, 1977, S. 7 ff.

Weiler Anton, Kirchengeschichte und Neuorientierung der Geschichtswissenschaft, in: Concilium, 1970, Zürich–Köln/Mainz S. 459 ff.

Weinrich Michael, Rezension zu J. Baldermann, Die Bibel – Buch des Lernens, in: Theologia Practica 1981

Wink Walter, Bibelauslegung als Interaktion – Über die Grenzen historisch-kritischer Methode, Urban-Taschenbuch 622, Stuttgart–Berlin–Köln–Mainz 1973

Wittram Reinhard, Das Interesse an der Geschichte, Kleine Vandenhoeck Reihe 59/60/61, Göttingen ^{3}1968

Wittram Reinhard, Anspruch und Fragwürdigkeit der Geschichte, Kleine Vandenhoeck Reihe 297/298/299, Göttingen 1969

Wrede Hans-Theo, Wirkungsgeschichte des Evangeliums, Göttingen 1981

Zahrnt Heinz, Die Sache mit Gott, München 1966

Sachregister

Ursula Früchtel

ist Theologin und Fachreferentin für Lehrerfortbildung am Pädagogischen Institut der Evang. Kirche von Westfalen in Villigst bei Schwerte; Arbeitsschwerpunkte: Fernstudienlehrgänge für Religionslehrer, Training von regionalen Fachberatern, Schulvikariat
(Adresse: Thomas Mann Str. 11, D-5840 Schwerte/Villigst